鉛筆印のトレーナー

JuNzo ShOnO

庄野潤三

P+D BOOKS

小学館

目次

1

午後、日の差し込む六畳の間で妻は明日のお雛さまの日にフーちゃんに上げる人形の仕上げをする。ひろがったスカートの下に小さなバスケットが附いているお人形だ。このバスケットにお菓子でも何でも入れて、指で持ってお人形ごと連れて歩くようになっている。「バスケット・ドール」という。

お雛さままでに作ろうとこの間のうちからかかっていたのが、ぎりぎりになった。材料を買ったのは、去年の十月。小田原に近い南足柄市に住む長女から、末の子の正雄の行っている幼稚園で手作りのお人形を作って来るようにいわれたので、助けてくれませんかと頼まれた。お願いがあるんだけどと先ずいってから、頼みごとを電話で話した。

何でも十年に一回とかの役所の視察があって、そのとき、手作りの人形で園児が遊んでいるところを見せなくてはいけない。それで、手作りの人形がどうしても要ることになって、父母会の役員をしている長女のところへ人形作りの仕事がまわって来たというのであった。

長女から電話がかかった翌日、妻はいつも手芸の材料を揃えるときに行く東京の店へ出かけた。ところが、その日は「バスケット・ドール」の材料しか無かった。バスケットのなかに服やエプロンにする切れとか、綿とか、髪の毛にする毛糸が、作り方を書いた紙と一緒に入っている。人形にかぶせる麦藁帽子（これは出来上りのがひとつ）も入っている。何もかも必要なものが小さな茶色のバスケットに入っている。

しかし、長女が欲しい人形は、もっと大きいものでないといけないだろうと考えた妻は、新宿の百貨店へ行って、手芸品売場で人形の材料を買った。どうしてその百貨店に人形の材料があると分っていたかというと、もう大分前のことだが、フーちゃんの初節句のときに手作りの人形を妻は上げたからだ。金髪の、小さな人形を作って、上げた。フーちゃんというのは、次男のところの四歳になる孫娘で、私たちの孫のなかでただ一人の女の子である。去年の三月に下に男の子が生まれて、お姉さんになった。

長女に頼まれた人形は、髪だけ残して大方、妻が作った。最後に南足柄から正雄を連れて来た長女が半日がかりで髪を作り、目と口を刺繍で入れ、頰紅をつけて仕上げた。いい人形が出来た。あとで長女から届いたお礼の手紙には、夜、スタンドの明りで人形をつくづく眺めている仕合せな気持が書いてあった。あの手紙、どこかにあるだろう。長女から来た手紙や葉書は、「足柄山便り」と表に書いた封筒のなかに保存してあるから、見つかるかも知れない。私はここで書斎の仕事机の上から「足柄山便り」の封筒を取り出し、たちまち望みの長女の手紙を見つけ出したので（「ローラ人形を持って帰った日」と封書の表に鉛筆で書いてあった）、その一部分を書き写してお目にかけたい。

台風も去って、虫の鳴き声だけ聞える静かな夜です。いま、目の前であのローラ人形がスタンドの明りに照らされて頬笑んでいます。うす茶色の髪をおさげにして、モスグリーンのリボンを結び、緑の地に赤と白の細いチェックの長袖のワンピースを着て、その上にレースの附いた白のエプロンを着け、髪と同色のスウェードの靴を履いて、頬をぽっと染めてつぶらな瞳で笑っているの。本当に何度眺めても見飽きないほど、可愛らしいです。まるで心があるみたい。超多忙なお母さんにお願いして、こんなに素晴しいお人形を作っていただいて本当に本当にありがとうございました。電話でお願いした翌日にすぐ新宿まで飛んで行って材料を揃え、早速お洋服を縫い始め、毎日、朝は十時から十二時、午後は一時から五時までかかって、細かいお洋服の部分を丁寧に仕上げてもらったお蔭で、昨日一日で完成しました。私は、髪の三つ編みを結って、頬紅をつけただけです。忙しいお母さんに殆ど作っていただいて申し訳ありませんでした。木洩れ陽の入る静かなお部屋でのお人形作りは、本当に楽しかったですね。布と毛糸でこんなお人形が出来るなんて。何かを作り上げるというのは素晴しいことですね。アデランスの作り方も分ったし、いつか役に立ちそう！　いまはただひたすら、このローラちゃんをわが家に置いておきたい誘惑と戦っています。（後略）

なぜこの人形にローラちゃんという名前がついたかというと、長女に頼まれた人形を作っている間中、妻は以前読んだアメリカの作家のワイルダーの『大草原の小さな家』の主人公の少女ローラを頭においていたので、長女にそのことを話したら、長女が、このお人形、ローラちゃんにしようといった。

そんなわけで妻が手芸の材料店で買った「バスケット・ドール」の材料は、そのまま妻の手もとに残った。ただ、長女に頼まれた人形を作ったときから、孫のなかのただ一人の女の子であるフーちゃんにこんなお人形を作って上げたくなった。そのうち、クリスマスが近づいた。

或る日、ミサヲちゃん（というのはフーちゃんのお母さんである）に、

「今年はサンタクロースの贈り物、何にしようかしら？　去年はお弁当箱だったけど」

といった。フーちゃんにお人形を作って上げようかなと考えているんだけど、というと、ミサヲちゃん、

「お母さん、作ってくれますか？」

私はお人形、作ろうかと考えていたところなんですという。

さてとなると大仕事だから、二人とも、はっきりと自分が作るといい出さないままに、ちょっとサンタクロースの贈り物のお人形を作る役目を押しつけ合うかたちになった。そのうち日がたち、そろそろ切羽詰まって来たころ、

「やっぱり、サンタクロースのお人形、私が作ります」

とミサヲちゃんが妻にいった。

日にちは無いし、用事はいっぱい詰まっていたときだから、妻はほっとした。フーちゃんにお人形を作って上げたいとずっと思っていたから、がっかりしたけれども、やっぱりお母さんのミサヲちゃんが作る方がフーちゃんのためによかったと考え直した。

妻は、長女がローラちゃんを作るときに持って来た、手足の材料にするクリーム色のメリヤスや、服地の端切れ、リボンいっぱい、毛糸などをきれいなお菓子の空き缶に詰めて、

「役立てて頂戴」

といって近くに住んでいるミサヲちゃんのところへ持って行った。

ミサヲちゃんの人形は、クリスマスまでに出来上った。ミサヲちゃんがあとで持って来て、妻に見せてくれた。小花模様のワンピースに白のエプロンを着けている。髪はローラちゃんと同じように三つ編みにしている。

「いいお人形、作ったね。こんな可愛い人形、見たことないわ」

と妻はいった。大きな、しっかりと作ったお人形であった。ミサヲちゃんは、結婚するまで長女の住んでいる南足柄の染織工芸家のところで研究生として染織の仕事をしていただけあって、手先が器用なのであった。筋向いの長女の家へよく遊びに来ていた。いい娘さんなので、長女が気に入り、次男のお嫁さんにどうだろうと考え、縁談の橋渡しの役をしたのであった。

ミサヲちゃんが作った、「サンタさんの贈り物」のお人形を見て、フーちゃんはよろこんだ。「くるみちゃん」という名前がついた。妻は、やはりミサヲちゃんが作ってよかったと思った。

フーちゃんが可愛がっているので、もうお人形を上げることは出来ない。くるみちゃんと重なるから、二つは要らない。その代り、「バスケット・ドール」なら、お菓子でも色紙でも何でも入れて、手にさげて持ち運びできるからいい。そう考えた妻は、去年の十月に買って来たまま残っていた「バスケット・ドール」の材料を使って、人形を作って、今年のお雛さまにフーちゃんに上げることにしたというわけである。これなら「くるみちゃん」の邪魔にはならないだろう。

書き落していたが、ミサヲちゃんは、サンタさんの贈り物だから、作っているところをフーちゃんに見られてはいけないので、夜、フーちゃんが寝入ってからお人形を取り出して作っていたそうだ。

妻は、「バスケット人形」の顔に、これから口を入れなくてはいけない。早春の午後の日がいっぱい差し込む部屋である。私はその横で新聞をひろげている。

フーちゃんは、今年の四月から幼稚園に入る。みどり幼稚園という名で、二年保育の年中組に入る。

二日前に宝塚歌劇団花組の日本青年館ホールでの公演を観に出かけたとき、駅へ行くまでの道で長男の嫁のあつ子ちゃんが、

「昨日は、フーちゃんの一日入園の日でした」

と話した。長男夫婦は、次男夫婦と同じ大家さんの、隣り合った家作に入っている。フーちゃんは、よくあつ子ちゃんのところへやって来る。このごろはどうか知らないが、前は、ときどき、あつ子ちゃんの家で、

「ごはん」

といい、小さなおにぎりをあつ子ちゃんに作ってもらって、食べることがあったらしい。フーちゃんは御飯が好きで、それも焼飯とかまぜずしのような、何か雑ったものは嫌いで、白いままの御飯が好きなのである。お母さんのミサヲちゃんが栃木県の米どころの氏家の出身なので、生れながらにお米好きなのかも知れない。

あつ子ちゃんは、フーちゃんの一日入園のことを駅へ行く下り坂の道を歩きながら、いちばんに私と妻に話した。

「けさ、ミサヲちゃんが話しに来ました。そしたら、まだパジャマ姿のフーちゃんがあとから来て、いわないでとミサヲちゃんにいいました」

どうして「いわないで」とフーちゃんはいったのだろう。きっとミサヲちゃんが昨日の一日入園のことをあつ子ちゃんに話すと思って、恥かしかったのだろうか。フーちゃんはがむしゃらなところもある代り、内気で、恥かしがりの照れ屋なのである。

「どうだったんだろう、一日入園は？」

と私がいった。

「フーちゃんは楽しかったらしいです。ミサヲちゃんは、フミ子より大きい子がいたといって、よろこんでいました」

ミサヲちゃんは、前からフーちゃんが大きいといって気にしている。甘い物なんかあまり食べさせないようにしている。運動ぎらいの子なら太る心配はあるかも知れないが、フーちゃんは身体を動かすのが好きだ。中でも走るのが好きで、あつ子ちゃんによれば、昼間、よく家の前の道をひとりで、「ファイト、ファイト」といいながら走ってまわっているらしい。妻がフーちゃんの好きなバス通りの店へ連れて行ってやるために一緒に次男の家を出ると、たいがい走り出す。なかなか速い。

今年の正月に南足柄の長女の一家六人が泊りがけで来て、いつものようにみんなが集まって夕食を食べたときのことだが、中学生で大きなイギリスの柔道の選手を倒して世界チャンピオンになった女の子の話が出た。長女がテレビでみたら、その子があどけなくて、とても可愛かったといって、まわりから、そうだ、可愛かったねという声が出た。

このとき、長女が斜め向いでみんなと同じようにおせち料理の皿を前にしたフーちゃんの方を見て、

「フーちゃんも柔道をやればいい」

といった。

それがいいといい出す者が出た。私もその中の一人であった。柔道世界一になった小柄な日本の中学生の女の子とフーちゃんとが重なったのである。みんながフーちゃんを見た。すると、フーちゃんは、

「走るのがいい」

といった。

フーちゃんはどこまでも走りたいらしい。そういわれれば、陸上競技部のひとかたまりの選手のなかに入って、黙々と走っているフーちゃんも悪くないという気がして来る。

いつかも妻と二人でフーちゃんの運動について話をしていたら、妻が、陸上競技だったら長距離ですか、マラソンなんかは細い身体をした人が多いようですけどといった。そうだな、長

距離は向かないかも知れないなと私はいった。

「短距離が向いているんじゃないか。ああいう豆タンクみたいな身体つきの子は、短距離がいいんだ。或る程度、体重がある方がいいんだ」

そんなことを話しては二人で楽しんでいるのであった。女の子だからといって、バレエを習わせようというようなことは、妻も私も考えない。豆タンクのような子だから、バレエには向かない。柔道がいいか剣道がいいかということなら取り上げるが、バレエやダンスは最初から取り上げる気がない。

「人形に口を入れないと、フーちゃん、口がないというから」

と妻がいう。

そうだな、入れた方がいいなといっておいて、こちらは新聞を見ている。暫くたって、今度見たら、赤い糸でうまい具合に口を入れてあった。

「いいよ、いいよ」

というと、妻はほっとしたようだ。これで出来上り。

目は、もう入っている。黒のビーズ玉が「バスケット人形」の材料のなかに入っていた。服にする切れなんかと一緒に小さなセロファンの袋に入っていた。「作りかた」の紙には、口の材料は入っていない。この「バスケット人形」は、目だけで、口はつけないようになっている。

だが、「口なし」だとフーちゃんが「口がない」というに決まっているから糸で入れた。

「目はどういうふうにして附けた？」

と訊くと、妻は、人形のあたまのうしろから針を通してビーズ玉をとめたのといった。ビーズ玉に穴が明いているので、糸を通して、とめて、またあたまのうしろへやって結んだという。

麦藁帽子をかぶった人形なのだが、その麦藁帽子も可愛い。

「フーちゃんは、きっと脱がせるから」といい、妻は麦藁帽子が外せないように、毛糸の髪の頭に糸で縫いつけてしまった。実際、フーちゃんは、家へ来て、人形で遊ぶときなんか（この人形は手作りでなくて、妻がフーちゃん用に百貨店で買ったものだ。フーちゃんはリリーちゃんという名前をつけた）、かぶっている帽子を脱がせ、靴を脱がせる癖がある。たちまち脱がせてしまうのである。リリーちゃんの帽子は、まるい、黒いビロードの帽子で、ゴム紐が附いている。「バスケット人形」の着ているエプロンのうしろは蝶結びになっているのだが、ここもフーちゃんがほどけないように、糸で結び目をとじつけてしまった。エプロンを脱がせられないようにした。これで出来上り。

三月三日、雛の日を迎える。いい天気。

午前中に妻は「山の下」のあつ子ちゃんに電話をかける。

「あつ子ちゃん、今日、おすし作る?」

作りますといった。もし作らないといえば、おすしを作って持って行って上げるつもりで訊いてみた。次にミサヲちゃんに電話をかける。

「今日、おすし作る?」

ミサヲちゃんのところも「作ります」と返事したらしい。

「フーちゃんに上げたいものがあるから、持って行くわ。ミサヲちゃん、いる?」

すると、次男が会社が休みで家にいるが、今日はサッカーの試合のレフェリーを頼まれて昼から出かける、その前にフミ子を連れてお買物に行きますから、寄ります。長くはいられませんけど、十二時ごろに、とミサヲちゃんがいった。

「どこもおすしを作るつもり。いいことだわ」

と、電話を長男のところと次男のところと「山の下」(と私たちは呼んでいる。家の前の坂道を下りて行った先に住んでいるから)の二軒にかけ終った妻はいう、もし作らないのなら、妻はいつものまぜずしを作って配るつもりでいた。あつ子ちゃんのところもミサヲちゃんのところもおすしを作るといった。で、どうするのかと思ったら、妻はうちで「かきまぜ」を作って、いつも丹精した薔薇の花を届けてくれる近所の清水さんに上げるつもりでいる。

昔、家で何か人の寄ることがあると、母が大きなすし桶にいっぱいまぜずしをこしらえた。

それは父母の郷里の四国の阿波のまぜずしで、「かきまぜ」と呼んでいた。家で何かあると母が作る。それは父の好物であった。子供たちもこのまぜずしをよろこんだ。それぞれ別々に煮た高野豆腐、椎茸、人参、きぬさや、薄揚が入っている。そこへちりめんじゃこと胡麻が加わる。出来上ったら、上に錦糸玉子と海苔をかける。

「かきまぜ」を母が作るところを見ていた妻は、作り方を覚えてしまった。そうして、父も母も両方とも亡くなってしまってから、ずっと自分で作っている。お盆に作る。父の命日、母の命日、戦後に亡くなった私の長兄の命日に作る。お雛さまの日に作る。書斎のピアノの上に父母の写真があって、作った「かきまぜ」は写真の前にお供えする。父母長兄の命日やお盆、雛祭り以外にも、ときどき食べたくなったときに臨時に作る。「かきまぜ」を作った日は、「山の下」の長男、次男のところへ妻は配ってやる。この「かきまぜ」を御夫婦でよろこんで下さる清水さんにも届ける。

ミサヲちゃんがフーちゃんを連れて来ると妻から聞いたので、

「久しぶりにフーちゃんの顔が見られる。楽しみだな」

というと、妻は、

「長くいられませんけどと、ミサヲちゃん、いってましたけど」

といった。暫くフーちゃんの顔を見ていないのである。二月の十七日に長男の勤めている新宿のヒルトンホテルに子供と孫が集まって、中国料理の卓をかこんで私の古稀の祝いをしてくれたとき以来ではないだろうか。そうかも知れない。

そのとき、出席した者が一人ずつ何かお祝いの言葉を述べた。ミサヲちゃんの番になったとき、

「フミ子と一しょに歌をうたいます」

といった。

フーちゃんは呼ばれたのに出て行かない。そこで代りにその前に自作のお祝いの漢詩を朗読した次男が出て、ミサヲちゃんと次男の二人で、簡単な仕草の入った「大きな栗の木の下で」の歌をうたった。フーちゃんは自分の椅子から動こうとしなかった。

その代り、みんなのお祝いの言葉が終ったあと、私と妻の二人のために花束を贈る番が来たとき(進行役は長男が勤めた)、長女の末の子の正雄とフーちゃんの二人が花束を私たちのところへ持って来た。正雄は妻に渡し、フーちゃんは私に渡した。この花束贈呈の役目は、ちゃんとやってのけた。ひとりだけだったら、あるいは恥かしがっていやだといい出したかも知れないが、正雄といっしょだから、よかった。私たち夫婦は会食のあと、フーちゃんに貰った花束をかかえて帰宅した。

帰りの小田急線では、私の隣に去年の三月に生れた春夫を抱いた次男が坐っていた。日曜日

の午後の早い時間のせいか、電車のなかは空いていた。(小田原に近い南足柄から来た長女の一家は、ロマンスカーで帰った)フーちゃんは、はじめ向い側の席の妻のよこにいたのだが、発車しない前に次男のとなりのミサヲちゃんのところへ来て、ミサヲちゃんにもたれているうちに眠ってしまった。

次男が私に話した。

「フミ子は、『大きな栗の木の下で』を三人で歌うつもりで、稽古をしていたのだけど。いざとなると恥かしくなって……」

「そうか。稽古をしてくれていたのか」

「稽古のときは、ちゃんと歌ってたんだけど」

「惜しいことをしたな」

そういえば、この日、ヒルトンホテルにいちばん遅く着いた私と妻が待合せの場所のロビイへ入って行ったとき、向うからミサヲちゃんとフーちゃんが連れ立って来るのに会った。フーちゃんは私の顔を見るなり、

「おじいちゃん、お誕生日」

といった。元気のいい声でいった。ミサヲちゃんが、

「まだよ、フミ子」

といって慌てて止めたので、あとは続かなかった。「お誕生日おめでとうございます」というつもりでいたのかも知れない。そうして、それはひょっとすると、お祝いに親子三人で歌う「大きな栗の木の下で」の歌を始める前の、フーちゃんの挨拶のことばであったのかも知れない。私の顔を見るなり、思わず知らず、稽古通りに「ごあいさつ」の言葉が飛び出してしまったのだろうか。ところが、ミサヲちゃんから、「まだよ」と止められたので、調子が狂ってしまって、本番のときになって、いやだといい出したのかも知れない。せっかく稽古をしてくれていたのに、フーちゃんの入った三人の歌が聞けなくて、最初にいう筈のフーちゃんの挨拶も聞けなくて残念なことをした。この次に、何年かまたたって、もし子供らが今度のように私のためにお祝いをしてくれる日が来たとしても、フーちゃんはもう大きくなっている。四歳のフーちゃんのお祝いの余興は、二度と見られないわけであった。それを思うと、淋しい。

ヒルトンの祝賀会の三日あと、朝、いつものように仕事にかかる前に鉛筆を削りに結婚するまで長女がいて、今は妻が使っている部屋へ行くと、昔、長女の勉強机であった小学生時代の名残の机の上に、ヒルトンでフーちゃんがかいて、食事中に届けに来た妻の顔のスケッチが置いてあった。それを持って引返し、洗面所にいた妻に、

「机の上にあったフーちゃんの絵、貰って行くよ」

と声をかけた。あれは妻をかいた絵なのかと訊ねてみると、

「そうです。肖像画です」

と妻がいった。

祝賀会のとき、フーちゃんは私と妻の真正面、次男とミサヲちゃんに挟まれた席にいた。それで、フーちゃんが海老のチリソース和えをひとつ箸で持って口へ入れようとしているところも、希望する人だけ貰った御飯を口へ運ぶところもよく見えた。

食事中、向うを見ると、フーちゃんはメモ帖に何やら一所懸命に書いていた。それが私と妻をかいた二枚のスケッチである。かき終った一枚をメモ帖からちぎるところが見えた。そのスケッチをテーブルをまわって、私と妻のところへ届けに来た。花束贈呈よりも前のことであった。メモ帖と鉛筆を持って来ていたのだろうか。妻のはちゃんと髪がかいてあって、やはり妻らしくかいてある。

こちらのは（私はノートに挟んであった自分のを取り出して見くらべてみた）髪の毛が無くてまんまるの顔。ネクタイの斜めの縞をかき入れてある。ネクタイがポイント。テーブル越しに観察してかいた写生である。古稀の祝賀会の何よりいい記念になる。フーちゃんは絵をかくのが好きで、私たちの家へミサヲちゃんに連れられて遊びに来たとき、妻が用意してある写生帖にクレヨンでよく絵をかく。自分では下手だと思っているらしい。確かに上手とはいえないけれども、クレヨンと写生帖を渡すと、ひとりで何やらかいている。

それで思い出したが、ヒルトンの祝賀会よりも十日ほど前、私の誕生日に妻と二人で「山の下」の次男の家へ行った。次男と私とは誕生日が同じ日で、次男の誕生日のお祝いに山形の酒の「初孫」一本と下駄と倉敷から届いた伊予柑と八朔の包みをさげて行った。

行く前に電話をかけておいたら、ミサヲちゃんが春夫を抱いて、フーちゃんと家の前にいた。

フーちゃんは私たちが入って行くと、元気のいい声で、

「おじいちゃん、お誕生日おめでとうございます」

といって走って来た。

――家に帰ってから、妻は、両手を伸して、気をつけの姿勢をして、「おじいちゃんお誕生日……」といいましたねといって、フーちゃんのそのときの姿勢を真似てみせた。ミサヲちゃんにそういうようにいわれていたのだろう。

フーちゃんは玄関の方へ走って行ったかと思うと、「おじいちゃんへ」と表に書いた角封筒を持って来て（どこに置いてあったのだろう）、私に渡した。それを見ていたミサヲちゃんは、

「フミ子のいった通り書きました」

といった。昨夜、次男宛の手紙を書くときに、一緒に書いてくれたらしい。

家に帰って、昼食のあとまで楽しみに取っておいて、封筒を開けてみると、青い色紙で作った折鶴（これはミサヲちゃんの作だろう）の挟まった黄色の便箋に「おじいちゃん」の顔がク

レヨンでかいてあって、その下に、

「おじいちゃん　おたんじょうび　おめでとう　ふみこより」

と書いてあった。これがフーちゃんのいった通りをミサヲちゃんが書いてくれたメッセージで、よろこんだ。この似顔絵には頭にまばらではあるが髪の毛がかいてある。まるい鼻もかいてあった。

雛の日に戻る。「かきまぜ」の材料を買いにOKまで行って来ますといって、妻が出かける。OKはミサヲちゃんもあつ子ちゃんもときどき買物に行くスーパーマーケットだ。

勝手口から出て行った妻が庭の方へまわって、書斎の硝子戸の外から机の前にいる私に声をかけた。

「散歩に行かれる前にクロッカス見て下さい。咲いていますから」

昨日、台所の裏手の通り道の、塀のそばに妻が作っている小さな花壇にクロッカスが出て来ましたと妻がいっていたのを思い出す。

いつも午前中の仕事が終ると、一時間くらい歩いて来る。それが一回目の散歩で、午後にもう一回、軽く歩く。これが日課になっている。六年前に脳血管の病気で二カ月近く入院した私は、退院するとすぐに杖を片手に歩き始めた。長男と次男の住んでいる家作の方へ行く手前に葡萄畑に沿った日溜りの道がある。そこは大きなアパートで北を塞いでいるので、冷たい風が吹き込まない。私が退院したのは年の暮れであった。私の病気には冬の寒さが何よりの強敵であったが、防寒外套に身をかためた私は、妻に附添ってもらって、散歩を始めた。寒さには負けてはいられない。歩いて健康を立て直そうという決心をした。で、一月のきびしい寒さを物ともせず、私は杖を手にしてそろそろと歩いた。葡萄畑のよこの日溜りの道を往きつ戻りつした。ときどき、杖にもたれるようにして休んだ。

会社が休みの日は長男と次男が来てくれて、妻に代ってボディガードの役を勤めた。南足柄から週に一回、長女が来る日は、長女が私に附添って歩いた。こんなふうにして私は歩き始めた。そうして、やがては附添いなしで一人で歩くようになった。病後まる一年たったときから、妻の提案で杖を持たないで散歩に行くことにした。最初は少し心細かった私も、杖なしの歩行にすぐに馴れた。

私の日課の二回に分けた散歩には、このような歴史がある。

玄関の呼鈴が鳴った。書斎から出て行くと、

「清水です」

という声が聞えた。いつも薔薇の花を届けて下さる近所の清水さんである。玄関の戸を開けると、

「伊予から八朔が届きました」

と、八朔の入ったさげ袋を先ず渡してから（伊予は清水さん夫婦のお国である）、もう一つのさげ袋を、

「お雛様のお菓子です」

といって渡した。何年か前から三月三日の雛の日に、銀座の和菓子の店で予約しておいて御主人が買って来てくれるさくら餅と草餅を下さる。

「いま、下で奥さんとお会いしました」

と清水さんはいった。おすしを作りますからお届けしますと妻は清水さんに話しただろうか。

「有難うございます」といって家へ入ってから、妻がさっき話して行ったクロッカスを思い出し、玄関から出て、

「清水さん。クロッカス、見て下さい」

ひらき戸を開けて道へ出かけていた清水さんは引返す。裏の通り道の花壇にクロッカスの黄色がいっぱい咲いている。そこが一面に明るくなっている。清水さんはよろこんだ。

「うちはまだです」

団地の四階にいる清水さんは、苦労して地主さんに頼んで借りた空地で薔薇を育てながら、ヴェランダにプランターや鉢をいっぱい置いて、草花を咲かせている。ヴェランダで咲かせたさくら草を届けてくれることもある。

清水さんが帰ったあと、居間のテレビの上を見ると、きれいな紙袋に入った雛あられと黄色の薔薇の花と一緒に妻の作った「バスケット人形」が置いてある。人形の頬のところにうすい紅が入っている。昨日はまだ入っていなかった。垂らした三つ編みの髪の先に黄色の小さなリボンを結んである。エプロンを着ている。「上げるのが惜しくなった」と妻はいっていた。

買物から妻が帰る。清水さんから頂いたものを見せる。妻はすぐにミサヲちゃんに電話をかける。清水さんからさくら餅と草餅を頂いたので分けて上げるということを知らせるために。

ところが、次男が出て、「いま、出ました」という。

一回目の散歩に出ようとして玄関を出たら、前の道をミサヲちゃんとフーちゃんが通り過ぎようとするところであった。ミサヲちゃんの一歩あとをフーちゃんが歩いて行く。呼びとめる。妻も出て来て、清水さんから頂いたさくら餅と草餅のことを話す。帰りに寄りますとミサヲちゃんがいう。ミサヲちゃんに一箱渡しておけば、あつ子ちゃんに分けてくれる。これでよし。

「お父さん、お散歩ですか。途中まで一緒に行きましょう」

とミサヲちゃんがいうので、そうする。

次男のサッカーのことを訊く。ミサヲちゃんがいうには、この辺の少年サッカーのコーチをやってくれないかと会社の田村さんに頼まれて、手伝っている。田村さんは前にこの近くにいて、いまは少し遠いところに家を建てて移った同僚である。その少年サッカーの試合が今日、次男の卒業した多摩高校のグラウンドであり、レフェリーを頼まれたというのである。

次にフーちゃんの一日入園のことを訊く。はじめ、年少組のお遊戯を見せて貰った。そのあと、親は体育館へ行き、子供らはおうたをうたったりした。泣き出して、親のところへ来る子供もいました。フミ子は来なかった、フミ子は「楽しかった」といっていました。

そんな話を聞きながらバスの走る道の歩道を歩いていたら、フーちゃんが、

「チューリップの歌、うたった」

といった。さいたさいたチューリップの花が、という歌だろう。それから、

「ぞうさんの歌、うたった」

といった。私が、

「ぞうさん、ぞうさん、おはながながいのね、の歌？」

というと、フーちゃんはミサヲちゃんにすり寄って行った。恥かしくて、照れている。

「ウンといっております」

とミサヲちゃんがフーちゃんの返事を取りついでくれた。おはながながいのね、の「ぞうさん」の歌は、フーちゃんも知っている。ミサヲちゃんが歌うので、覚えてしまったらしい。

ＯＫの入口まで来た。斜めに上って行く入口のところで、買物を終って出て来た清水さんに会った。清水さんはすれ違いながらフーちゃんの頭をそっと撫でた。

「先ほどは結構なものを頂きまして有難うございます」
とお礼をいう。ここでミサヲちゃん、フーちゃんと別れて、いつも歩く、団地の外れの住宅地の方へ行く。もう一度、家でフーちゃんに会うには、散歩を早く切り上げなくてはいけない。妻がフーちゃんに「バスケット人形」を渡すところを見たい気がするが、それは無理だろう。迷いながら歩いているうちに、結局、いつもの通り歩く。もう帰ったあとだろうと思って家に戻ったら、六畳の間で話している声が聞えた。陽の差し込む部屋で、苺と紅茶を出して、ささやかなお雛さまのお茶にしているところであった。「バスケット人形」は、もう渡したあとらしく、畳の上に置いてあった。妻は清水さんのさくら餅を出しかけたら、ミサヲちゃんが慌てて止めたらしい。あとで妻が話した。ミサヲちゃんはフーちゃんが太るのを警戒しているのである。

で、アイスクリームを出す。フーちゃんはおいしそうに食べる。紙箱入りの林檎のジュースも飲んだ。

フーちゃんはOKでミサヲちゃんに着せかえ人形を買ってもらった。その着せかえ人形の下着だけつけた紙の人形を見せる。そのうち、フーちゃんはミサヲちゃんに「あそびたい」という。いつも私の家へ来たとき、図書室から人形のリリーちゃんや縫いぐるみのクマさんやねこを持って来て、遊ぶ。人形やクマさんやねこを書斎へ運んで、ソファーに寝かせて遊ぶときもある。それをしたいといい出したのだが、ミサヲちゃんは今日は早く帰らなくてはいけない。「春夫ちゃんが待っているからね」という。こんなとき、よくフーちゃんはいきなり大声で泣き出す。はじめの出だしを飛ばして、いきなり大声を上げて泣くのである。

今日は、泣き出さなかった。お父さんが昼からサッカーの試合で出かけるから早く帰らなくてはいけないことは、ちゃんと分っているのだろう。妻が「山の下」まで送って行く。

妻の話を聞くと、庭を出て行くとき、フーちゃんは、「歩けない」といってミサヲちゃんに甘えたが、ミサヲちゃんは知らん顔をしていた。家に着くと、サッカーパンツを穿いた次男が玄関でスパイクを探していた。ミサヲちゃんも中に入って、一緒に探す。狭いところに二人が入ってスパイクを探しているのが外から見えた。

夜、妻が昼間ミサヲちゃんから聞いた話をする。二日ほど前のこと。お昼になったので、ミサヲちゃんがフーちゃんを探しに行ったら、浄水場へ上る、初夏のころ崖一面にあざみが咲き出す草の斜面のところにフーちゃんが上って、下りられなくなって大声を出して泣いていた。男の子が二人、そばについていてくれた。フーちゃんは上るには上ったものの、怖くなって、下りられなくなったのである。男の子らは、フーちゃんを下までおろすと、自分で下りた。

夕食のあと、清水さんのくれた草餅を食べる。きれいな草餅の色に驚く。餡この甘みを抑えてあって、おいしい。「バスケット人形」のこと、フーちゃん、どういっていたと訊くと、「くるみちゃんみたい」といってよろこんだという。くるみちゃんは、去年のクリスマスにミサヲちゃんが作った人形。「そんなことないわ」と妻はいう。

天気はよかったし、クロッカスの黄色が咲いたし、久しぶりにフーちゃんの顔を見られたし、仕上げは草餅で、いい雛の日であった。

雛の明くる日。

午後、妻は明日、会社のパーティーで大阪ヒルトンホテル三泊の旅（往復航空券付き）のくじ引の一等賞を引き当てた長男と大阪へ行くあつ子ちゃんに帝塚山の兄の家のお仏壇へのお供えを持って行く。五、六年ぶりに二人でお墓参りをしてくれるというので、妻は阿倍野の墓の地図を書き、私は帝塚山の兄の家の道順を書いて、それも持って行った。

妻の話。「山の下」へ行った。二日続きの休みでこれから走りに行く次男と家の前で会った。あつ子ちゃんと家の中で話していたら、半びらきになっていた玄関の戸を開けて、フーちゃんが入って来た。あつ子ちゃんは、ミサヲちゃんのところ、朝からお出かけだったんですという。

「フーちゃん、どこへ行ってたの」とあつ子ちゃん。

「どんぶり、食べた」とフーちゃん。

「何のどんぶり？」

「えびのどんぶり」

「あ、天丼だ。いいなあ」いつも何か食べたがっているあつ子ちゃんは、羨ましそうな声を出した。

「どこで食べたの」

「お父さんの行ってるところ」

「あ、それじゃ、横浜へ行ったんだ」

次男は横浜市内にある会社に勤めている。

「フーちゃん、一つ食べたの？」

「お母さんと分けた。えびが二つ、入ってた」

それで春夫ちゃんはお父さんの御飯を少し分けてもらったのかも知れない。

「車で行ったの？」とあつ子ちゃん。

「車で。それから電車に乗った」

車をどこかで駐車してから天丼の店まで電車に乗って行ったのだろうか。

フーちゃんは、昨日、妻が上げた、鉛筆の絵の刺繡の入ったピンクのトレーナーを着ていた。

昨日、ミサヲちゃんが来たとき、「これ、正雄（長女のところの幼稚園へ行っている末の子）のトレーナーと一緒に買ってあったんだけど」といって渡した。ミサヲちゃんはよろこんだ。

鉛筆が二本交叉しているかたちの絵の刺繍が入っている。今日はお出かけだから、早速着せたらしい。よく似合う。

あつ子ちゃんの家を出てミサヲちゃんの家へ行く。横浜へ行って来たんだってと妻がいうと、結婚したときに次男からドイツ製の36色の色鉛筆を買ってもらった。二本、欲しい色があって補充しに行った。その店には無かった。東京のどことかの店にあるといわれた、とミサヲちゃんが話した。

色鉛筆を補充するのが目的で横浜へ出かけた。その店で次男がフーちゃんにドイツ製色鉛筆の12色のとスケッチブックを買ってくれた。

「天丼を食べたんだって」と妻がいうと、

「そんなことまでフミ子、いいましたか」とミサヲちゃん。

「フーちゃんと分けて食べたの?」

「そんなことまでフミ子、いいましたか」とミサヲちゃんは笑って、「海老が二つ載っていましたので、一つずつ頂きました。御飯をふたに入れて分けて食べました。フミ子の方が沢山食べました」

妻は私に見せようと思って、フーちゃんの買ってもらったドイツ製色鉛筆とぞうさんの絵の入った(これは日本製の)スケッチブックを借りて持って帰った。色鉛筆の箱に並んでいるドイツ語を妻はメモ帖に書き写した。絵をかくのが好きなフーちゃんは、きっと楽しみにしてかくだろう。いい物をもらった。

2

この間から妻は、子供らのお祝いの会をいつするか考えていたが、南足柄の長女とも電話で相談して、どうやら三月二十七日にすることに決まったらしい。

何のお祝いの会かというと、次男のところの四歳の孫娘フーちゃんの幼稚園入園、春夫の誕生日（三月二十日）、長女の末の子の正雄の小学校入学。子供らのといったけれども、大人のもある。ミサヲちゃんの誕生日（三月二十一日）、それから七月にはじめての赤ちゃんが生れるあつ子ちゃんの産着の祝いである。この五つを一緒にお祝いする会ということで、みんなを寄せようと計画している。

ついでにいうと、長男のところでは結婚して十年になるのに子宝に恵まれなかったのが、はじめて赤ん坊が生れることになって、よろこんでいる。南足柄の長女のところには男の子ばかり四人生れ、お隣の次男のところにはフーちゃんの下に去年の三月、春夫が生れたのに、長男とあつ子ちゃんのところだけ子供が一人もいなくて、さびしい思いをしていたのである。

午後、妻は名古屋から届いた手延のうどんと八百屋で買った「最後の最後の蜜柑」を「山の下」へ持って行く。この前、ミサヲちゃんに八百屋の蜜柑を持って行って上げたら、「蜜柑は久しぶりです」といってよろこんだから、また一袋ずつ買った。

先にミサヲちゃんのところへ行くと、フーちゃんは春夫ちゃん用のソフトせんべいの紙袋の封を鋏で切りながら出て来て、

「なにか食べたいー」

と泣き出しそうな顔でいった。

ミサヲちゃんに、「あとで」といわれて、仕方なしに、紙袋のなかから絵の入ったシールを引張り出していた。ブラウス一枚の寒そうな恰好で出て来て、情ない声で、「なにか食べたい」といっているので、妻が持って来た天火で焼いたおいもを取り出して、

「おいも、食べれば」

というと、これもまたミサヲちゃんに、

「あとで」

といわれた。

あつ子ちゃんのところは、その日、会社のパーティーのくじ引で当てた大阪ヒルトンホテル

三泊の旅を終って帰った。長男から少し前に電話がかかって、無事お墓参りを済ませ、帝塚山の兄の家のお仏壇にもお参りしましたという報告があった。妻がこれから行くというと、また長男から電話がかかって、郵便局へ行くので留守になりますといった。それで、いつも「山の下」へ何か届けるときはあつ子ちゃんの家へ先にまわるのに、この日はミサヲちゃんのところへ先に寄ったのであった。

帰って来た妻は、おなかを空かせたフーちゃんの話をして、

「なにか食べたいー」

という泣き出しそうな声を真似てみせ、

「ブラウス一枚で、哀れな声出して、まるでみなし子でした」

といって笑った。みなし子に何か食べさせてやりたい。

午後、妻は前の日に友人から頂いた銀座の和菓子屋のお菓子の箱を持って「山の下」へ行く。ミサヲちゃんのところでは、庭の濡縁で遊んでいたフーちゃんが、妻を見つけて、

「こんちゃんだァ」

といった。

こんちゃんとは、孫たちの妻を呼ぶときの愛称である。庭へ入って行くと、フーちゃんは、

ままごと用のスープ皿に庭の砂場の砂を盛って、青木の赤い実を二つずつ載せて遊んでいる。

ミサヲちゃんは、あつ子ちゃんのところと半分分けにするために、妻の届けた和菓子から、お皿に四つ取った。残りはあつ子ちゃんのところへ持って行って、お皿に取ってもらい、和菓子の箱は先で入用になるので持って帰る。

フーちゃんは、

「フミ子はおかぜひいて、はなが出ます」

といいながら、白のトレーナーの上にカーディガンを着ただけの恰好で、風の吹く寒い庭で遊んでいる。今日は、みなし子のようでなかった。

フーちゃんは、

「春夫君、指をけがしました」

という。去年の三月に生れた弟のことを、「春夫君、春夫君」といって可愛がっている。それを聞いたミサヲちゃん、

「ちょっと火傷したんです」

という。大した火傷ではないらしい。

裏の通り道の横の花壇のクロッカスは満開。大方は黄で、紫と紫のしぼりが少し混っている。

庭の洗濯干しの下にも、クロッカスが咲いている。こちらは黄と紫が少しだけ。

妻は、今日が春夫の誕生日なので何か持って行ってやるといっている。今日が春夫で、明日がミサヲちゃんの誕生日。くっついている。ミサヲちゃんには誕生日のお祝いに中華せいろうを上げる約束をしている。この間、妻が行ったとき、「ミサヲちゃんのところ、中華せいろうある？」と訊いてみたら、ありませんというので、せいろうを上げることにして、寸法を測った。先日、新宿の百貨店でいいのを見つけて買って来た。

一回目の散歩から帰ると、すぐに妻と「山の下」へ行く。市場で買った百合の花と苺の箱と、中華せいろうの入った紙袋をさげて。

ミサヲちゃんの家の庭へまわる。フーちゃんがいる。はじめから何だか面白くなさそうな顔をしていて、妻が、

「春夫ちゃん、ミサヲちゃん、おめでとう」

といって、先ず百合の花をミサヲちゃんに差し出すと、

「なんで？」

という。

春夫ちゃんとミサヲちゃんのお誕生日でしょうと妻がいうと、怒ったような顔をしている。

ミサヲちゃんが私の顔を見て、小声で、

「春夫と私の誕生日がくっついているので」

と、註を入れますというふうにいった。フーちゃんの誕生日は七月だから、うんと離れている。自分だけ誕生日ではないから、それで不機嫌なのだというのである。さっき妻に「なんで？」といった口調には、明かに不満の気持がこめられていた。フーちゃんの好きなお母さんの誕生日と「春夫君」の誕生日がくっついていて、自分の誕生日はいつかまだ先のことだというのが面白くない。むくれずにはいられない。

妻が、フーちゃんのお父さんとおじいちゃんはお誕生日が同じ日なのよといったり、フーちゃんの幼稚園のお祝いに何を上げようといったりして、なだめてみた。妻が、幼稚園のお祝いに色鉛筆がいい？　というと、フーちゃんは、

「色鉛筆、持ってる」

といった。機嫌は直らない。

おしまいに、

「フミ子もお誕生日したい」

といって、泣き出しそうになった。手がつけられない。私たちは退散することにした。

「仕様がないなあ」

と、家に帰ってから私は妻にいった。

「今日はフーちゃん、荒れていましたね」

「荒れていた」

「でも、お誕生日をミサヲちゃんと春夫ちゃんの三月に持って来るのは無理ですね」

「それは無理だ」

「面白くないんですね、フーちゃん」

「面白くない」

「甚だ面白くない、のね」

はなはだ、というところに力を入れて妻がいった。

「そうだ。甚だ面白くない」

昨日あたりから次男の家では、春夫の誕生日のこと、一日違いで来るミサヲちゃんの誕生日のことが話題になっていたのだろう。それを聞いていて、自分ひとりお誕生日でないフーちゃんは次第に面白くない気分になって来たに違いない。

「フミ子もお誕生日したいといっていたな」

「そうでしたね」

「たまらなくなったんだな」

「でも、そんなことといっても無理ですね」

いる。

「無理だ。フーちゃんは七月の暑いときなんだから」

「無理ですね」

老夫婦がそんなことを話し合っては荒れていたフーちゃんを見た悲しみを和らげようとしている。

南足柄の長女から、山の斜面の雑木林の庭で育てた生椎茸をどっさり宅急便に詰めたのが届いた。大きな、見事な生椎茸である。手紙が添えてある。

ハイケイ　親分殿のお風邪はいかがですか？（註・珍しく私が風邪をひいて、医者にかかり、医者のいいつけ通り、五日間、おとなしく寝ていたことを指す。お蔭で快くなった）特効薬の「もぎとり椎茸」をお送りします。あつあつに焼いたところへレモン汁とお醤油をじゅんとかけて、食べて下さい。きっと効くと思います。風邪は万病のもとですから、くれぐれもお大事にして下さいね。

ただ今、わが家の庭の隅では、腰が抜けるほど椎茸が大きくなっているの。近日中にまた第二弾を送りますので、じゃんじゃん食べて下さい。

昨夜は良雄の予備校のことでお電話をいただき、有難うございます。（註、南足柄の長女のところでは、今年、次男の良雄と三男の明雄が大学・高校受験の年で、前に話した二月十七日のヒルトンホテルでの私の古稀の祝賀会には、生憎試験日と重なったために、良雄と明雄の二人だけが欠席で、全員集まれば十四人になるところをその日は十二人となったのであった。明雄は志望の高校に入学できたが、大学受験の良雄はどこも不合格と分った。はじめのうちは不合格の通知を受取ると、「こっぱみじんこ」といったりしておどけていた呑気者の良雄も、受けた大学が全部駄目であったと決まると、さすがに元気を無くしたらしい。その良雄の行く予備校のことでどうなっているか尋ねる電話を妻がかけたのである）今、河合塾にするか駿台予備校にするか、良雄が研究中です。マラソンでいえばまだスタート前、靴の紐を結び直しているところ。まだまだこれから先、長い長い道のりですが、きっと頑張り通してくれるものと願っています。

先日は正雄の洋服やらグレープフルーツや沢山の野菜を送っていただいて有難うございました。（註・正雄の洋服とあるのは、紺のトレーナー。外出先で妻が見つけて、フーちゃんの鉛筆印のトレーナーと一緒に買ったもの。白の襟がついていて、小学校の入学式にでも着せられそうなもので、長女は電話をかけて来て、大よろこびであった）忙しくて買物に行く時間もなかなか無いので大助かりです。三つある卒業式のうち二つ終って、あと入学式が二つ待っています。お身体大切にして下さい。

宅急便の締切りの時間がもうすぐなので、取り急ぎ乱筆乱文ごめん下さい。

さようなら　　　　　　　　　　　　　　　　　　　　　なつ子

午前中にお彼岸のおはぎを作った妻は、近所のいつも丹精した薔薇を下さる清水さんのところへ持って行く。妻が戻ると、こちらも一回目の散歩に出かける。妻はそれから「山の下」の二軒へおはぎを配る。

妻の話では、清水さんはおはぎを貰って大よろこび。伊予の八朔の包み、自家製のプリンを下さり、それからヴェランダで育てている草花をかき集めて花束を作ってくれた。(前にいったように、清水さんは地主さんから借り受けた畑の横の空地で薔薇を作り、団地の四階のお宅ではヴェランダをいっぱいに使って、プランターや鉢植で草花を育てている）このほかにパセリをいっぱい下さった。家のなかを駆けまわって、妻に渡すものをこしらえてくれた。花束にしてくれた草花は、ヒヤシンスと貝母《ばいも》と姫金魚草であった。

妻は「山の下」の二軒へおはぎを届ける。次男のところは、次男が会社の休みで、どこかへ出かけて留守であった。あつ子ちゃんはおはぎをよろこんだ、あつ子ちゃんの家で七月の出産のときどうするかという予定を訊いたりして話し込み、帰って来ると、家の前の坂道で前から来た車が停り、次男が顔を出した。

「いま、お参りに行って来ました」

という。

うしろの座席に春夫を抱いたミサヲちゃんがいて、「昨日は有難うございました」と礼をいった。横にフーちゃんがいる。

「昨日とは打って変った明るい顔をしていました」

と妻がいった。

お盆やらお彼岸、父母の命日にはいつも「山の下」の長男と次男夫婦の二軒は、お参りに来てくれるのである。書斎のピアノの上に父母の写真を置いてある。その前でお参りしてくれる。あつ子ちゃんの家で長話をしないで、もう少し早く切り上げて帰っていれば、お参りに来てくれた次男の一家にお茶くらい出して上げられたのにと、妻は残念がった。

お昼、おはぎを食べる。二つ食べて、少し迷ってから三つ目を食べた。おいしい。

「お父さんはお母さんの作ったおはぎがお好きでしたね」

と妻がいう。

「三つ四つ、上られました。御飯が済んでから、三つくらい上られました」

私たちは戦後に結婚したてのころ、父の家に暫くの間住んでいたのであった。それで妻は亡くなった父や母のことを覚えていて、こんなふうにときどき話が出る。

「お父さんはお酒も飲むけど、甘い物が好きだったからな。甘党だった」

「そうですね」

父に比べれば、私のおはぎの食べ方は足りないといわなくてはいけない。

夕方、郵便受にミサヲちゃんのはがきのお礼状が入っていた。妻が気が附いて、持って来た。和紙のきれいな紙で、下の方に色鉛筆で黄水仙の絵が入っている。


昨日は上等のせいろと百合の花と苺をありがとうございました。飾っておきたいようないせいろですが、今日しゅうまいを作るので、さっそく使います。ありがとうございました。


はがきの表にミサヲちゃんの署名が小さく入っている。妻はすぐにミサヲちゃんに電話をかける。おはがき有難うというと、いま届けたんですといった。水仙の絵がなかなかいいねといったら、かずやさん（次男）がかきましたとミサヲちゃん。葉のグリーンの色がいい。ミサヲちゃんは、この間横浜まで補充に行ったドイツ製の色鉛筆のことを「やわらかな、いい色が出ます」と賞めていたけれども、本当にその通り、やわらかないい色の葉がかいてある。

電話がミサヲちゃんからフーちゃんに代る。しゃがれ声で、「もしもし」といった。ミサヲちゃんのそばにいて、電話をかけさせてとせがんだのだろう。

「おはぎ、食べた?」

と妻が訊く。はい、とフーちゃんは返事したらしい。

「遊びにおいでね」

と妻がいう。なんといったと訊くと、「はい」といいましたという。昨日は荒れていたフーちゃんが、「今日は別人のような声を出していました」と妻はあとで私に話した。


一昨年、フーちゃん二歳の年のノートから。

秋のお彼岸に次男がフーちゃんを連れてお参りに来てくれたときのこと。勝手口から二人は家に入った。次男が先に入って戸から手を放したら、うしろにいたフーちゃんの片方の腕が、ひとりでに締まった戸に挟まれた。

「いてえよ」

と、フーちゃんがいった。

次男が書斎へ来て、父母の写真を置いてあるピアノの前で手を合せてお参りしているとき、フーちゃんはうしろでお父さんのすることをじっと見ていた。

夏の終りのころ。午後、居間で昼寝をしていると、戸を開け放した玄関で、フーちゃんの「こんちゃん」という声が聞えた。「こんちゃん」は孫たちの妻を呼ぶときの愛称。南足柄の長女の子供のなかでいちばん上の和雄が小さい時にいい出したのが始まり。妻がすぐに気が附いて出て行く。ミサヲちゃんが買物の帰りにフーちゃんを連れて寄ってくれたのであった。よろこぶ。

フーちゃんはいちばんにもと長女がいた部屋のベッドから「お目々つぶる人形」を大事そうに抱えて来る。寝かせると目をつぶり、起きると目をぱっちり開ける人形である。はじめてこの人形を見たとき、フーちゃんは、

「おにんぎょ、こわい」

といった。つぶっている目がひらくところが不気味であったらしい。今は馴れた。

フーちゃんは、紙箱入りの林檎のジュースを一箱飲み、

「もひとつ」

といって、二箱目もストローで飲み、庭の床几で西瓜を食べる。あと、野菜のおもちゃ（「ままごとトントン」という名前で、人参やらピーマンやらを並べて包丁で切ると、真二つに切れるようになっている）で遊ぶ。

妻の話。フーちゃんは「ばかもん」という。お母さんのお国の栃木県の氏家へ行ったとき、ミサヲちゃんのお兄さんの子供の修平ちゃん、良平ちゃんと一緒に遊ぶ。この二人から覚えて来た言葉らしい。

一回目は、冷蔵庫の林檎のジュースを一箱もらって、「もうひとつ」といい、ミサヲちゃんに「飲んでから」といわれたとき、「ばかもん」。次は画用紙を持って来て、書斎の机の上で鉛筆で何かかこうとするので、ミサヲちゃんが、「おじいちゃんの机よ。こっちでかきなさい」と来客用のテーブルを指したら、「ばかもん」。

どういうときにいえばいいのか、フーちゃんは心得ている。何か気に入らないことをいわれたときに、すかさす「ばかもん」というのである。

夏の終り。「ばかもん」の次の日。

午後、書斎のソファーにいたら、次男がフーちゃんを連れて来た。会社が休みの日で、庭の茄子が大きくなったので、二つちぎって持って来てくれた。書斎のピアノの上に茄子をお供えする。

フーちゃんは、七月に大阪へお墓参りに行ったとき、妻が阪急百貨店で買ってお土産にした、焦茶のふち取りをした袖なしのワンピースを着ている。よく似合う。ミサヲちゃんがよろこんで、早速次の日から着せた。フーちゃんは、結婚するまで長女がいた部屋へ行って、妻と人形で遊ぶ。その前、「お目々つぶる人形」を私が次男と話している書斎へ持って来て、靴を脱がせてしまった。

妻の話。フーちゃんははじめ鉛筆削りに鉛筆を入れて削る。椅子に腰かけ、妻がいつも聴いているトランジスタのラジオのイヤホーンを耳にはめてから、画用紙に絵をかく。妻が還暦の年のお祝いに長男から贈ってもらったスティーヴンスンの詩集『童心詩集』（福原麟太郎・葛原𦱳《しげる》・高村規子共訳　英光社）の頁を開いて、挿絵の女の子を見て、「きれいね」という。

そんなことをして遊んでいるうちに、書斎で私と次男が寛いで楽しそうに話しているので、妻は半ばひとりごとのように、

「お父さんにビール出して上げようかな」

といった。それから書斎にいる次男にそのことをいいに行こうかなと思って立ち上りかけたら、フーちゃんは、

「こんちゃん、来ないで」

といって止めておいて、自分で書斎へ行って、

「お父さん、ビール飲む？」

と訊いた。

次男は、帰って飲むからいいといった。フーちゃんは引返した。

妻はフーちゃんにいったわけではない。ひとりごとのように、

「お父さんにビール出して上げようかな」

といったら、自分で訊きに行った。もし次男が飲むといったら、妻に知らせるつもりでいた

のだろうか。私はどうしてフーちゃんが書斎へやって来て、「お父さん、ビール飲む？」といったのか、訳が分らなかった。

次男の話では、会社の休みの日、夕御飯のとき、次男がビールを飲むと、フーちゃんはビールを注ぎたがる。下手に注いでビールをこぼされると勿体ないので、次男はその度にひやひやするが、フーちゃんはこぼさずにうまくビールをコップに注ぐらしい。

九月に入ってから。昼前、妻と一緒に歩く。出かける前にミサヲちゃんに電話をして、妻がミサヲちゃんに縫って上げていた、飾りひだを取った夏のワンピースが出来上ったことを知らせると、これから買物にOKへ行きますから、帰りに寄りますといった。こちらもいつも買物をするスーパーマーケットのOKへ行ったが、OKではミサヲちゃんに会わなかった。帰り、新しく幼稚園の裏手に出来た公園の方へ曲ると、向うからミサヲちゃんがフーちゃんを連れて来るのが見えた。フーちゃんは駆けて来て、妻の身体につかまる。ミサヲちゃん、買物の帰りに寄りますといい、別れる。そのあと、フーちゃんを迎えに行きますという妻と別れて、ひとりで歩く。

散歩を終って帰ると、妻はフーちゃん、今来たところですという。来るなり、「お目々つぶる人形」を真先に大事そうに抱えて来て、六畳の間の机の上に寝かせた。妻は梨のジュースを作ってフーちゃんに出す。フーちゃんは床几で梨のジュースを飲む。おいしいので、ミサヲちゃんの残りを自分のコップに入れてもらって飲んだ。それから西瓜を食べ、書斎でピアノを少し弾かせてもらった。

ミサヲちゃんは、妻が縫った夏のワンピースをよろこぶ。包み紙に包んであるのを見て、フーちゃんは、「フーちゃんの？」という。「フーちゃんの、また縫って上げるからね」と妻がいう。二人、帰る。

妻の話。私と別れてからOKへ引返した。OKへ入る斜めの階段にフーちゃんがいた。

「フーちゃん、お母さんは？」

と声をかけると、

「おさんぽ」

というなり、市場の方へ駆け出して行くから、「お母さん、OKでしょう」と妻がいうと、今度はOKへ入って、売場をひとつひとつ走ってまわって、ミサヲちゃんのところへ行く。一緒に帰って、公園の横まで来ると、ブランコに乗るとフーちゃんはいい出す。ミサヲちゃん、「ブランコ、さっき乗ったでしょう。ちょっとだけよ」という。OKへ来る前に幼稚園の裏手に出来た新しい公園のブランコに乗ったのである。ミサヲちゃんは「一回だけよ」といったが、聞かない。四、五回、押して振ってやる。フーちゃん、「もひとちゅ」という。

「これでおしまいよ。一回だけで、帰りますよ。約束するね」

とミサヲちゃんがいったが、フーちゃんは返事しない。ミサヲちゃんは最後の一振りを押してやって、ベンチへ行き、置いてあった買物用のリュックサックを担ぐ。フーちゃんは大声で泣き出し、ブランコの上で必死になって両足で空中をかくようにする。ミサヲちゃんは構わずに、「約束したでしょう。お母さん、こんちゃんのところへ行くよ」といって歩き出す。心配になった妻が、「ミサヲちゃん、大丈夫?」と訊くと、ミサヲちゃん、「見えなくなったら来ます」といって、植込の間の細い道を抜けて外へ出て行く。大声で泣いていたフーちゃんは、こちらの姿が見えなくなると、追っかけて来て、ミサヲちゃんにしがみついた。

「約束守ったから、おんぶして上げよう」と妻がいって、フーちゃんをおぶって歩く。泣いたので洟が出て、ミサヲちゃんに洟をかんでもらった。

振りがゆるやかになって来たブランコの上で、フーちゃんが必死になって両足で空中をかくようにしていたのがよほど面白かったらしく、妻は何遍もそこのところを話した。

「ブランコが止るのがいやなのか、ミサヲちゃんがどこかへ行くのがいやなのか、大声で泣きながら足でかいているの……」

九月の中ごろ。南足柄の長女が正雄を連れて来たので、電話をかけると、午後、ミサヲちゃんがフーちゃんを連れて来る。あつ子ちゃんも来る。メロンとラ・フランスでお茶にする。

フーちゃんは、図書室から担いで来たおもちゃ箱を居間によいこらしょと持ち込み、食卓についているみんなのまわりを、「宅急便」とうしろから声をかけながら走る。一人一人のところで、片方の腕を曲げて肩に当てるような仕草をしては、「宅急便」という。元気があり余っている。正雄なんか年上の男の子なのに、フーちゃんの勢いに押されて、静かにしていた。ミサヲちゃんのところへ氏家のおじいさんからよく宅急便が届くので、二歳のフーちゃんは、宅急便の車の小父さんの「宅急便」という声を覚えてしまったのだろう。節をつけて、「たっきゅうびん！」というのがうまい。

そうして、「子供らのお祝いの会」の日がやって来た。（二歳の年のフーちゃんのノートから四歳の春に戻る）

妻はいつも食パンを買う藤屋でサンドイッチを買って来るつもりでいた。この店の食パンはいちばんいい粉を使っていて、おいしい。午前中に店に出す自家製のサンドイッチは、どれもおいしい。それにこのお祝いの会にサンドイッチを出すことを聞いたあつ子ちゃんが、「藤屋のサンドイッチ食べるの久しぶり。うれしい」というのを聞いている。

ところがお祝いの会の前日に妻が予約をしに藤屋へ行ったら、店の前に貼り紙がしてあって、二十七日と二十八日、家族旅行のため臨時休業させて頂きますと書いてあった。三月二十七日のお祝いの会の日が生憎、藤屋の休みの日と重なってしまった。

仕方がない。駅の近くにもう一軒、いいパン屋がある。そこのサンドイッチも悪くない。どうするか。妻は少し迷ったが、藤屋でパンだけ予約しておいて、自分でサンドイッチを作ることにした。朝早く起きれば、出来る。手間は何でもない。ただ、あつ子ちゃんがパン屋さんのサンドイッチを食べたそうにしていたので、迷ったのであった。私は、妻が作ったサンドイッチを出すのに賛成した。大阪へお墓参りに行くときなんか、妻の作ったサンドイッチを新幹線のなかでお昼に食べる。ハムとツナと玉子、菠薐草とトマトと胡瓜で、これがなかなかおいしい。

お祝いの会の前の晩、妻はサンドイッチにするパンを前に積み上げて、下ごしらえをする。一枚一枚、バターを塗って、二枚ずつ重ね合せる。これをパンが乾かないように一斤ごとにサランラップで包んでおく。炬燵で私はそれを見ている。出席するのが、フーちゃん、春夫、ミサヲちゃん、あつ子ちゃん、南足柄から来る長女と正雄の六人。そこへ私と妻を入れて、八人分のサンドイッチである。（春夫の分は少しだが）

「フーちゃん、どんな顔して乗り込んで来るかな」

と私がいう。

「案外、おとなしくしているかも知れませんね」

と妻がいう。

「だいぶ聞き分けがよくなったから」

「そうだな。幼稚園へ入るお祝いをしてくれるんだってことは、分っているから。こんにちはーといって、乗り込んで来るだろうな」

「そうですね。楽しみにしているでしょうね、きっと」

全部で四十八枚あるパンに一枚一枚バターを塗っては重ね合せる下ごしらえの妻と、そばで見ている私は、そんな話をしている。子供らのお祝いの会が来るのが、私たちも嬉しいのである。

予報では、どうやら天気はよくないらしい。雨だという。それに気温が十度ぐらい下るとかいっている。でも、屋外のガーデンパーティーではなくて、部屋のなかだから構わない。私と妻はがっかりしていない。

その日が来た。妻は朝、いつもより一時間早く起きて、サンドイッチの用意をする。サンドイッチの中身は、大阪へ行くときに新幹線のなかで食べるのと同じ、ハムとツナと玉子とトマト、菠薐草、胡瓜の六種類である。

十時半ごろに長女が正雄を連れて来た。正雄は入って来るなり、

「ランドセル、ありがとう」

という。

妻が新宿の百貨店で買って送った正雄のランドセルが昨日着いた。うれしくて正雄はランドセルを背負って家の中を歩きまわっていますという電話が、昨日、南足柄の長女からかかって来た。正雄は二年保育の幼稚園を終って、四月から小学一年生になる。

長女の話では、強い降りではないけれど、雨が降っているという。私は傘を持って一回目の散歩に出かける。玄関の戸に、「いらっしゃい！　玄関から入って下さい」と妻が書いた貼り紙が、セロテープでとめてある。ミサヲちゃん、フーちゃんはいつも庭からまわって、六畳の部屋から入るのだが、今日はその六畳の部屋が昼食の会場で、食卓の用意が出来ているのである。

大した雨ではない。いつもの散歩よりも早目に切り上げて帰ると、全員揃っていた。フーちゃんが飛び出して来て、

「おかえりなさーい」

という。

妻の話では、フーちゃんは来たとき、大きな声で「こんにちはー」といい、いつもならさっ

さと家の中へ入って行くのに、この日はミサヲちゃんのうしろに隠れて、恥かしそうに入って来たという。お祝いの会というので、ちょっと改まったのかも知れない。

はじめ、書斎にみんな集まって、私の手からお祝いの品を渡す。年の大きい順に渡す。先ずあつ子ちゃんに、産着料と書いた包みとネグリジェの入った箱。ミサヲちゃんにはこの前、中華せいろうを上げたので、フーちゃんと春夫の分の郵便局の国際ボランティア貯金の通帳だけ。(これは正雄と三人共通のお祝いで、金額は同じ。利息の20%が――微々たるものではあるが――開発途上国の恵まれない人たちの援助にまわる仕組になっている)次にあつ子ちゃんとミサヲちゃんから、南足柄の、今度高校に入学する明雄へのお祝いのウォークマンの箱、正雄のお祝いの運動靴とトレーナーが渡される。なかなか自分の番がまわって来ないのでやきもきしていた(とあとで妻が話した)フーちゃんには、ブラウスの入った箱と弁当箱、箸箱、コップ、ナイフ・フォークの入った袋。長女からフーちゃんとあつ子ちゃんに紐の附いた可愛いお弁当入れが渡される。

フーちゃんは箱のリボンをほどいて、ブラウスを取り出す。自分の番が来るのを待ちかねていたのだ。箸箱の入った袋を口で嚙んで破って、箸箱を取り出す。コップを手に取って眺める。プラスチックの、ハローキティちゃんの猫の絵の入った大ぶりのこのコップは、幼稚園で早速、役に立つだろう。正雄、フーちゃん、春夫の三人共通の金額も同じの国際ボランティア貯金について、妻がみなに話す。南足柄の長女はそんなものがあるとは知らなかった。正雄は自分に貰った運動靴を嬉しそうに手に取って見ている。

第一部が終って、全員、昼食の六畳の部屋へ移る。朝、妻と二人で居間の食卓を運び込み、前からこの部屋にある机と並べた。花模様のテーブルかけをかけた上にめいめいのサンドイッチの皿、紅茶茶碗、牛乳、苺とネーブルの入った皿が並べてある。別にテーブルのまん中に藤屋で前の日に買ったアップル・デーニッシュなどの菓子パンとサンドイッチの包み一つ。ただし、みんな、自分の前に置かれたサンドイッチで満腹して、菓子パンに手を出す者はいなかった。

ミサヲちゃんが、フミ子の幼稚園の組分けが決まりましたというと、フーちゃん、テーブルのいちばん端、庭寄りの席から、

「うめ組」

といった。自分の入る組をちゃんと覚えている。ほかに「ゆり」「ばら」「コスモス」があるらしい。フーちゃんの向いの席にいた正雄が、

「ぼくは、ばら組」

といった。もうそのばら組も終って、今度は小学一年生だ。

会食が始まってすぐ、妻が硝子の器の水に黄色の小菊の花を五つ浮かべたのを持って来て、

フーちゃんと正雄の前に置いた。そこへちいさな蠟燭に火をつけたのを浮かべた。これは去年の暮に市場の薬局のくじ引で当てた、いちばんびりの賞品の、星型の「水に浮かべる蠟燭」で、クリスマスにあつ子ちゃんやミサヲちゃんに分けて上げ、南足柄の長女に送る宅急便のなかにも入れた。ひとつだけ残してあったのに火をつけて、浮かべた。小菊の方は、お彼岸に市場の八百屋で買った花のなかに入っていた。あんまり仏さんの花みたいなので、別にして六畳の部屋の机の花生けに活けてあった。その小菊を五つ、鋏で切って水に浮かべた。紫の蠟燭とよく合うだろうと妻は考えたのであった。

みんな、水に浮かべたちいさな、星型の蠟燭の火を見つめた。それはちょっとした卓上の飾りであった。ところが、どうしたわけか、水に浮かべた小菊が、蠟燭の火に近づいてゆく。熱のある方へと引き寄せられるのだろうか。

フーちゃんは気にして、指を出して花が蠟燭の火に近寄らないようにする。火のそばから引き離そうとする。正雄も指を出す。二人が苦心しても、花はひとりでに蠟燭の火に近づこうとする。その動きを止められない。

「お花、可哀そう」

と、フーちゃんはいった。もてなしのつもりでせっかく妻が考え出した卓上の飾りのために、子供らは引きまわされた。もともと短かった蠟燭の芯が無くなって、火が消えたのは、会食が終って妻が卓上の紅茶の茶碗を片附けにかかる少し前であった。

いちばん先に食べ終ったフーちゃんは、「ごちそうさま」といって、部屋から出て行った。図書室からバドミントンのラケット二つと球を持って来ると、ラケットの一つをテーブル越しに正雄に渡し、

「正雄ちゃん、バドミントンしよう」

といった。

正雄は動かない。

会食が終ってから子供らは図書室へ行って遊び始めた。妻の話では、フーちゃんが「バドミントンしよう」というのに、正雄は乗って来ない。自分は窓際のベッドに上って、画用紙に絵をかき始めた。フーちゃんや正雄が来たとき、自分で遊べるように、妻はそれぞれに画用紙、鉛筆、クレヨン、色紙、鋏などの入った道具箱を用意してある。そこから出して遊ぶ。フーちゃんはバドミントンをしたかったのに、正雄が乗って来ないものだから、自分もベッドの上で画用紙に絵をかき始めた。

私が図書室へ様子を見に行ったとき、正雄もフーちゃんも窓際のベッドの上で絵をかいていた。

居間の炬燵にいると、妻がフーちゃんと一緒にフーちゃんのかいた「うさぎさん」の絵を見

せに来た。縫いぐるみの「うさぎさん」を見て写生したものらしい。フーちゃんは、図書室に置いてある私の朝の体操用の杖を持っていた。これは六年前に私が病気をして入院したとき、病院の売店で買った杖だ。退院するなり、私はリハビリテーションの散歩を始めたが、そのとき、この杖を持って歩いた。くたびれやすくて、私は葡萄畑の横の日だまりの道を歩きながら、ときどき杖で身体を支えるようにしてひと休みしたものであった。退院後、丁度一年たったときに、妻の提案で散歩に杖は持って行かないことにした。今は、朝の体操に役立てているだけで、あとは使わない。

フーちゃんが「うさぎさん」の絵を見せに来たあとへ、今度は正雄が絵を見せに来た。お祝いに送ってもらった黒のランドセルの絵で、よくかけている。

あとで図書室へ行くと、台所の片附けを終った大人もみんな来ていて、図書室は大入り満員。春夫もみんなの間で動きまわっている。私は勉強机の椅子に腰かける。妻と長女は床の絨毯の上に坐っていて、フーちゃんの遊び相手になっている。工作の好きな正雄は、ひとりでゴムバンドのついたおもちゃを作って遊んでいる。あつ子ちゃんとミサヲちゃんは窓際のベッドに腰かけて、見ている。

はじめ、フーちゃんはボール箱のお風呂に「うさぎさん」や「クマさん」やねこを入れて遊んでいたが、今度はお店屋さんごっこを始める。フーちゃんが八百屋さんで、

「いらっしゃいませ。いらっしゃいませ」

という。お客さんになった妻が行って、

「おいも下さい」

フーちゃんは、「ままごとトントン」のおもちゃ箱からおいもを出して、包丁で切って、妻に渡す。

「おいくらですか」

「三十円です」

牛乳壜の蓋がお金。妻は三枚、渡す。そのうち、牛乳壜の蓋のお金が溜ると、フーちゃんは溜ったお金を妻の銀行へ預けに行く。

春夫はひとりで這いずりまわっている。機嫌がいい。横に坐っていた長女が何かの拍子に両手を上げて、「バンザーイ」というと、春夫はひとこまおいて、のけぞるように両手を上げて、「バンザイ」をした。長女が面白がって、何遍もやらせる。みんな、よろこんだ。

そのうちにあつ子ちゃんが歯医者の予約が二時にあるといって、ミサヲちゃん、フーちゃんも一緒に帰った。急に帰ってしまった。妻はひとしきり遊んだあとでアイスクリームとおぜんざいと長女が買って来たケーキとお茶を出すつもりでいたのが、あつ子ちゃんたちが早く帰ったので、出せなくなったと残念がった。

あとで妻は正雄を連れてOKへ行った。市場のおもちゃ屋で何か買ってやるつもりでいたら、生憎、店が閉まっていた。正雄は、「お休みだから、仕方ないね」という。それでOKでプラモデルの附いたチューインガムを買ってやった。長女が帰るとき、妻は食卓に出して手つかずに残った菓子パン、サンドイッチ、おみやげのオレンジを長女のバッグに詰めてやった。正雄の鉛筆、クレヨン、画用紙の入った道具箱も入れた。小学校へ行くようになると、なかなか来られなくなるから。

夜、「賑やかだったな。いい会だったな」と私がいった。「春夫ちゃんのバンザイがよかったですね」と妻はいった。お祝いの会は終った。

3

子供のお祝いの会の翌日。夕方、雨のなかを妻は広島の妻の姉から届いたネーブル十二個と南足柄の長女が前の日に持って来てくれたちゃぼの卵十個を持って「山の下」へ行く。ミサヲちゃんのところに電気がついていた。勝手口から入ると、台所にミサヲちゃんがいて、「昨日は有難うございました」という。「これ、昨日、渡せなかったから。広島の姉から送って来たネーブルよ」といって渡す。「昨日、出して下さったものですか」とミサヲちゃん。

「そうなの。あつ子ちゃんのところと分けてくれる？　明日でも」

「おいしいネーブルですね。今日は雨で買物に出られないので、嬉しいです」

「昨日、出すつもりでいたのに、早く帰ったからアイスクリームを出せなかったの。持って来て上げるから」

妻がそういうと、ミサヲちゃんは慌てて、

「いいです、いいです。お父さんと上って下さい」

そこへフーちゃんがプラスチックのキャンデーの入れ物の空っぽのをかじりながら出て来た。

「そうだ。アイスクリームとおせんべいと苺持って来よう」

と妻はいう。キャンデーの入れ物をかじっているフーちゃんを見たとたんに、おせんべいを思い出した。春夫が出て来る。妻が、「バンザーイ」といったら、ひとこまおいて、バンザイをした。昨日のように。ちゃぼの卵も、「分けてね」といって渡す。

「苺、無いんでしょう？　持って来て上げるわ」

「いいです、いいです」またしてもミサヲちゃんは遠慮する。

二回目。妻はアイスクリームと苺と厚焼きせんべいを持って行く。厚焼きせんべいはフーちゃんの好物で、これなら虫歯になる心配が無いので、いつも切らさないようにして、図書室の大きな缶に入れてある。

ミサヲちゃんの家はしんとしていた。勝手口の戸をノックする。出て来たミサヲちゃんは雨のなかを妻がまた来てくれたので、気の毒がって悲鳴のような声を出した。フーちゃんは、アイスクリームの入った袋とおせんべいの袋を受取って、大声で、

「どうもありがとう」

といった。

「冷蔵庫へ入れておいてね、アイスクリーム」と妻がいうと、フーちゃん、背伸びして冷蔵庫

の上の冷凍庫へ入れようとする。今度はフーちゃんはキャンデーの入れ物をかじってはいなかった。妻はミサヲちゃんに、

「アイスクリーム、一つ、あつ子ちゃんにね」

といい、苺の箱を渡す。「苺、食べて頂戴」

雨ふりで小さい春夫を連れて買物に出られないミサヲちゃんは、苺を貰ったらどんなに助かるか知れないのである。

煮込うどんのようないい匂いがしていた。春夫は台所のあたりを動きまわっていた。


その翌日。午後、玄関の呼鈴が鳴り、清水さんが来た。ヒヤシンスとチューリップとお国の伊予から届いた新ひじきとちりめんじゃこを下さる。チューリップは会社の出張でオランダへ行ったお子さんの栄一さんが持って帰った球根をヴェランダの鉢植で咲かせたものだそうだ。球根の持込みはいけないことになっている筈だが、持って帰ったという。午前中に妻が駅前の和菓子屋で買ったさくら餅と草餅と自家製のかりん酒を差上げる。

それから妻は宅急便をひとつ出しに市場の八百屋へ行くと、清水さんに会った。清水さんは、

「いま、あつ子さんに会いました」という。いまなら会えるかも知れない、帰りに家へ寄って、清水さんから頂いた新ひじきとちりめんじゃこを持って帰ってもらうようにいえると思って走

ったら、あつ子ちゃんの姿が見えた。東京ガスの営業所の先を曲るところであった。大声を出して、「あつ子ちゃん、あつ子ちゃん」と呼びながら走った。やっとのことであつ子ちゃんに追いついた。

「いま、清水さんから頂いた伊予の新ひじきとちりめんじゃこを炬燵の上に置いてあるから、適当に分けて、持って帰ってくれる？　さくら餅と草餅もあるから。ミサヲちゃんのところと一つずつ持って行って」といった。

妻が息を切らして走って来たので、あつ子ちゃんは驚いて、

「お母さん、どうしたのですか」

といった。これだけのことを話したかったから、必死になって走ったのであった。

帰ってみると、長男からの手紙が炬燵の上に置いてあった。ポストに投函するつもりで、書いたらしく、こちらの宛名も自分の所書きと名前もきちんと書いてあった。あつ子ちゃんがお使いに行きがけに郵便受に入れたのを、帰りに寄ったとき、家の中へ持って入ったのだろう。この前、大阪ヒルトンホテル三泊の旅に行った折に持ち帰ったらしい大阪ヒルトンのマーク入りの便箋に書いてある。

拝啓

昨日は産着料としてお祝いを頂き、有難うございました。大事に使わせて頂きます。お父さんが今の私の年齢の頃はと考えてみると、丁度生田に引越して来た頃で、中学生の夏ちゃんを先頭に三人の子の父親でした。それに比べると、私の場合、大分出遅れた感じですが、あつ子と二人、力を合せて、頑張って行きたいと思います。

うしろにあつ子ちゃんが書いている。

出産まで健康に気を附けて過したいと思います。これからも分らないこと、いろいろと教えて下さいネ。近くにみんながいるというのは、本当に心強いものです。

夜着るだけでは惜しいような、可愛くて素敵なネグリジェです。役に立つもので、とても嬉しいです。ありがとうございました。

あつ子

南足柄の長女から庭で採れた生椎茸をいっぱい入れた宅急便が届いた。妻は着くなりすぐにその生椎茸を取り出して、台所のガスの天火で干し椎茸の製造に取りかかった。長女の手紙が添えてある。

ハイケイ　足柄山からこんにちは。

昨日は本当に楽しい、おめでたいもろもろのお祝いの会を盛大に開いていただいて、有難うございます。朝早くからおいしいサンドイッチを作ってもらって、六畳の間にきれいにセッティングされたテーブルからアップルティーの香りが立ち昇り、硝子の器の中でお花と火のついた星型のロウソクが揺れて、素敵な昼食会でした。玉子、トマト、ほうれん草、ツナ、ハム、胡瓜のサンドイッチは色どりも美しくて、ほっぺたがおっこちそうなほどおいしかったです。苺とネーブルも甘くて、おいしかった。正雄には会の前日にピカピカの上等のランドセルが三越から届き、一遍に入学の気分が盛り上りました。正雄はもう嬉しくて嬉しくてランドセルをしょっては家の中を走りまわり、ちょっと指のかたがついたら、布で拭いています。その上、昨日はボランティア貯金通帳をいただいて、とても重みのある、意義深いプレゼントで有難く思っています。世界中の可哀そうな友達のことをいつも忘れないように教えます。叔父さんたちからは運動靴とトレーナーをもらい、こんちゃんとお使いに行って、プラモデルの附いたお菓子を買っていただくやら、正雄にとってはお誕生日とクリスマスが一遍に来て、おまけに桜も満開という豪華な日でした。（今日、歯医者さんで歯を二本も抜かれたのにちっとも泣かなかったのは、まだ昨日の嬉しい気持が山のように残っていたのですね）

サンドイッチ・パーティーのあとは図書室でおもちゃ箱を引っくり返してお遊びの時間。最後は春夫ちゃんのバンザイでめでたくしめくくり。私と正雄はそのあとケーキとお茶までいただいて、何にも働かないでおいしいものを食べて遊んだ極楽の一日でした。それから、菓子パン、ネーブル、帰りに買っていただいた海苔と削りかつお、お母さんが分けてくれたスカート二着、お花のナプキン、紅茶、正雄のお道具箱（中に粘土、鉛筆、色紙など）と、お土産の数々をいただき、本当に有難うございました。

只今、お庭は水仙が何百本と風に揺れています。もうすぐ桜、花みずき、えびね、すみれ、薔薇が咲き出します。わが家がえびね御殿になる日も近いです。今年こそ清水さんに庭のえびねを見て下さいと約束したので、四月中旬から下旬に、清水さんと一緒にきっときっと来て下さい。四月五日が正雄、七日が明雄と、春の行事の入学式が続きます。それが終ると、高校一年の明雄と予備校の良雄の朝五時起きの通学が始まるので、お弁当作りやら何やらでまたまた忙しくなりそうです。小学生の正雄も最初の一週間は歩いて送り迎えが必要だし、ひよこはかえる予定です。しばらく生田へ行けなくなりますが、こちらにどうぞピクニックに来て下さい。雨ばかり続いて椎茸を採れなかったら、だんだん茶色になって来て、慌てて全部採ってしまいました。お母さん、済みませんが干し椎茸屋さんになって下さい。送っているうちにダメになるのもあるかも知れないけど、そういうのは捨ててね。

急げ急げ。これから荷造りします。どうぞお元気でいて下さい。さようなら

椎茸山のお夏より

昼前、玄関でフーちゃんらしい声がしたかと思うと、ミサヲちゃんがフーちゃんを連れて庭へ入って来た。妻はお使いに行って留守であった。急いで六畳の間へ行き、硝子戸を開けて、さあ上って頂戴というと、ミサヲちゃん、

「今日はお父さんにお願いがあって」

という。

何かと思ったら、今度フーちゃんの入るみどり幼稚園へ何かあったときに引取りに来る緊急引取人というのを書いて出さなくてはいけないので、なって頂けますかという。

「いいよ、いいよ。いつでもフーちゃん引取るよ」

という。

ミサヲちゃんはこれからお買物に行きますといい、フーちゃんと庭から出て行く。いい具合にそこへ妻が帰って来た。勝手口で妻に、「いま、ミサヲちゃんとフーちゃんが来た」というと、妻は走って玄関へ。二人は引返す。妻は昨日から去年のクリスマスにミサヲちゃんが作ってサンタさんの贈り物としてフーちゃんに上げた人形の「くるみちゃん」を寝かせるお布団を

縫っていた。それをフーちゃんに見せる。フーちゃんはお布団を持って帰るといったが、これから買物に行くからとミサヲちゃんにいわれる。この間に妻は図書室からお菓子の入った小さな箱を持って来て、フーちゃんに、どれか取りなさいという。フーちゃんは迷って、ミサヲちゃんに、「おかあさん、取って」という。ミサヲちゃんは一つ取って、フーちゃんのバッグに入れてやった。「くるみちゃん」のお布団は、「あとで持って行くからね」と妻がフーちゃんにいった。ミサヲちゃんとフーちゃんは庭から出て行く。

郵便受にミサヲちゃんの入れて行った次男の葉書があった。宛名も自分の所書きもちゃんと書いてあって、ポストに投函すればいいようになっていた。

前略　先日は文子の入園祝いと春夫の誕生日の祝いに過分のものを頂き、有難うございました。大切に使い、溜めさせてゆくよう考えております。文子には冬用にアルマイトのお弁当箱が必要となったため、クマのプーさんの図柄のものを買うのに、早速使わせて貰いました。春夫は大分、表情と主張が現われて来ましたが、文子の方は一段と「喜」と「哀」と「我」が発揮されるようになり、寅年の本領を出し始めているのを（前からですが）実感しつつあります。

葉書の終りの部分はミサヲちゃんの字で、

「お祝いと楽しいお食事会をありがとうございました」

と書かれてあった。

註・フーちゃんには郵便局の三人共通のボランティア貯金と別に入園祝いを上げた。妻がフーちゃんの服を買って上げようかといったら、ミサヲちゃんが、「なんにも要りません」といったので、ボランティア貯金の分と合せて入園祝いになるくらいのお金を別に包んで上げた。

夕方、妻は人形の「くるみちゃん」を寝かせる布団を持って行く。昼前にミサヲちゃんと二人で来たとき、「あとで持って行くから」といったので、フーちゃんはきっと待っているに違いないといって出かけた。

妻の話。「山の下」へ行くと、会社が休みらしく、長男が家のすぐ前に作っている花壇を掘り返していた。(あとであつ子ちゃんから聞いたのだが、長男はこの花壇に清水さんから頂いたジャーマンアイリス、シラーを始め、いろんな草花を育てていたのを、今度は野菜を始めることにして、小松菜と葱の種を蒔いたのだそうだ)あつ子ちゃんが出て来て、人形の布団を見せると、「いいわー」という。声を聞きつけてフーちゃんが来た。妻はフーちゃんに布団を渡した。

「いいなあ。長男が覗き込んで、おじちゃん、寝ようかな」

というと、フーちゃんは布団（枕もついている）を持って急いで家へ帰り、勝手口の戸を叩く。ミサヲちゃんが出て来て、「有難うございます」といってから、「フミ子、ずうっと待っていました」といった。「ずうっと」というところに力を入れていった。

昼前来たとき、フーちゃんは人形の布団を見て、持って行きたいといったのを、ミサヲちゃんに「お買物があるから」と止められた。本当はその場で持って行きたかったのである。買物から帰ってから、いつ妻が人形の布団を持って来てくれるかと待ちかねていたのだろう。ミサヲちゃんに、

「こんちゃん、まだ来ないかなあ」

といい続けていたのかも知れない。

フーちゃんは布団を持って、さっさと家の中へ入り、奥の間に姿を消した。早速、「くるみちゃん」を出して、布団に寝かせてみたのでしょうと、妻はいった。

妻は人形の布団と一緒に高知から届いた土佐文旦を持って行き、あつ子ちゃんとミサヲちゃんに五つずつ分けて上げた。

二月に長男が持って来てくれた鉢植のパンジーは、玄関へ上る大谷石の階段のまん中に上から下へ並べてある。持って来てくれたのは寒い時分であった。まだ蕾が二つ三つしかついてい

なかった。あれは二月の半ばではなかっただろうか。ヒルトンホテルでの家族による私の古稀の祝賀会の前ころで、妻は、「何よりのいいお祝いを頂いて有難う」と長男宛の礼状に書いたのを覚えているという。

そのうちにパンジーが咲き出した。パンジーの大きな鉢が四つで、あとの小さな二つの鉢は青いちいさな花の咲くプリンセス・ブルー。長男は会社が休みの日の朝、この六つの鉢植の草花を運搬用のねこ車に全部入れて、「山の下」の家から運び上げてくれた。それから、裏の、小松林のあとの崖へ行って、園芸用の山の土を掘って、ねこ車にいっぱい積んで持って帰った。あれから随分日にちがたつが、パンジーもプリンセス・ブルーも咲き続けている。

フーちゃんに「くるみちゃん」のお布団を上げた翌日。夕方、買物に行く道で妻は、地主さんから借りている畑から下りて来た清水さんに会った。清水さんが先に見つけて手を振った。清水さんは薔薇に肥料を与えて、これから帰るところであったが、妻と連れ立って、もう一度、畑へ上る斜面の細い道を引返した。

清水さんの畑は、黄水仙の花ざかり。清水さんは、黄水仙、ヒヤシンス、貝母《ばいも》、クリスマスローズを切って下さる。

「清水さん、おいも召上りますか」

と訊いてみる。頂きますという。

家へ花を持って帰って、ガスの天火で焼いたおいもを清水さんのところへ届ける。

「密輪のチューリップ、書斎の机の上に活けてあります」

といったら、清水さん、笑う。会社の出張でオランダへ行った栄一さんがこっそり持ち帰った球根をヴェランダで咲かせたのを持って来てくれたことをいったのだが、清水さんは、

「どうしてあんなこと、したんでしょうね」

といっている。草花を育てるのが何より好きな清水さんを喜ばせようとして、球根の国内持込みは多分、禁止されていることに気が附かなかったのだろう。栄一さんの孝心から出たことである。

夕方、ミサヲちゃんから電話がかかる。

「明日から氏家へ行くことにしました。七日に帰ります」

氏家はミサヲちゃんの栃木の実家。お父さんとお母さんと会社勤めをしているお姉さんの育ちゃんがいる。フーちゃんの幼稚園の入園式が四月九日。幼稚園が始まれば当分氏家にも行けないから、行くことにしたのだろう。それからミサヲちゃんは、「フミ子が人形のお布団、といってもよろこんでいました」という。電話が終ってから妻は、「フミ子が人形のお布団、とってもよろこんでいました」とミサヲちゃんがいっていたと、二回いった。

妻は紅茶のポットにかぶせるポットカバーと敷物を作っている。ミサヲちゃんに上げるといっている。また、うちにある、フーちゃん用の「お目々つぶる人形」のリリーちゃんを寝かせる布団と枕も作った。結婚するまで長女がいた部屋のベッドの上にその布団を置いて、「お目々つぶる人形」を寝かせている。私は朝、仕事にかかる前に鉛筆を削りにこの部屋へ行くと き、長女の小学生時代からの勉強机で、結婚するまでずっと続けて使っていた古い机に備えつけの鉛筆削りで鉛筆を削ったあと、かたわらのベッドのちいさな布団に寝かせてある、「お目々つぶる人形」をいつもちょっと見る。それが私の朝の日課になっている。

ミサヲちゃんがフーちゃんと春夫を連れて氏家へ行った日の翌日。午後、妻は世田谷の友人が送ってくれた京都のきさらぎ漬のなかからお裾分けしたのを清水さんに届ける。清水さんの御主人はこのきさらぎ漬が好きで、奥さんに「きさらぎ漬は小皿に分けて出してくれ。でないと、鉢ごと抱え込んで、全部ひとりで食べたくなる」というそうだ。清水さん、よろこぶ。今日は月に一回の近くの大学病院での定期検診の日であった。(清水さんは何年か前に体調を崩したことがあって、それ以来、月に一回、病院へ行っている) ずっと担当してくれている先生に畑の花を持って行った。先生に、「花を持つと、若く見えるね」といわれたという。

清水さんは明日、銀行に勤めている圭子さんと一緒に宝塚歌劇団花組の東京公演を観に行く。

花組の主役の生徒のファンの会に入っている妻が、切符のお世話をした。大へん楽しみにしている。清水さんが宝塚歌劇団花組の東京公演を観に行くのは、これで何回目だろうか。四回目くらいではないか。最初が「キス・ミー・ケイト」で、二回目が「会議は踊る」であった。伊予で生れて宝塚を観たことの無かった清水さんは、はじめて花組の公演を観て、すっかり感心してしまった。殊に主役の生徒のダンスのうまいのに驚いて、一遍に宝塚ファンになった。清水さんは前から妻が宝塚を観に行く度に話を聞いていた。それで「キス・ミー・ケイト」のとき、妻は「よかったら、一度、ご覧になりませんか」と声をかけてみたのである。

午後、氏家のミサヲちゃんから電話がかかった。妻がグレープフルーツのほかにいろいろ詰合せて送った宅急便が着いて、みんなよろこんでいますというお礼の電話であった。「フーちゃん、どうしている」と妻が訊くと、「おじいちゃんが近所の女の子のいる家へ連れて行きました」とミサヲちゃんはいった。その家にフーちゃんと同じ年の、もと子ちゃんという女の子がいる。お父さんが連れて行ってくれた。

その翌日。妻はきさらぎ漬とガスの天火で焼いたおいもを「山の下」へ持って行く。きさらぎ漬はあつ子ちゃんのところとミサヲちゃんのところと四種類ずつ分ける。氏家へ行って留守のミサヲちゃんの家には、鍵を開けて入って、きさらぎ漬を冷蔵庫に入れておいた。フーちゃんたちは明日帰って来る。

あつ子ちゃんに「つくし、要る?」と訊く。「清水さんから茹でたのを頂いたの」あつ子ちゃん、「つくし、あるんですか」といってよろこび、妻の持って行った買物籠を覗く。「今は持って来ていないけど。訊いてみたの。好き好きがあるから」と妻はいった。あつ子ちゃんは食べたいという。

「大家さんから根三葉を頂きました」

あつ子ちゃんは、その根三葉を分けてくれる。水道局を退職してから畑でいろんな野菜を作っている大家さんの小父さんは、ときどき庭先の家作にいる長男夫婦に畑の野菜を分けてくれるのである。

今度は妻が、

「おせんべい、要る?」

と訊く。

「いま、おせんべいとチーズに凝っているんです」とあつ子ちゃん。

七月に生れる赤ちゃんに着せるもののことを訊くと、みんな友達のところから来るので、なんにも要りませんとあつ子ちゃんはいう。ベッドも来る。バギーまで来ることになっている。

「お布団は?」「お布団も来ます」「何か要るものがあったら買って上げるから、いってね」と妻がいったが、全部友達のところから来ますからという。簞笥も、いまあるもので場所を作ったら赤ちゃんの分が入りますという。あつ子ちゃんの実家の茨城県古河のお母さんからも電話がかかって来て、「本当に何も要らないの」といったそうだ。そんなわけで、赤ちゃんのものは全部友達から来るという。

その翌日は雨。氏家からフーちゃんたちが帰って来る日。妻は「山の下」へ清水さんから頂いた土筆と厚焼きせんべいを持って行く。昨日、あつ子ちゃんに会ったとき、土筆は茹でたのがいいか、煮びたしにしたのがいいかと訊いたら、茹でたままのがいいといったので、そうする。(清水さんがはかまを全部取って、茹でたのを下さった)

ミサヲちゃんの家へ寄って、茹でた土筆を冷蔵庫に入れ、おせんべいを机の上に載せておく。冷蔵庫の中を見たら、昨日入れておいたきさらぎ漬しか無かったので、フーちゃんを連れて行ってやるとよろこぶバス通りの店のローソンへ行って、牛乳を買って来て、冷蔵庫へ入れておく。フーちゃんたちが今日氏家から帰ってくるので、雨戸を開けておく。

午後、電話がかかる度に妻と、「そら、ミサヲちゃんからだ」といったが、選挙の電話でがっかりする。最後にミサヲちゃんからかかった。妻が「お帰り」といったら、ミサヲちゃん、「まだ氏家にいるんです。雨ふりで一日帰るのを延ばしました」という。「今日、行って、雨戸開けて来たよ」「大丈夫です。かずやさん帰りますから」「食べるもの、置いてあるんだけど」「何ですか」「冷蔵庫にきさらぎ漬。それから机の上に焼きいもとおせんべい」すると、ミサヲちゃん「それなら大丈夫です」という。

明くる日も雨。明日が幼稚園の入園式だから、雨ふりでも今日はミサヲちゃんたち帰って来なくてはいけない。春夫を抱いて、フーちゃんを連れて、傘さして帰らなくてはいけないから大変だが、仕方が無い。

昼前、一回目の散歩に出た留守にミサヲちゃんから電話がかかった。妻が出ると、いきなりフーちゃんが大きな声で、「ただいまー」といった。もうかかって来るかと妻が心待ちにしていたころにかかった。

「濡れた?」と訊くと、「濡れない」「何で帰ったの。タクシー?」「電車」そこでミサヲちゃんに代った。氏家は、雨は降っていなかったという。「向ヶ丘遊園からタクシーに乗りました」「濡れなかった?」「濡れずに帰りました」というので、妻はほっとした。「明日、何時ごろ家を出るの」と訊くと、「八時五十分ごろ。歩いて行きます」という。「お昼のサンドイッチ、作って上げようか」と訊くと、「いえいえ、すぐ帰りますから」とミサヲちゃんは慌てていった。「送りに行くかも知れないよ」といっておいた。

散歩から帰って、妻の話を聞いてよろこぶ。フーちゃんは、大きな声で、いきなり「ただいまー」といったらしい。「破《わ》れ鐘のような声で」と妻はいった。無事に帰って、よかった。ほっとする。

フーちゃんの入園式の日が来た。朝、起きたときは、まだ少し前まで雨が残っていたが、「見送り」に行くために妻と一緒に家を出るとき、明るく日が差して来た。いい天気になった。

妻は仕度をして、書斎にいる私に、

「行かれますか」

と声をかけた。「行く」と返事をする。フーちゃんがどんな顔をして入園式に行くか、見ておきたい。

妻はフーちゃんに上げる花束を持っている。家を出るのが少し遅れたので、妻は坂道を駆け下りて行く。こちらは走らないで、急ぎ足でついて行く。

次男の家に着くと、庭にカメラを手にした次男がいる。グレイのブレザーにスカートの制服、うすいグレイの帽子をかぶったフーちゃんが、濡縁に立っている。妻から貰った花束（あとで妻に聞くと、ガーベラとフリージアとかすみ草に青い葉がちょっと入っていたという）を持って、嬉しそうに笑っている。

次男は、入園式なので会社を休んだという。それから、「みどり幼稚園は地元の人が始めた幼稚園だって」という。芝生屋さんが始めた。それが子供のときからこの土地が好きな次男には嬉しいらしい。

庭に次男が球根を植えたチューリップが咲いている。白が六つ。長男の作っている家の前の花壇には、鉢植のパンジーがいっぱい並んでいる。

ミサヲちゃんが水色の新しいスーツを着て出て来る。家の前の黄水仙のところにフーちゃんを立たせて、次男が写真を撮る。花束を手にしたフーちゃんは、カメラを向けるとうしろを向いてしまう。私と春夫を抱いた妻も入って、写してもらう。ミサヲちゃんも入る。今度は入れ代って、次男とフーちゃんをミサヲちゃんが写す。

フーちゃんのブレザーの胸に名前を入れるところがあって、「うめぐみ」として名前が書いてある。

ミサヲちゃんとフーちゃんが先に立って歩き、次男と私と春夫を抱いた妻があとから歩く。どこまで送って行くか。葡萄畑の横を歩いて、車の通る道まで来る。ミサヲちゃんとフーちゃんは向うへ渡り、こちらは残る。「行っていらっしゃい」と妻が手を振る。ミサヲちゃんとフーちゃんの姿は見えなくなった。

帰り途、次男は会社の同僚でこの地区の少年サッカーのコーチを一緒にしていて、今度、名古屋に転勤になった田村さんから、「これ、預ってくれないか」といって、金魚鉢に入った金魚を一ぴき貰った話をした。妻は、この前来たとき、金魚鉢にちいさな金魚が一ぴきいるので、どうしたのかと思ったのと話す。

家まで戻って、次男はその金魚鉢に入った金魚を見せてくれた。

最初、庭にいる次男に会ったとき、次男は幼稚園の制服を着たフーちゃんを見ながら、

「フミ子は幼稚園へ行くのが嬉しくて嬉しくて」

といった。前から楽しみにしていた、やっと幼稚園へ行く日が来た——というふうにいった。

夜、次男がそういったことを話すと、妻は

「フーちゃんは学校が好きなのね。小さいときから、学校へ行きたがっていました」

という。

「そうだ。ぼくは学校へ行くんだ、といっていたな」

ひところ、フーちゃんは「ぼくは」とよくいった。南足柄の長女が家へ来たとき、妻に、

「フーちゃん、ぼくっていうのね」と面白そうにいったことがある。氏家のミサヲちゃんのお兄さんの子供の修平ちゃん、良平ちゃんと遊んでいるうちに覚えたのかも知れない。直立不動の姿勢をして、いきなり、

「ぼくはがっこうへ行くんだ」

というのである。それが三歳のころのことであった。

「うちへ来て遊ぶときでも」

と妻がいった。

「よくがっこうをやって遊んでいましたね。図書室のベッドにねこを並べて。ねこが生徒で、フーちゃんの抱いて来る犬が先生なの」

次男が会社の研修旅行でニューヨークへ行ったとき、フーちゃんのおみやげに縫いぐるみの大きな犬を買って来た。その犬をフーちゃんは外へ出るときいつも抱いて歩いていたことがあった。

「ねこの生徒に一人一人、先生の犬の前へ出て行って何かいわせるの」

と妻がいった。

「それから、生徒に絵をかかせたり」

「とにかく、学校が好きだったな」

「好きでした。書斎で遊ぶときでも、犬の先生を椅子に坐らせて、その前に生徒のねこを並べて、おまけにその狭いところに自分も坐ろうとするんです」

そんなことを私と妻は話した。「がっこう」と幼稚園とはまた別ではあるけれども、その「がっこう」へ行く一歩手前の幼稚園へフーちゃんは行くようになった。

フーちゃんの着ていたグレイのブレザーとスカートがよかったという話になる。かぶっていた、うすいグレイの帽子もよかった。

「フーちゃんの制服制帽は、宝塚音楽学校の制服制帽に似ていますね」

と妻がいい出す。私たちの友人のS君の次女のなつめちゃんが(それがいま宝塚歌劇団花組で主役を演じる生徒になっている)宝塚音楽学校を卒業したので、どんな制服制帽か、私たちは知っている。この発見に妻は気をよくした。

妻は様子を尋ねるためにミサヲちゃんに夜、電話をかけたとき、そのことを話した。ミサヲちゃんは、「落着いた幼稚園です」といった。入園式の印象がよかったのだろう。次男は会社を休んで家にいたし、夕食に何を食べたのだろうと私たちは話していた。妻が訊いてみると、

「しゅうまいを食べました」とミサヲちゃんはいった。この前、誕生日のお祝いに妻が上げた中華せいろうでふかしたのだろう。

「フーちゃんも入園式が済んで、ほっとしているだろうな」

「そうですね。やっぱり、気くたびれするでしょうね」

「これから毎日、行くんだな」

「そうですね。ミサヲちゃん、歩いて通わせるといっていました。幼稚園のバスもあるけど」

「始まったら最後だな。もうずっと行かなくちゃいけない」

そんなことを話したあとで、妻が春夫の表情のことをいい出した。

「お母さんが外出の支度をするし、フーちゃんは制服を着るし、どうなるんだろうと思ったんでしょうね。何か不安な顔をしていました。送って行って別れて帰るときなんか、心細そうな顔をしていました」

私たちは入園式に行くフーちゃんに気を取られていたが、春夫は心細かったに違いない。お母さんとお姉さんが二人揃って出かけてしまったのだから、無理もない。

朝、約束の時間に前の坂道をあつ子ちゃんが上って来る。今日は宝塚歌劇団花組の公演を日比谷の東宝劇場へみんなで観に行く。南足柄から駆けつける長女と、宝塚を観るときいつも切符の世話をしてくれる友人のS君とは劇場の前で会う。

あつ子ちゃんに会うなり、妻は、

「フーちゃん、どうしている?」

と訊いてみた。入園式から五日たった。馴れない通園でフーちゃんはくたびれていないかと思ったからであった。

「元気で元気で。幼稚園から帰ったら、午後は近所の子供と遊びまわっています」

とあつ子ちゃんはいった。

「ミサヲちゃんが、フミ子は疲れを知らないっていっています」

最初の二週間ほどはお弁当はなしで、昼までに帰って来るということを聞いている。妻は今度の花組公演にフーちゃんを連れて行こうかと考えていた。ためらうミサヲちゃんに、「大丈夫よ。心配要らないわ」といって励ました。いつか宝塚の舞台をフーちゃんに見せてやりたいというのが、妻の夢であった。ところが、次男とミサヲちゃんが話し合って、まだフミ子にはちょっと無理だから、見送りますと妻の方にいって来た。それで妻もフーちゃんを連れて行くのを諦めた。次は十一月にもう一度、花組の東京公演がある。そのときには連れて行こうといっている。


昼前、勝手口で誰か人が来たらしい声がすると思ったら、妻が書斎へ来て、

「清水さんからお花をいっぱい頂きました」

という。出て行って、お礼を申し上げる。

「昨日、宝塚を観て来ました」

というと、清水さん、顔を輝かせて、

「よかったでしょう」

「ええ、よかったです」

自分の身内の者が宝塚歌劇団にいるように、「よかったでしょう」といったのがおかしかった。

頂いたのはフリージア、沢山の（日本の）チューリップ、ライラック、水仙、花菱草。おかげでたちまち家の中に花がいっぱいになった。

午後、妻が見て下さいというので、台所の裏の通り道の花壇へ行くと、紫の花がかたまって咲いている。

「匂いすみれです。去年、清水さんから頂いて植えたのがひろがったの」

きれいな色をした草花。妻が鋏でいくつか切って、小さなグラスに活けて、机の上に置いてみた。

夕方、前の日に届いた新しい随筆集、『誕生日のラムケーキ』（講談社）の一冊に署名してフーちゃんに上げることにして（というのは、フーちゃんの登場する随筆がはじめの方にいくつも出て来るので）妻が苺と厚焼きせんべいと一緒に持って行く。ミサヲちゃんは台所にいて、春夫が床を這っている。いつも見ているテレビの「おかあさんといっしょ」を居間で見ていたフーちゃん、出て来る。

「おじいちゃんからフミ子に頂いたのよ」

とミサヲちゃんがいって本を見せる。フーちゃん、手を伸ばす。「汚れるから、あとで見せて上げるね」とミサヲちゃん。

「幼稚園で何してるの」と妻が訊くと、フーちゃんは考えている。「いろんなことしてるのね」とミサヲちゃんが助け舟を出す。

こんなふうに何か訊かれても、すぐにぱっといえないで、考えてしまう。そこがフーちゃんらしい。もともと、無口なのである。

妻が春夫を抱き上げて、「あつ子ちゃんのところへ行って来るから」とミサヲちゃんにいう。フーちゃん、

「春夫君、持って行くの?」

と訊く。「おかあさんといっしょ」も見ていたいし、妻について行きたいし、ちょっと迷ったが、妻について来る。

あつ子ちゃんの家へ来て、玄関の呼鈴を押してから横を見ると、ついて来た筈のフーちゃんがいない。どうしたのかと思ったら、妻のうしろに隠れていた。

帰って来てからの妻の話。フーちゃんは両足の膝のところと片方の手の肘をすりむいて、赤チンを塗ってあった。どこで転んだのだろう。

フーちゃんは、少し細くなった。豆タンクみたいでなくなった。幼稚園までの道を毎日歩い

て往復するようになって、細くなった。気疲れもあるのかも知れない。それとも背が伸びる時期になったのか。少しすらっとして来たような気がする。

「急に女の子っぽくなった」

と妻はいう。


昼前、妻と一緒に「山の下」へ南足柄の長女が送ってくれた八朔の包みと母の命日のまぜずしをさげて行く。あつ子ちゃんが出て来る。次男の家の庭に鯉のぼりが上っている。

「昨日、何か物を叩く音がすると思ったら、かずやさんが鯉のぼりの柱を立てていました」とあつ子ちゃんがいう。大きな鯉が二ひきと小さいのが一ぴき、上っている。大きな二ひきは、春夫の初節句に氏家のおじいさんから贈ってくれたもので、信州松本の民芸店に注文して作った手染の鯉のぼり。小さい方は、ミサヲちゃんのお姉さんの育ちゃんが作ってくれた。

「フーちゃんは幼稚園の帰りは、四十分かかるそうです」

とあつ子ちゃん。「ミサヲちゃんが迎えに行くときは、三十分といっていました」

幼稚園のバスもあるのだが、歩かせている。

そんな話をしているところへ、ミサヲちゃんが春夫を乗せたバギーを押して帰って来た。そのうしろから、フーちゃんがしょんぼりした顔をして入って来る。どうしたのだろう。

「お帰りなさい」と妻がいっても、こちらに声もかけずに、しょんぼりしている。何かねだって、ミサヲちゃんに叱られたところなのだろうか。

家にも入らずに裏口のブロックの石垣の上にそっと腰を下した。どうしたのだろう。八朔を十二個ずつ入れたさげ袋とまぜずしをあつ子ちゃんとミサヲちゃんに渡して、私たちは帰った。家へ帰ってからも、妻と私は、しょんぼりしていたフーちゃんのことを気にして、どうしたのだろうと話した。

午後、妻は清水さんに電話をかけて在宅を確かめてから、母の命日で作ったまぜずしを持って行く。清水さんは団地の四階から下りて、下で待っていてくれた。

「母の命日でおすしを作りました」といって渡す。チューリップとフリージアを頂く。これから郵便局まで行きますといって別れる。

郵便局から帰って来たら、清水さんが外の道で待っていてくれる。

「お母さんのお命日なら、これがいいでしょう」といって、白山吹の花をくれる。畑へ行って、切って来てくれたのであった。

夕方、妻は「山の下」へ茹でた竹の子を持って行く。ミサヲちゃんの家へ寄ると、アイスクリームの入っていたらしいグラスを持ったフーちゃんが出て来る。今度は、しょんぼりしていない。

「さっきはどうしたの」

と妻がいったら、

「何でもなかったね」

とミサヲちゃんがいった。

「幼稚園で何してるの」と訊いたら、フーちゃんは「わからない」という。清水さんから頂いたチューリップを持って来たので、

「チューリップの絵、かいているの?」

ミサヲちゃんが代って、「まだお絵かきはしてないね」といった。

「これからあつ子ちゃんのところへ行く」といったら、フーちゃん、

「こんちゃんとおさんぽに行く」という。

「いま遊んで帰って来たところでしょう。もう夕方だから」

とミサヲちゃんに止められた。

フーちゃんは泣き出しはしない。悲しそうな顔をしただけ。前は、こんなとき、いきなり大声で泣き出したものだが、聞き分けがよくなった。

あつ子ちゃんのところへ茹でた竹の子を持って行って、あつ子ちゃんと話していたら、お昼前に長女から届いた八朔と一緒に持って行った母の命日のまぜずしのお弁当箱を二つ、フーち

ゃんが持って来て、元気のいい声で、

「ごちそうさま」

といって、妻に渡した。

幼稚園から帰って、すぐに食べたのだろう。いつものフーちゃんらしくなっている。さっきはミサヲちゃんのいう通り「何でもなかった」のだろう。四十分も歩いて帰って、ただ少しくたびれていただけなのかも知れない。

4

夕方、妻と「山の下」へ行く。明日のお墓参りのための大阪行きの、新幹線での昼食のサンドイッチ用に藤屋で買った食パンが一斤余ったのを持って行く。

家の裏手にフーちゃんが立っているのが見えた。妻が「フーちゃん」と呼ぶ。勝手口のあたりでフーちゃんの、

「こんちゃんだァ」

という声が聞えた。

ミサヲちゃんは春夫を抱いて家の外にいた。お隣では長男が菜園の小松菜に如露で水をやっていた。妻は持って来た食パンをちぎって、ミサヲちゃんに抱かれている春夫の口に入れてやる。焼きたての食パンだから、何もつけなくてもおいしい。

それから春夫を抱いて妻は、「おさんぽに行こう」という。フーちゃんはミサヲちゃんに、「フミ子、行きたい」といった。で、一緒に出かける。はじめは家の近くをひとまわりくらい

のつもりで歩き出したが、

「どっちへ行く?」

と妻が訊くと、フーちゃんは葡萄畑の横の道を指す。家の近くをひとまわりでなくて、もう少し遠くの方まで行きたいらしい。もう少し遠く、ということは、いつも妻と一緒に行くときは何かしら買ってもらう、バス通りのお気に入りの店のローソンまでということだろう。で、結局、葡萄畑の横の道を通って、ゆるい坂道を下りて、バス通りへ来る。信号が青になるのを確かめて渡る。フーちゃんは片手を上げながらバス通りを越える。ミサヲちゃんに教わったのだろう。


ローソンでは玩具の売場を三ところ見てから、着せかえ人形を買う。フーちゃんは、「ありがとう」という。着せかえ人形の入った袋を手首にさげたフーちゃんと、バス通りを渡って帰る。ぶらんこのある、道ばたの遊び場まで来て、入る。前にここへ来たとき、ぶらんこに乗ったフーちゃんは、「犬のおまわりさん」の歌を気持よさそうに歌った。


ところが、今日はフーちゃんは、どうしたのか、「指がいたい」といい出す。指の先をどうかしたらしい。

「指がいたくて、ぶらんこ、持てない」

という。

指の先を怪我するようなところはどこも通っていないから、どうして急に指が痛いといい出したのか、訳が分らない。

ぶらんこに乗ったフーちゃんを二、三回押してやりながら、妻は、こちらに向って、

「フーちゃん、細くなった。背中が細くなっている」

という。

幼稚園まで毎日、歩いて通うようになってから、二週間近くなる。それで細くなったのだろうか。あつ子ちゃんの話では、フーちゃんは、幼稚園から帰ってからも近所の子供と遊びまわっていて、ミサヲちゃんから、

「フミ子は疲れを知らない」

といわれているそうだが、その「疲れを知らない」フーちゃんも、馴れない通園と生活の変化で少し細くなったのかも知れない。

ぶらんこを止めて、葡萄畑の横の道を通って帰る。歩きながら妻はフーちゃんに、「幼稚園でぞうさんの歌、うたった?」と訊く。

「うたった」

「さいたさいた、チューリップの花が、うたった?」

「うたった」

あと次々と妻は、「犬のおまわりさん」うたった？　「サッちゃん」うたった？　「屋根より高いこいのぼり」うたった？　と訊いたが、フーちゃんは、「うたわない」という。今度は自分の方から、

「どんぐりころころ、うたった」

といった。お池にはまってさあ大へん、というのだろう。どじょうが出て来てこんにちはというのだろう。いま、南足柄にいる長女が小さいとき、歌っていたので、覚えがある。四十分かかる道を歩いて通うだけでなくて、幼稚園では新しいおうたを覚えなくてはいけないし、おゆうぎも習わなくてはいけない。ぼんやりしているわけにはゆかないだろう。フーちゃんが細くなるのも無理のないことかも知れない。

家へ帰って、フーちゃんは妻に買ってもらった着せかえ人形を袋ごとミサヲちゃんに見せた。それから、指の先の痛いところに何か貼ってもらうようにミサヲちゃんに頼む。

家の前で小松菜に如露で水をやっていた長男は、今度は鉢植の何かの苗を土ごと手で掬って、植えかえの仕事をしていた。今日は会社は休みなのだろう。最初、会ったとき、長男は、この前、フーちゃんに上げる分と一緒に妻が持って行った私の新しい随筆集、『誕生日のラムケーキ』のお礼をいった。妻の還暦の年の誕生日に、スティーヴンソンの子供の詩集があったら読みたいといった妻に、長男が自分の持っていた訳詩集を贈ってくれたという話が出て来るので、

一冊、署名して進呈したのである。その話が「童心」という随筆のなかに出て来るからと知らせてやる。「童心」は、六年前に私が病気になって、救急車で病院へ運び込まれたときに、その直前まで取りかかっていた随筆であった。

バス通りの店からの帰り、妻に抱かれた春夫は、手を伸して空を指す。鳥が飛んでいる。あれを見よというふうに指す。また、今度はほかの方を指す。家へ帰ってから、春夫のその仕草を妻が真似てみせた。

「フーちゃんがそうでした。物いわずに指でさすの」

富有柿の入っていた箱にフーちゃんを乗せて、妻が廊下を押して歩くとき、

「どっちへ行く?」

と訊くと、口でいわないで、行ってほしい方を指で示した。こうして、図書室から廊下を進む「バス」は、書斎の方へ向ったものだ。あれはフーちゃんが二歳のころだろうか。

久しぶりにフーちゃんをバス通りの店ローソンへ連れて行ってやることが出来て、妻も私も満足した。

大阪から帰った翌々日。夕方、妻は大阪の阪急百貨店で買ったフーちゃんのお土産の服を持って行く。大阪へ着いた日にお墓参りをした。二日目に宝塚へ行って、大劇場で月組の公演を

観た。涼風真世のトップ披露公演の「ベルサイユのばら」。その帰り阪急百貨店へ寄って、フーちゃんの夏服を買った。去年の四月に大阪へ来たときも、同じ子供服の店でフーちゃんの夏服を買った。それは紺の縦縞の入った服であったが、今度のは茶の縦縞の入った服。去年の四月に行ったときも、大阪へ着いた日の夕方にお墓参りをして、次の日に宝塚大劇場で花組の公演を観た。東京から連れ立って出かけた友人のS君と妻と三人で観た。

宝塚大劇場での四月公演には、その春、宝塚音楽学校を卒業した生徒全員による口上挨拶というのがある。今年は四十名。紋付に緑の袴の生徒が舞台に並び、前に三人出て（これは日替り）口上を述べる。これがなかなかいい。東京からはるばる出かけて来るのは、この初舞台生による口上挨拶を聞きたいためといってもいい。宝塚を観たあとで、中之島のホテルへ帰る前に阪急百貨店でフーちゃんの服を買うのも、私たちの楽しいプログラムのひとつになっている。

さて、妻が持って行ったお土産の夏服を見て、フーちゃんは大よろこび。包みから出して、先ず身体の前に当ててみる。次に居間へ行って、着ていたブラウスとスカートを脱いで、服を着て出て来る。よく似合う。フーちゃんは、

「ありがとう」

と妻にいい、ミサヲちゃんから、「ございます、というの」といわれて、いい直した。

帰って来た妻は、

「ぴったりなの。よく似合うの」

と何度もいった。

その翌日。朝、南足柄の長女から電話がかかる。庭のえびねを見に清水さんと一緒に来て下さい、五月一日と二日がいいという。前に来た手紙にも、今年は是非、清水さんにえびねを見てほしいといっていた。すぐに清水さんに電話をかけて、五月一日に決めて、長女に知らせる。長女はよろこぶ。

去年、清水さんと一緒に南足柄を訪問したのは六月で、えびねは終ったあとであった。長女は、住職さんと懇意な近くの長泉院、長女が好きでよくお参りに行く大雄山最乗寺へ清水さんを案内したけれども、庭のえびねの群生を見てもらえなかったのが心残りで、来年こそきっと見に来て下さいといった。草花を育てるのが好きな清水さんに何とかして山から採って来ては苦労してふやした庭のえびねを見てほしかったのである。

妻は南足柄行きの日にちが決まるとすぐに向ヶ丘遊園の駅へロマンスカーの切符を買いに行った。連休中であったが、切符は買えた。そのことを妻は長女に知らせる。

その翌日。夕方、玄関の呼鈴が鳴り、清水さんが来た。伊予の御主人のお姉さんから届いた甘夏をさげ袋にいっぱい入れたのを下さる。重いのをさげて来てくれた。畑のシラーの花も下さる。

妻は清水さんの甘夏とシラーを持って「山の下」へ行く。ミサヲちゃんのところへ行くと、フーちゃんが浴衣を着て、出て来る。

「お祭り？」

と訊くと、ミサヲちゃん、

「いいえ。そこへ出しておいたら、フミ子が着たいといって――」

兵児帯を締めていて、よく似合う。背が伸びたので、丈が短くなっている。この浴衣は、去年、大家さんが持って来てくれた。お祭りの日に近所のともみちゃんが浴衣を着て、遊びに来た。フーちゃんは、「浴衣、着たい」といって泣いた。その声が大家さんに聞えたらしい。大家さんの長男のお嫁さんが、子供の浴衣のお古でもう着られなくなったのを二枚、持って来てくれた。

庭のすぐ先が大家さんの家になるのだが、それにしてもフーちゃんはよほど大きな声を出して泣いたのだろう。「フミ子もゆかた着たい」といって泣いたのだろう。

妻は春夫を抱いて、あつ子ちゃんのところへ行く。フーちゃん、「どうするの」と訊く。「どこへ行くの」というつもりだろう。ミサヲちゃんが「あつ子ちゃんのところよ」という。浴衣を着ているし、ついて来なかった。長男が家の前で畑仕事をしていた。会社から帰ったところだという。

妻がミサヲちゃんに、

「春夫ちゃん、浴衣あるの」

と訊いたら、「ありません」

「作って上げようか」

「いいです。春夫はまだ前がはだけますから。フミ子のじんべがあります」

「でも、女の子の柄でしょう？」

すると、そばで聞いていたフーちゃんが、

「ブタさんの」

という。よく覚えている。

その前にミサヲちゃんが、

「フミ子、もう一枚、浴衣あるから、これ、アユちゃんに上げよう」

といったら、フーちゃんは、「いやだ、いやだ」という。アユちゃんは、春夫のベビイベッドを貸してくれたミサヲちゃんの友達の子供。

大阪から帰って来たら、台所の裏の通り道の花壇でみやこわすれが咲き出していた。これからずっと続けて咲く。庭でえびねが咲いている。南足柄の長女が持って来て、植えてくれたもので、毎年、咲く。

南足柄行。朝、約束の時間に前の道で待っていてくれた清水さんと会って生田へ。「いいお天気でよかったですね」と清水さん。向ヶ丘遊園十時五分発のロマンスカーで新松田まで行く。車内でコーヒーを飲む。長女と待合せの開成の駅に着く。階段を上って改札口の近くまで来ると、迎えに来た長女が私たちの声を聞きつけて、「おーい」と呼ぶ。外は風が寒い。長女の車に乗ると暖かくてほっとする。

長女の家に到着。家へ入る前に先ず庭へまわって、えびねの群生を見せてもらう。雑木林の斜面の庭。「この角度から眺めて」と長女のいうままに「ざっと千本はあります」というえびねを眺める。清水さんにえびねの咲いているところを見てもらうのが、長女の念願であった。松茸の匂いがするというえびねがその中にある。これを清水さんに嗅いでもらって、長女は満足する。

家へ入って、居間にきれいに用意された食卓でかぶとサンドイッチと紅茶と苺のデザートの昼食。かぶとサンドは、昔、妻が五月の「こどもの日」にいつも作ったもの。そっくりそのまま長女が作って出してくれた。

食後、長女は隣の部屋に座布団を並べて、私の昼寝の場所を作ってくれ、毛布をかけてもらって昼寝。それからみんなで散歩に出かける。風が寒いので、清水さんは長女のカーディガンを貸してもらう。山の住宅地の上の方の道を行く。麓の南足柄の町とその先の小田原の海が見える。

家へ帰って、妻が昨日焼いたフルーツケーキでお茶にする。四月から小学校へ行っている末の子の正雄が帰って来るのが、窓から見え、妻が迎えに行く。「今日はこんちゃんが来るから、だれも友達連れて来ない」といっていたと長女が話す。

開成の駅まで長女が車で送ってくれる。正雄も乗せて行く。新松田三時二十分発のロマンスカーで帰る。長女は新茶とちゃぼの卵と家で焼いたラムケーキを土産にくれた。えびねはたっぷり見られたし、景色のいい山の道の散歩も出来たし、いい遠足の一日であった。

夕方、清水さんが来て、伊予の甘夏に砂糖とブランデーをかけたのを下さる。おいしい。

その翌日。昼前、妻は「山の下」へ長女のくれた新茶とちゃぼの卵を箱に入ったまま持って行く。あつ子ちゃんとミサヲちゃんに会って、ちゃぼの卵を分ける。

ミサヲちゃんに、「一昨日、うちの前、通った?」と訊く。「通りました」「花に水、やっていた?」「気が附きませんでした」

ここで、南足柄行の前の日のことを話しておかなくてはいけない。一回目の散歩から帰る途中、公園の横の道でバギーを押して来るミサヲちゃんに会った。バギーに春夫を乗せているのだが、最初、ちょっと分らなかった。ミサヲちゃんがお辞儀をした。春夫は坊主頭にして、額の上のあたりに大きな繃帯をしていた。それで分らなかったのだろうか。

「どうしたの」

「ちょっと怪我をしました。大したことないんです。大袈裟に繃帯してあるんです」

それ以上、ミサヲちゃんは春夫の頭の怪我のことはいわなかった。

「幼稚園は？」

「これから銀行へまわって、フミ子迎えに行きます」

で、ミサヲちゃんと別れた。その話を帰って妻にすると、妻が溝掃除をしてプランターの花に水をやっていたら、頭に繃帯をした子を乗せたバギーが通った。ミサヲちゃんに気が附かなかったという。バギーの子供が誰かも分らなかった。同じ時刻にこの道を頭に繃帯をした子をバギーに乗せて通るわけが無いから、その子は春夫だろう。

「どんな繃帯でした？」

「卵がたの、まるい、大きな繃帯」

すると、妻が見た子供のは「四角でした」という。まるくなかった。これでまた分らなくなった。

今日、ミサヲちゃんに会った妻は、ミサヲちゃんが一昨日の昼ごろ、バギーに春夫を乗せて家の前を通ったかどうか確かめてから、どんな繃帯をしていたか訊いてみた。「四角です」といった。では、卵がたの、まるい、大きな繃帯といった私が間違っていたことになる。ミサヲちゃんが花に水をやっている妻に気が附かず、声もかけないで通り過ぎたのは、これから（多分）買物をして、銀行へまわって、幼稚園へフーちゃんを迎えに行かなくてはいけないので、きっと気が急いていたのだろう。

ところで、ミサヲちゃんの抱いていた春夫は、もう頭の繃帯が取れていた。傷のあとも見えなかったという。

家の前に次男がいた。会社が休みらしい。

「今日、氏家へ行きます。明後日、帰ります」

といった。大型連休の後半が始まり、幼稚園が休みになるからだろう。次男は車のうしろにお酒の空き壜をいっぱい積んで、これから酒屋へ行くところであった。「乗って行きますか」というので、家の前まで乗せてもらって帰った。

幼稚園から帰ってそのまま氏家へ行くのでは、いくら「疲れを知らない」フーちゃんでもくたびれるだろうなと妻と話す。いつも幼稚園から帰って近所の子と遊びまわっているので、ミサヲちゃんに「フミ子は疲れを知らない」といわれているというのだが、栃木の氏家まで行くとなるとまた別だろう。

夕方、氏家から先に一人で帰った次男から電話がかかった。昨日、みんなでピクニックに行った。寒かった。夜、フミ子が四十度近い熱を出した。その前からちょっと咳が出てたんだけど、風邪ですという。すぐ氏家へ電話をかける。はじめ、ミサヲちゃんのお姉さんの育ちゃんが出て、昨日、妻が宅急便で送った新茶を大へんよろこんで、お礼をいった。ミサヲちゃんに代る。「フーちゃん、熱下った？」といちばんに訊く。「下った」とはいわないが、元気にしています、いま、お薬をのんでいますという。「幼稚園、休ませたらいいから」と勧める。

翌日。朝、九時半ごろに妻が氏家へ電話をかけて、フーちゃんの様子を尋ねる。育ちゃんが出る。「フーちゃん、どうですか？」と訊くと、「元気で元気で。御飯いっぱい食べました」という。「よかった。ご心配かけました」そこでフーちゃんに代って、「もしもし」と低い、しゃがれた声でいった。

「フーちゃん、御飯いっぱい食べたの？」「うん」「おじいちゃんがね、ご飯いっぱい食べて帰っておいでっていってるよ」「うん」「お母さんに代って」というと、「おかあさんに代ってだって」とフーちゃん。代ったミサヲちゃんに妻は、「幼稚園休ませていいから、ゆっくり休んで、帰っていらっしゃい」という。

あとで妻は、

「太い声で、のんびりした声出して」

と電話口のフーちゃんのことを話した。元気になったらしくて、よかった。

翌日。朝、九時に妻は氏家へ電話をかける。ミサヲちゃんが出る。「フーちゃん、どう?」今日は連休の最終日で電車が混むので、帰るのを一日延ばします。幼稚園は明日は休ませますという。電話番号を控えて来ているので、幼稚園には連絡します。「その方がいいわ」と妻はいう。フーちゃんは大分元気になったらしい。氏家でゆっくり休養して帰って来るのがいいだろう。

書斎の机の上の花生けに、昨日、妻が活けかえたみやこわすれがあって、目を楽しませてくれる。大阪から帰ったころから、裏の通り道の花壇で咲き出して、月が替ってもずっと咲き続けている。最初にこの花を分けて下さった生田の歯医者の老先生は、「みやこわすれが咲き出すと、仏さまの花を切らさない」といっていたのを思い出す。いつまでも咲き続けてくれる。風格のある、いい先生であったが、亡くなられて年月がたった。

書き落していたが、「こどもの日」に妻はかぶとサンドイッチを作って、次男のところへ届けてやった。フーちゃん、春夫がいれば食べさせるところだが、氏家へ行って留守だから仕方が無い。次男が代りに食べればいい。会社から夜、帰って食べてもよし、次の日、朝御飯代りに食べてもいい。メモに「夕方作ったので明日の朝、食べられます」と書いておいた。あつ子ちゃんのところは、妻が訊くと、「作ります」といった。

サンドイッチを冷蔵庫に入れておいてやる。ちまきと柏餅も一つ。居間の炬燵を片付けて、籐の敷物を敷いて、夏支度がしてあった。ミサヲちゃんたちの留守に次男がしたらしい。テレビの上に、昔風の金魚鉢に田村さんのくれたちいさな金魚が一ぴき泳いでいた。その横に、妻がフーちゃんに作って上げたバスケット人形が置いてある。

帰りがけに見ると、台所の板の間にフーちゃんの、白いバレエシュウズのような、ズックの新しい靴が置いてあった。「うめぐみ」として名前が書いてあった。幼稚園で買わされた上履きだろう。

かぶとサンドイッチを持って行ったとき、作業着の長男が家から出て来た。「休み？」と訊くと、「いま、帰ったところ。花が元気がないから、水やろうと思って」という。それから、

「スイートピー、きれいでしょう。スイートピー、要る？」

というから、妻が「きれい、きれい。頂戴」というと、垣根の竹に這わせていたスイートピ

ーのうす紫のを鋏で切ってくれた。

　連休が終った明くる日。朝、九時ごろ、妻が氏家へ電話をかけると、誰もいない。それではミサヲちゃん、フーちゃんと春夫を連れて帰ったあとだろうといっていたら、十時ごろ、帰宅したミサヲちゃんから電話がかかった。妻がフーちゃんの顔を見に行くといったら、いま、寝ていますという。電話を妻と代って、「風邪はどう?」と訊くと、「いまごろ、咳が出て来ました」「無理しないで、幼稚園休ませなさい」という。ミサヲちゃんは、「今日の夕方の様子を見て、お医者さんへ連れて行きます」という。

　妻はすぐにアイスクリームを持って行く。駅前の店で買ったぎょうざも持って行ったので、あつ子ちゃん来る。フーちゃん、パジャマを着て出て来て、「ただいま」という。ぎょうざを分けたあと、ミサヲちゃんは「あつ子ちゃん、待って」といっておいて、アイスクリームを箱ごと、包丁で真半分に切って分ける。フーちゃんはミサヲちゃんのそばにくっついて、アイスクリームの箱を二つに切るところを見ている。早く食べたかったのだろう。

帰った妻は、アイスクリームの箱を切るミサヲちゃんのそばから離れないフーちゃんのことを話したあとで、

「顔色が、とてもよかった。風邪の顔じゃない。咳がちょっと出るけど、心配ない」

といった。妻は、「顔色がとてもいいの」と二、三回、いった。それを聞いて、安心する。

フーちゃんが氏家から帰った日の翌々日。夕方、妻は「山の下」へ行く。先にあつ子ちゃんと会って少し話してから、ミサヲちゃんのところへ行き、フーちゃんの様子を尋ねる。昨日は幼稚園を休ませ、今日、行きましたという。フーちゃんはテレビをみていた。この時間に幼児向けのいい番組があるらしい。出て来て、「こんにちは」という。頼りない声でいった。春夫が出て来て、妻の方に手を出す。抱いてやると、咳をした。フーちゃんの風邪がうつったのだろうか。

幼稚園は、今度の日曜日（五月十二日）に運動会があるという。午前中でおしまいになる。妻が抱いていた春夫を下そうとすると、「いや、いや」というように身体を動かす。「ひとまわりして来ようか」というと、「風邪ひいていますから」とミサヲちゃん。それで、春夫を床に下す。居間でテレビを見ていたフーちゃんは、ミサヲちゃんに「こんちゃんにバイバイは」といわれて、テレビを見たままバイバイをする。「こっちへ来て、しなさい」とミサヲちゃんにいわれて、台所へ出て来て、手を振ってバイバイする。ミサヲちゃんのいうことを素直によく聞く。

「山の下」には甘夏に砂糖をかけたのと厚焼せんべいを持って行く。甘夏の砂糖かけは、清水さんからこの間頂いたのがおいしかったので作ってみた。あつ子ちゃんの分は、砂糖のほかにコアントローをかけたのを上げる。フーちゃんには別に、「こどもの日」に市場の前で買った「切符と切符切り」を上げる。「こどもの日」にかぶとサンドイッチと一緒に持って行こうと思って買ったものだが、フーちゃんが氏家へ行っていて、上げられなかった。フーちゃんは、「ありがとう」といった。

幼稚園の運動会の日。曇り。朝一時間早く起きて、フーちゃんの運動会を妻と二人で見に行く。氏神様の横を通り抜けて、潮見台浄水場の正門前まで来る。幼稚園は浄水場に沿った道の先にある。このあたり、六年前に病気をして入院するまでは、妻と一緒によく散歩に来たが、あれ以来、ずっと来たことが無かった。幼稚園までかなりある。この道をフーちゃんは毎日、歩いて通っているのだから、くたびれもするだろうと妻と話しながら行く。みどり幼稚園に着いたときは、広い芝生の運動場で入場行進が始まっていた。

フーちゃんの「うめぐみ」はピンクの帽子。待っていたら、音楽に合せて行進して来る。やっとフーちゃんの顔が列のなかに見つかった。高く上げた右手の、掌をくるくるとまわしながら歩くのである。

「うめぐみ」の父兄の席へ行く。春夫を抱いたミサヲちゃんに会う。次男は遅れて来る。

フーちゃんは二つ出る。最初に出るのは、プログラムの二番目の「なにができるかな」。親子で並んで走って、途中の箱から取った紙をつい立てのように立ててある紙にとめる。おしまいまで行くと、それが「おさるさん」の絵になった。ミサヲちゃんはフーちゃんと一緒に走った。「うめぐみ」がいちばん早く終った。

次男の中学の同級生で駅伝競走のチームの仲間であった松沢たけし君が来て、次男と立ち話をする。松沢君の三人目の子供が、今度、幼稚園に入った。結婚したのが早かった。奥さんも来て、挨拶した。

妻と「うめぐみ」の教室へ行く。明るくてきれいな部屋で、窓際に洗面所がある。教室の壁に、「五さいのおたんじょうび」として、月ごとに誕生日を迎える園児の名前が書いてある。七月のところにフーちゃんの名前が出ていた。入園式の日に写した写真を大きく引伸したのが一方の壁に貼ってある。

フーちゃんが出る二つ目の番組まで、時間がかかった。今度はおゆうぎの「くまのおすもう」。レコードに合せて、輪になって身ぶり手ぶりの踊りをする。遠くで、よく見えない。近くまで見に行った妻は、

「フーちゃん、真面目に力入れてやっていました」

という。

プログラムの終りに近くなって、少し雨が落ちて来た。傘をさすほどではないが、次男が先に帰って下さいというので、そうする。はじめから降り出しても仕方のないような空模様であった。よくもってくれた。有難いと思わなくてはいけない。

その日の夕方、庭でフーちゃんの「こんにちはー」という声がして、次男とフーちゃんが入って来る。昨日、南足柄の長女から届いた箱いっぱいの八朔を取りに来るように、運動会で会ったとき、妻が次男に話しておいたのである。

よろこんで、妻は六畳の硝子戸を開ける。フーちゃんは、妻にひめじおんの花をひとにぎり持って来てくれる。「母の日」の、ささやかなプレゼントである。「山の下」から来る道で摘んで来たのだろう。妻はすぐにそのひめじおんをウイスキーグラスに活けて、

「どこに置こう?」

「あっち」

とフーちゃんは、「お目々つぶる人形」(フーちゃんはリリーちゃんと呼んでいる)を寝かせてある、もと長女のいた部屋を指す。妻はフーちゃんと一緒に行って、机の上の電気スタンドの台にひめじおんを活けたグラスを載せる。

フーちゃんと妻はすぐに図書室へ行って遊ぶ。フーちゃんが家に来たのは、幼稚園へ入ってからはじめてなのであった。はじめ、フーちゃんはバドミントンを持ち出したが、隣りの部屋

から「リリーちゃん」を抱いて来る。私と次男は居間でお茶を飲みながら話す。次男はこのところ会社がうんと忙しくて、まだ本屋で私の新しい随筆集、『誕生日のラムケーキ』を見つけていないという。会社勤めをするようになってから、私の新しい本が出ると、次男は本屋で見つけて買って来るのが習慣になっている。

あとで図書室へ様子を見に行くと、床の上に座った妻とフーちゃんは、ままごとの御馳走のお皿を並べた前で、声を合せて「ハッピーバースデイ トゥー ユー」の歌を歌い出すところであった。人形のリリーちゃん、クマさんを出して、「おたんじょうび」をしていた。

次男は、長女が送ってくれた南足柄の八朔をビニールの袋に入れて、さげて帰る。二人が帰ったあと、久しぶりに家でフーちゃんと遊んだ妻は、さも満足したように、

「ああ、よく遊んだ。面白かった」

といった。

「おたんじょうび」のことを訊く。「誰の誕生日?」「リリーちゃん。その次がフーちゃん」フーちゃんの誕生日には、ケーキを二つ買って来る。そのときは妻がケーキ屋さんになる。ケーキに蠟燭をつける。蠟燭はクレヨンの箱から取る。「ままごとトントン」の野菜を全部出す。お皿をその数だけ揃えなくてはいけない。クマさんがお父さんで、会社へ行く。フーちゃんが持って行った。あとで片付けるとき、クマさんが見つからない。探したら、もと長女のいた部

屋の机の前の椅子に坐らせてあった。そこが会社なのである。

「おたんじょうび」をしているうちに、フーちゃんは眠くなった。運動会の疲れが出たらしい。窓際のベッドにリリーちゃんの布団を敷いて寝かせ、その横に自分も布団をかぶって寝る。

(そこへ様子を見に私が入って行った。フーちゃんは、目をつぶって寝ていたが、気配で起き上った)

フーちゃんが来たとき、妻はアイスクリームをコーンの入れ物にのせて、上げた。「どこで食べる?」と訊き、縁側で座布団に腰かけて、庭の床几の上に足をのせて、妻と二人、並んで食べる。そのときの会話——妻のメモによる。

フーちゃん(藤棚の藤の垂れ下ったのを見て)「なんのお花?」

「ふじの花」

「ぶどうのお花は何いろ?」

「さあ、よく分らないけど、白、かな?」

「いちごのお花と同じだ」

長男が菜園に苺を植えたついでにフーちゃんの家の庭先にも苺を植えた。それでフーちゃんは、苺の花を見て知っている。

妻は、図書室でのフーちゃんとの会話を思い出してメモしてくれた。

フーちゃん「リリーちゃん、何時に起きる」

「八時半ごろかな」

「何時に寝る」

「九時ごろ」

「夢みるかな？」

「きっとみるよ」

「こんちゃん、夢みる？」

「みるよ、いっぱい」

「どんな夢」

「羽が生えて、お空飛んだりするの」

「フミ子もこわーい夢みるよ」

「どんな？　犬に追いかけられたりするの？」

「もっとこわい」

「へびさんに追いかけられたり？」

「うん」

「逃げるの？」

「ワタゲ島へ行くの」

「ワタゲ島?」

「ワタゲが助けてくれる」

ワタゲって何だろう。分らない。幼稚園の半日の運動会のあとで、思いがけず、次男がフーちゃんを家へ連れて来てくれたお蔭で、妻も私もよろこんだ。

幼稚園の運動会の前日、南足柄の長女から宅急便が届いた。八朔が箱にいっぱい入っている。ほかに鰻の蒲焼、前に近所の染織工芸家の宗広先生（故人となられた。御冥福を祈る）から頂いた足柄紬の札入れ、正雄のかいた縫いぐるみの兎と犬の絵、せんべいが入っている。

八朔は、長女の手紙によると、地元の村の世話役をしている「加藤さんのおばあちゃん」が、「まだ裏山の八朔が残っているから、全部持って行ってもいいよ」といわれたので、近所の友人の久布白《くぶしろ》さんと二人で出かけて行って、木に登って枝をゆすったり、もいだりして頂いて来たものだという。「加藤さんのおばあちゃん」の家へ八朔を貰いに行くのは、今度が二度目であった。

長女の手紙。

ハイケイ　足柄山からこんにちは。

五月の大型連休が遂に終って、宏雄さんも真黒に日焼けした顔で会社に出かけて行きました。一日の日には、念願かなってえびねの満開のときに清水さんもご一緒に来ていただいて、本当に嬉しかったです。一目千本のえびねの群生をバックに写真を撮ったり、松茸風味のえびねの香りを嗅いでもらったり、わが家のえびねもいっぱい賞めてもらって嬉しそうでした。

みなで話しながらかぶとサンドを食べてから「松コース」のお散歩。あ、その前にお父さんは午後のお昼寝。その間に清水さんが懐から剪定鋏を取り出して薔薇の枝切りをして下さったの。私は神妙にその方法を聞いていたのですが、丁寧に優しく薔薇を扱う清水さんの腕前に感心してしまいました。そして大好きな「松コース」のお散歩。足柄平野、海、丹沢や曾我の山々が全部見わたせて、本当によかった。時間があれば、もっと歩きたかったですね。でも、何といってもお散歩の最後にお父さんが道からわが家の庭を見下して「洗濯物がきれいだね」と賞めてくれたのが、とても嬉しかったです。そしてティータイムは、お母さんの焼いてくれたフルーツケーキとお茶で最高のひとときになりました。いつもあっという間に時間が過ぎて、もっとゆっくり出来たらいいのになあと思います。また来て下さいね。

夜は、お米粒に飢えていたので、子供たちがかぶとサンドを食べているのを横目に、お土産に頂いたあの削りかつおと海苔と野沢菜をぬくぬく御飯にかけてペロリと二杯、おいしくておいしくてエビス顔でした。前の日には宅急便でお米やじゃがいも、玉葱など送って頂いて、またいっぱいお土産を持って来てもらって、本当に有難うございます。

連休中はその後、お客様が来て庭でバーベキューをしたり、宏雄さんと裏山を探検しに行って、えびねやクマガイ草を採ったあと、雲の上まで続くような新しい道を発見したり、西片町（註・夫の宏雄さんの東京の親の家）へ行って、みなで鮨の大きい桶三つ、サラダ大皿を平げて、楽しい親族会をしたあと、帰りに秀子叔母さんを連れて来て、わが家で二泊されました。庭のテーブルでアイスティーとピザの昼食をしたり、辻村農園へドライブをしました。木々の若葉がとても美しかった。今度、是非行きましょう。最後の晩にはじめて家族全員揃って、秀子叔母さんが小田原の中国料理を御馳走して下さったの。店員さんが親切で、料理は十品も出て、大満足でした。

連休中、親が山へ行っている間、和雄、明雄、正雄のトリオで小田原の町や城址公園に遊びに行ったり、サッカーをしたり、各々寛いでいましたが、ただ一人、浪人の身の良雄は、五時起き、予備校行き、十時帰宅の、勉強に明け暮れる日頃の生活だったので、最後の一晩、みなで揃って御馳走を食べられて、ハッピーエンドとなりました。

そして四日の日には、お母さんからの大きな宅急便がどーんと届いて、箱を開けると、「祝こどもの日」の大きな紙（お父さんとお母さんの似顔絵サイン入り）の下には、特大のハムステーキと冷凍したのをアイスノンにのせて送って下さったのでまだ冷たい鮭の切身、グレープフルーツ、ピーナツ、アメリカのビーフジャーキー、チョコレートパイの大袋、クッキー、正雄のお菓子、画用紙などなど、嬉しいものばかり。本当に有難うございます。お蔭でこの連休はおいしいものばかり食べ続けて、太陽の光と木々の緑をいっぱい浴びて、沢山歩いて、大勢の人とおしゃべりをして、いい日を送りました。いろいろ有難うございます。

ではお元気でおすごし下さいね。さようなら　　　　夏子

別紙に「宅急便の中身の説明」が添えてあった。正雄の絵については、

「正雄はお手紙でお母さんに絵を賞めてもらって、嬉しくて嬉しくて、気合をこめてかきました。でも、茶色のうさぎを緑にかくので、ありゃりゃ！　この子は色弱かな？　と思っています」

長女は色弱の心配をしているが、絵そのものはなかなかよくかけている。殊に縫いぐるみの犬がいい。うまく感じをつかんでいる。

運動会の日の夕方、次男がフーちゃんを連れて来たとき、台所で妻がフーちゃんに、「金魚

に名前ついた?」と訊くと、フーちゃん、「タムタム」という。次男が「田村さんに貰った金魚だから、タムタム」と話す。いい名前をつけたと妻と二人であとで感心する。

運動会の前の日のこと。夕方、図書室のベッドで本を読んでいたら、玄関の呼鈴が鳴った。暫く話をしてから、妻が薔薇を持って図書室へ来る。

「清水さんがいちばん咲きの薔薇を持って来て下さったの」

といって見せる。有難い。それから、「圭子ちゃんの縁談が決まったそうです」という。「同じ銀行の人で、レスリングをしていて、身長が一メートル八十センチ。両方の上役の課長さんの立ち合いで見合いをして決まった。九州中津の人です」という。

こちらも玄関へ出て行って、いちばん咲きの薔薇を頂いたお礼とお嬢さんの縁談のお祝いを申し上げる。妻が「同志社大学だそうです」という。同志社のラグビーを長年応援して来た私としては、なおさら気分がいい。

前から圭子ちゃんの結婚が早く決まればいいと、妻と私は話していたから、嬉しい。清水さんの畑のいちばん咲きの薔薇が、めでたい知らせを運んで来てくれた。

清水さんは、福島にいる妹さんから届いたぜんまいを薔薇といっしょに持って来て下さる。毎年頂くのだが、この福島の妹さんのぜんまいがまたおいしい。有難く頂戴する。

5

夕方、図書室のベッドで本を読んでいたら、清水さんが来る。薔薇をいっぱい届けて下さる。それと「さんきらい」の葉の附いた蔓を下さる。昔、子供のころ、大阪帝塚山の母が「さんきらい」の葉でくるんだ「お巻き」を作って食べさせてくれた。柏餅のようなものである。妻は結婚したはじめのころ、母が一度、餡こをくるんだお団子を作って、これで「さんきらい」があれば「お巻き」が出来るといったのを覚えている。多分、どこかから柏の葉が手に入ったときだろう。終戦の翌年のことであった。母の郷里の阿波の徳島では「さんきらい」があるのに、帝塚山にはないとお母さんがいっていたという。妻はそのとき、母が小豆の虫食いのを選り分けて、こし餡を作るのを手伝ったのであった。

妻の話を聞くと、この前、南足柄の長女のところへ行くとき、ロマンスカーのなかで清水さんと子供のころ摘んで遊んだ草のことを話しているうちに、清水さんが山へ入って食べたぐみや桑の実のことをいい出した。そのなかで、「さんきらい」の葉で巻く「お巻き」が出たので、妻は、昔、帝塚山の母が柏餅を作って、「さんきらい」があれば「お巻き」が出来るのに、徳島にはあるけど、帝塚山には無いからといったことがあるのを思い出して、清水さんに話した。清水さんのお国の伊予でも徳島のように「さんきらい」の「お巻き」を作るのが分って、嬉しかったというのである。

玄関へ出て行って、清水さんが持って来てくれた「さんきらい」を見せてもらった。「このまるみのある葉っぱに覚えがあります」という。帝塚山には「さんきらい」は無いと母がいっていたと妻はいうけれども、私は「さんきらい」の葉でくるんだ「お巻き」を子供のころに食べたことがある。徳島から誰かが届けてくれた「さんきらい」だろうか。

「さんきらい」とは、どう書くのだろう？　広辞苑を見ると、出ていた。

さんきらい［山帰来］ゆり科の多年生蔓性灌木、と書いてある。

清水さんは、地主さんから借りている畑へ上って行く斜面の道のそばのやぶに生えていたのを取って来てくれた。妻は木の葉だとばかり思っていたが、蔓に出来る葉なのであった。清水さんの届けてくれた「さんきらい」を一目見て、懐しい気持がしたところを見ると、私は子供のころに確かに「さんきらい」で包んだ「お巻き」を食べたことがあるのではないか。そんな気がする。お節句の柏餅の柏の葉とは違っている。はじめて見る葉ではない。妻は洗面所へ持って行って、「さんきらい」を洗面器の水につけておいた。

朝食のあと、妻は南足柄行のロマンスカーのなかで清水さんから聞いた作り方で「お巻き」を作ってみる。先に小豆を煮て、餡こをこしらえて並べておく。次に上新粉（うるち米の粉）を熱湯で解いて、まとめたものを擂鉢に入れて、すりこ木でつく。これをまるめてピンポン玉くらいの大きさの団子にして、先に作ってあった餡こをくるむ。これを「さんきらい」の葉で巻き、せいろうで蒸す。

これがロマンスカーのなかで清水さんから教わった「さんきらい」の「お巻き」の作り方である。妻は「お巻き」を作るのに熱中する。その気配が書斎にいる私にも分った。ときどき、妻の笑い声が聞える。面白そうなので見に行くと、妻は餡こを入れた団子を清水さんのくれた「さんきらい」の葉で巻いて、せいろうのなかへ並べているところであった。

「四十五年ぶりで空白が埋まった」

と妻は何度もいう。

帝塚山の母から「さんきらい」の「お巻き」の話を聞いてから、はじめて自分で「お巻き」を作ってみるまでにそれだけの年月がたったということである。

清水さんが昨日、「さんきらい」の葉を持って来てくれたとき、妻は、これはお母さんが「お巻き」を作ってみなさいといっているのだから、作ってみようと思ったと、あとで私に話した。

妻が「さんきらい」の葉で巻いた「お巻き」をせいろうのなかへ並べ終って、これから蒸しましょうというところへ、玄関の呼鈴が鳴った。清水さんであった。清水さんは、昨夜、伊予の親戚に電話をかけて、「お巻き」の作り方を確かめてみたら、ロマンスカーのなかで自分が話した作り方と違っていた、ウソを教えましたという。

「いま、作っているところです。これからせいろうで蒸します。三十分で蒸し上りますから、一緒に召上って下さい」

そういって妻は、清水さんに上ってもらった。書斎にいる私には、「お仕事中ですけど」と訳をいって断ってから、清水さんを書斎からいちばん遠い、もと長女のいた部屋へ案内した。

ここで清水さんは、伊予の親戚へ電話をかけて訊いてくれた「お巻き」の正しい作り方を妻に話し、妻はメモを取った。ロマンスカーのなかで清水さんから教わった作り方と違っているところといえば、最初、熱湯で解いた上新粉をまとめたのを擂鉢へ入れて、すりこ木でついてお団子にしたのを、一度せいろうで蒸すというところだけであった。つまり、餡こを入れて「さんきらい」の葉で巻いてからせいろうで蒸すだけでなくて、お団子にしたときに、先ず一回、せいろうで蒸しておくというだけの違いである。それでも律気な清水さんは、ウソを教えましたといって妻に謝まるのである。

だが、餡こを入れる前に一度せいろうで蒸すというのが、ひょっとすると大事なのかも知れない。

そのうちに「お巻き」が蒸し上った。で、早速、六畳の部屋で清水さんも一緒にふかしたての「さんきらい」の「お巻き」を食べることにする。三人で食べかけたところへ、庭から思いがけずフーちゃんが入って来た。春夫を抱いたミサヲちゃんと一緒に来た。

「お父さんにお願いがあって――」

とミサヲちゃんがいう。大家さんとの借家の契約書を作った松沢さんが、今度、不動産の仕事を止めて、新しい業者が引継ぐことになったので、契約書を作り直さなくてはいけない。それで新しい書類に記入して保証人の判を捺してほしいというのであった。すぐに書いて渡す。土曜日の午前中なのにどうしてフーちゃんが来たのかと思ったら、みどり幼稚園は第三土曜日は休みになるという。知らなかった。

ミサヲちゃんたちも上ってもらって、「お巻き」を食べる机の前に一緒に坐った。ミサヲちゃんはふかしたての「お巻き」を食べ、フーちゃんはコーンの入れ物にのせたアイスクリームを食べる。「さんきらい」の葉を剝がして、「お巻き」を一つ食べる、おいしい。その前に妻はふかしたてのを書斎のピアノの上の父母の写真の前にお供えした。父と母へのいい供養になる。

フーちゃんは身体が少し細くなっている。アイスクリームを食べ終ると、妻に、この前来たときに二人で遊んだ「おたんじょう日」をしようという。清水さんが帰るのを送りに行った妻が戻るのを待ちかねて、一緒に図書室へ行く。

アイスクリームを食べているとき、フーちゃんに、

「お友だち、できた？」

と訊いてみた。フーちゃんは、「できた」といい、二人、名前をいった。一人は男の子の名前のようであった。

フーちゃんと妻が図書室で「おたんじょう日」をするところを見たかったが、こちらは日課の一回目の散歩に出かける。

散歩を早目に切り上げて帰ると、フーちゃんと妻は書斎で「おべんとう」の時間。春夫もいる。二人、声を合せての「ハッピーバースデイ トゥー ユー」の歌は済んだあとで、いま、幼稚園へ来ているところらしい。おせんべいとビスケットを紙に包んだおべんとうで、苺が附いている。春夫もソファーで苺を食べている。フーちゃんが「先生」役の妻を写生したクレヨンの絵がピアノの上に置いてあった。「おべんとう」を食べ終ったフーちゃんは、「ごちそうさま」といって、胸の前で手を合せる。これは家で御飯を食べるときにいつもしている。手を合せる仕草が身についている。ミサヲちゃんのする通り、しているのだろう。

書斎での「おべんとう」が終ると、幼稚園から帰る時間だ。フーちゃんは、「さようなら」

といってお辞儀をする。ゆっくりと「さようなら」という。幼稚園でいつもしている通りする。

すかさずミサヲちゃんが、

「さあ、帰りましょう」

という。妻は春夫を抱いて、「山の下」まで送って行く。フーちゃんは坂の下まで空のバギーに乗せてもらって帰る。大きい身体をした子がバギーに入ると、おかしかったと、あとで妻が話した。

書き落していたが、清水さんが赤い薔薇のエイヴォンを持って来て下さる。今年はじめて咲いたエイヴォン。

この薔薇を最初に届けて下さったとき、妻が名前を訊くと、エイヴォンという。私が赤い薔薇が好きだというのを妻がいつか清水さんに話したことがあって、それを覚えていて、届けてくれたのであった。

妻から薔薇の名前を聞いた私が、

「エイヴォン？　エイヴォンといえばイギリスの田舎を流れている川だ。ほら、『トム・ブラウンの学校生活』のなかで、トムが学校の規則を破って釣りをする川が出て来るが、あの川の名がエイヴォンだよ」

といった。

『トム・ブラウンの学校生活』は、トム少年が英国独特のパブリック・スクールの寮の生活のなかでどのように成長して行ったかを大人になってから回想するという物語で、私はトマス・ヒューズ作・前川俊一訳の岩波文庫で読んで面白かったので、妻にも一読を勧めたことがある。花もいいし、名前もいいので、私はエイヴォンを頂いたのをよろこんだ。

妻から私がエイヴォンを清水さんの下さる薔薇のなかでも特別よろこんだことを聞いた清水さんは、畑のエイヴォンの株の根のところに目印の「エイヴォン」と書いたカードを置いてくれた。

夕方、私と妻は東京杉並の年長者の知人を一年ぶりに訪問した帰りに、生田からバスに乗って長沢まで行き、「山の下」へ寄る。知人宅で頂いた新茶を家へ帰る前に三軒で分けるためにそうする。はじめミサヲちゃんのところへ行く。勝手口を開けると、台所にフーちゃんが裸のパンツひとつの姿でいる。

「お風呂から出たところです」

とミサヲちゃんはいい、両手をひろげてフーちゃんの身体を隠そうとする。春夫が這って出て来る。妻が抱いてやる。

「ひとまわりして来ようか」

と妻がいう。フーちゃんは自分も一緒に行きたいが、裸なのでどうにもならない。ミサヲちゃんの手に渡そうとすると、春夫はいやがってぐずり、泣き出しそうな顔をする。春夫をミサヲちゃんに渡して、あつ子ちゃんのところへ行く。

あつ子ちゃん、出て来る。小さな缶に入った新茶を三等分してといって渡す。荻窪の教会通りの和菓子屋で買った「吹雪」も、「これ、お茶といっしょに食べて」といって、二つ渡す。

缶入りの新茶は、「目分量でいいよ」といって渡したが、あつ子ちゃんは、「この方が分けよいから」といい、冷蔵庫の上の秤を取って量って分けた。百五十グラムあり、五十グラムずつ、三軒で分けることにする。

長男が出て来て、いま作っている家の前の小さな畑の野菜を見せてくれる。今日は会社は休み。小松菜、茄子、枝豆、トマト、葱、それから中国風の名前の野菜——これは二回聞いても頭に入らなかった。小松菜は、最初に種から大きくした分は食べてしまって、いま第二弾をこちらに植えていますといって、離れたところのを見せる。

長男は、次男の借家の庭にも苺を植えた。出来た苺をフーちゃんが近所のともみちゃんと二人で全部食べてしまったという。

そのフーちゃんは、濡縁に裸のままで立ち、こちらを向いて大きな、棕櫚の葉のようなものを振っていた。

次に残りの新茶の缶を持って、ミサヲちゃんのところへ行く。今度はフーちゃんはパジャマを着て出て来た。ミサヲちゃんも冷蔵庫の上の秤を取って、残りの新茶から五十グラム取った。次男は休みで、サッカーのボールを持って蹴りに行ったという。一年ぶりに訪問した荻窪の年長者の知人の様子をミサヲちゃんに話して、次男に伝えておいてくれるように頼む。

ミサヲちゃんの家を出て帰りかけたら、サッカーのボールを持って戻って来る次男に会った。荻窪へ行って来たことを話す。お元気だったというと、次男はほっとした様子であった。この前、ミサヲちゃんから会社が忙しくて休みも取れないと聞いていたので、「一区切りついたのか」と訊くと、「つきました」という。久しぶりの休日で、寛いだような顔をしている。

頂いた新茶を分けに行ったお蔭で、「山の下」の二軒の全員に会えた。

夜、妻が「山の下」へ電話をかけて、長男から、いま、畑で作っている野菜の名前を訊いてメモを取った。昨日、長男から聞いた中国風の野菜の名前がどうしても思い出せなかったので。

種から育てているもの――小松菜、ちんげん菜、二十日大根、葱、人参、枝豆、パセリ、紫蘇、アスパラガス。

苗から育てているもの――茄子、胡瓜、ミニトマト、ピーマン。

二回聞いても頭に入らなかった野菜は、ちんげん菜であった。妻に訊くと、八百屋で中国菜、またはチンゲンサイとして売っているという。

午後、妻が新宿まで出かけた留守に、清水さんから電話がかかった。帰った妻がすぐに電話をかけると、「大根、ありますか」と訊かれた。畑を借りている地主の松沢さんから大根を四本頂きましたので、お買いになったらいけないと思ってという。ふだん電話をかけない人だから、何か急ぎの用だろうと思ったと妻はいうのだが、そういうわけだと分った。「いただきます」といって、すぐに妻は清水さんの家へ行く。

妻の話。清水さんのところへ行ったら、玄関に伊予の甘夏を入れた紙袋と、葉っぱの附いた大根二本入りの紙袋が置いてあった。「大根お買いになるといけないと思って、悪いけどお電話しました」といわれる。

圭子ちゃんと結婚する人の写真を見せてくれた。太っていて、ゆったりした、感じのいい人である。二人でどこかの遊園地へ行ったときに写した写真。清水さんの揚げたコロッケを五つ持って行ったら、よろこんでいた。六月二日に先方の両親が九州から出て来て、結納を持って来る。料理は仕出し屋で取ればいいと清水さんの御主人はいっている。妻は手料理になさったらと勧める。その方がよろこばれますでしょう、うちで一品、作ってお届けしますからといった。子供を三人、結婚させた経験から、そんなことを清水さんに話して、帰って来た。玄関に活けてあった花を全部下さった。清水さんは、大根の入った包みをさげて、坂の下まで送って来てくれた。

その二日あと。午後、妻は買物の帰りの道で清水さんと会って、一緒に畑へ行く、畑は薔薇の香りで包まれていた。清水さんは飛びまわって、薔薇やらいろいろ、切って下さる。清水さんから一日おきに花を頂いて、家の中は花で溢れた。

午後、妻は水羊羹を作ってみることにした。こし餡と粒餡を混ぜる。次にその混ぜたものに寒天を合せる。寒天の袋に作り方が書いてあった。「うまく行った。大成功」といって妻はよろこぶ。

夕方、「山の下」へ持って行く。ミサヲちゃんの家の台所でミサヲちゃんが歌をうたっている声が聞えたので、先にミサヲちゃんのところへ寄る。フーちゃんが出て来る。春夫も這って出て来て、台所で正座する。ミサヲちゃんは水羊羹をよろこび、「冷して頂きます」という。行きがけにバス通りの、いつもフーちゃんを連れて行っては何かしら買ってやる店ローソンへ寄って買った花火をフーちゃんに上げた。

次に春夫を抱いてあつ子ちゃんの家へ行く。フーちゃんはついて来る。「水羊羹を作ったの」というと、あつ子ちゃん、「お母さん、もう作ったんですか」といって、よろこぶ。この前、あつ子ちゃんに会ったとき、小豆を食べるとよいとお医者さんにいわれたと聞いたので、「今度、水羊羹を作ってみるわ」と予告したのであった。忘れていた。

あつ子ちゃんに水羊羹を渡して帰るとき、

「お散歩に行こうか。こんちゃんのところへ行こうか」

とついて来たフーちゃんにいった。バス通りの、フーちゃんお気に入りの店ローソンは、さっき花火を買いに行ったから、それで「こんちゃんのところへ行こうか」といった。

フーちゃんはよろこび、

「こんちゃんがおかあさんにいってね」

といった。

自分がいったらいけないといわれるから、ということだろう。

「いって上げる。いって上げる」

と妻はいった。夕方ではあるし、いっても駄目かも知れないと思ったが、ミサヲちゃんのところへ引返して、これからちょっとうちまでフーちゃんと春夫、連れて行ってもいいと訊いてみた。こんちゃんがいってねといっておきながら、フーちゃんは、「こんちゃんといっしょに行きたい」といった。ミサヲちゃんは、「もう遅いでしょう。それにまだお昼寝をしてないでしょう」といった。とたんにフーちゃんは泣き出した。いつもの、いきなり大声を出して泣く、あの泣きかたではなくて、情ない声を出して、甘えるように泣いた。

妻が春夫を台所の床に下すと、こちらもつられて泣き出す。「二人とも泣かせてしまった。まずかった」と思いながら、妻が帰りかけると、ミサヲちゃんは、

「フミ子、こんちゃんにさよならいいなさい」

といった。

フーちゃんは、泣きながら「さよなら」という。

「フミ子が泣くから、春夫も泣くでしょう」

と、またミサヲちゃんに叱られた。

「山の下」から帰った妻は、フーちゃんが、「こんちゃんがいってね」といったことを二回話してから、

「フーちゃんも春夫も泣かせてしまった。二人とも泣かせてしまった」

といった。

妻がはじめて作った水羊羹を、夕食後に食べてみた。店で売っているのと変りが無いくらい、うまく出来ていた。

午前。今日は大安で日がいいので、妻は清水さんのところへ山形の酒の「初孫」を持って行く。「めでたいお酒ですから、結納の日に召上って下さい」といって渡す。「初孫」はさっぱりした、いいお酒で、酒屋で取っている。清水さんはよろこばれて、マスクメロンを薔薇といっしょに下さった。お酒を持って行くことは妻が話してあったので、メロンを買って用意してくれてあった。

午後、妻はあつ子ちゃんの家へ行く。友達から今度生れる赤ちゃんに着せる肌着や服やおしめカバーなどがいっぱい来ている。帽子まである。それを少し汚れのあるのと、きれいなのを選り分ける仕事を二人でするためである。少し汚れのあるのを妻が半分持って帰って洗濯することにする。いちばんよくくれる友達のお姉さんがスチュワーデスをしているという。その友達が何度も持って来てくれた。

「それがみな可愛いの」

と妻がいう。

フーちゃんは、庭でともみちゃんと遊んでいた。この前、長男からフーちゃんとともみちゃんの二人で庭の苺を全部採って食べてしまった話を聞いていたので、

「苺、食べたの?」

とフーちゃんに訊いたら、

「食べない」

という。

ともみちゃんはすぐに分って、

「フーちゃんと食べたの」

という。

フーちゃんは物覚えのいい子なのだが、いきなり妻に苺食べたのといわれて、咄嗟に何のことなのか分らなかったのだろう。

夜、妻はあつ子ちゃんのところから持って帰ったベビイ用品を見せる。少し汚れがあるというだけで、どれもきれいなものだ。おしめカバーもある。


南足柄の長女から二枚つづきの葉書が来る。数日前、藤棚の、屋根へ這い上る藤の蔓を妻が切った。脚立を少しずつ移動させて、全部切った。すると、あとで首筋から背中へかけて、痒くなった。毒蛾の羽にでもさわってかぶれたのかも知れないと思った妻は、庭仕事をしていてよくかぶれてひどい目に会うことのある南足柄の長女に電話をかけて、どうしたらいいか訊いてみた。長女は、お茶を沢山飲んで毒を尿といっしょに出してしまうのがいいといった。二枚つづきの葉書は、かぶれについて経験したことを全部知らせてくれたものである。

ハイケイ　しとしとぴっちゃん、雨の季節となりました。その後、背中のかぶれはいかがですか。足柄山に移り住んで以来十数年、かぶれに悩まされ続け、日夜闘って来た私としては、かぶれと聞いては黙っておられず、これまでに分ったことを全部お知らせします。この、見た目はたらこ、厚みははんぺんというかぶれの正体は、皮膚科の権威に訊いても、村の古老に尋ねても、いろいろな意見で、本当のところが分りません。これをX（エックス）と名づけるとすると、Xの定義は次のようになります。

その一。Xにやられるのは夏から秋へかけて。五月ごろから始まって霜がおりるころまで、その恐怖は続きます。特にいちばんやられるのは、夏の終りです。

その二。Xは軍手と長袖の仕事着の手首の僅かな隙間や、麦わら帽子の下の首すじなど、人の油断をつきます。そして、掻いたら最後、血液に入って身体中にひろがります。身体中のあちこちが「たらこはんぺん」になる情なさを想像して下さい。

その三。Xをアメリカシロヒトリという人がいますが、絶対に毛虫にさわった覚えはないのです。でも、もしそれだとしたら、毛虫の吐いた糸や、脱皮した殻に触れただけでかぶれるそうです。

その四。Xは或る種のつた（植物）という人もいます。そんな怖ろしい植物がうちの庭にあるとすると、庭もおちおち歩けなくなります。どれだか教えて！

その五。Xの痒さは、並のものではない。我慢していると鳥肌がたって来ます。掻いたらひろがるのが分っているので、昼間は震えて我慢しているけれど、夜、眠りながら思う存分掻いてしまうので、ひどくなります。

その六。もしXにやられてしまったら、レモン水やウーロン茶、牛乳など飲んで、早く体内から毒素を出すことです。塩分や香辛料を控え、間違っても鯖など背の青い魚を食べないことです。私の場合、数年前にそれで失敗して、治るのにまるまる二ヵ月かかりました。お医者さんは「汗を出さずにおしっこを出しましょう」というので、これにやられたら、お茶を飲み飲み、優雅に暮らすほかありません。

その七。Xは完全に治ったと思っても、痒みの原点が皮膚の奥深いところに残っていて、半年もたった或る日、何だかそこが痒い気がして、掻いたら最後、ふたたびもとの「たらこはんぺん」が現われるのです。

以上、こーんなに恐いかぶれの正体を教えてくれた人には、ノーベル賞を上げたい気持です。

大井さんも松崎さんも、この山の主婦はよく働くので、みなやられているの。松崎さんなど、車の窓から顔を出して林道を通って、木の枝がさわるがままにしていたら、顔中ふくれ上って、悲劇でした。どうかくれぐれもXにはご用心を。

雨の月曜日、書いても書き尽せないかぶれの話だけで終ってしまったけれど、どうぞお元気でおすごし下さいね。さようなら　博士より。


妻は、幸いにXではなかったらしく、ひどいことにならずに済んだ。

前の道に面した石垣の下のプランターのブローディアが咲いている。清水さんから頂いた草花で、うすいブルーの花を咲かせる。新聞の集金に来る女の人が、「きれいですね」といったと妻がいう。清水さんによると、ブローディアはイギリスの草花だそうだ。

一回目の散歩から帰ったとき、門の前を通り過ぎて、ブローディアを見に行く。五つのプランターに植えたのが咲いている。


午後、二回目の散歩に行くとき、浄水場の前の道で買物の帰りのリュックサックを担いだ長男とあつ子ちゃんと会い、立ち話をする。

「野菜の名前、分りましたか」と長男がいう。この前、妻が電話で、いま、長男が菜園に植えている野菜の名前を訊いたからである。種から育てているものと苗から育てているものに分けて知らせてくれ、妻がメモを取ったものが、こちらにまわって来ている。

「うん、分った。有難う」という。

長男はフーちゃんの話をする。畑をしていたら、フーちゃんが、

「これ、なに？」

と訊く。

「枝豆」

というと、

「お父さん、枝豆好きよ。出来たら、お父さんに上げて」

とフーちゃんがいう。

「いやだよ。枝豆欲しかったら、お父さん、自分で作ればいい」

と長男がいったら、

「たっちゃんの意地悪」

とフーちゃんがいったというのである。フーちゃんは、長男がいつも構ってくれるので、「たっちゃん」が好きなのだ。長男が家から出て来て畑仕事を始めると、すぐに出て来るらしい。夜、この話を妻にした。「たっちゃんの意地悪」のところで二人とも笑った。

夕方、妻と二回目に作った粒餡入りの水羊羹と高知の石川誠先生から送って頂いたニュー・サマー・オレンジを持って「山の下」へ行く。石川先生は、六年前に脳血管の病気で私が入院したとき、虎の門病院梶ヶ谷分院でお世話になった方である。私の退院後、少しして、虎の門病院を辞めて高知へ行かれた。

「山の下」では、会社から帰った長男が畑仕事をしていた。あつ子ちゃんが、「お隣り、今日は幼稚園の先生の家庭訪問がありました」という。ミサヲちゃんのところへ行く。家のなかにミサヲちゃんとフーちゃんがいる。ミサヲちゃんの話。横田先生は、フミ子が何でも進んでやる、積極的にやるといって賞めてくれました。その代り、「泣き虫ですね」といわれました。

横田先生はどんな人？　と訊くと、「若い先生です。優しい方です」とミサヲちゃんはいった。

フーちゃん、「あそびたい」という。「こんちゃんといっしょに行きたい」ということなのだろう。ミサヲちゃんに「もう遅いでしょう」といわれると、「あそびたい、あそびたい」といって甘える。

フーちゃんと妻は庭で遊ぶ。庭の苺を採って、ボールに入れる。まだ小さい苺。長男がこの前、「フーちゃんとともみちゃんが二人で苺を採って、全部食べてしまった」と話していたが、あとからまた出て来た。

長男は枝豆を見せてくれる。「出来たら、お父さんに上げて」とフーちゃんがいった枝豆である。トマトも茄子もある。長男は、南足柄の長女が来て植えてくれたえびねを植木鉢に植えかえる。

フーちゃんは、苺とりをしたあと、金盥に土を入れてケーキを作る。そのケーキに庭のみやこわすれを取って来てさす。今度はそのみやこわすれを全部抜いてしまって、白い、まるい花のノースポールを採って、ケーキにさす。

その前、ケーキを切る棒切れの包丁で、ふざけて長男の背中をうしろから叩いた。長男は追いかける。フーちゃんは自分のうちの庭へ逃げ込む。こんなとき、長男は本気になって追いかけるふりをする。それが真に迫っているので、フーちゃんの方も必死になって逃げる。こんなふうにまともに相手になってくれるから、フーちゃんはよろこぶ。

今度は出来上ったケーキをみんなに食べてもらうことにする。フーちゃんは、

「ケーキ食べに来て下さい」

という。

「こんちゃん、あつ子ちゃん、おじいちゃん」

と順番に名前をいってから、おしまいに、

「たっちゃんは」

といって、両手を交叉させて、「だめよ」というサインをした。さっき追いかけられたお返しをした。

長男は、

「そうだ、習字を見てもらおう」

といい、家へ入って自分の書いた習字を四枚持って来て、床几の上に並べた。長男は何年か前から手習いの習字を続けている。はじめは学校時代に先生について書道を習った次男からお手本をまわしてもらっていた。最近は自分で中国の書道のお手本を買って来て、自学自習している。園芸と習字を趣味としている。ときどき、こうして私と妻に見せてくれる。

「いい字だ」

といって眺める。

午前、妻が百合ヶ丘三丁目の服の生地店へフーちゃんの飾りひだを取った夏のワンピースの生地を買いに行くのについて行く。東長沢からバスに乗って行く。妻が生地を探している間、こちらはバス通りのよこの道を歩く。いい生地があった。顔見知りの親切な店員が選んでくれたといって、妻はよろこぶ。

午後、妻は仕立てにかかり、晩には大方出来上った。昨日、ミサヲちゃんからフーちゃんに作って上げた去年の夏服を借りて来ている。それより丈を五センチ長くしてくれるようにと頼まれていた。出来上ったのを見ると、丈が少し短いような気がする。幼稚園へ行くようになって背が高くなったフーちゃんの印象があるせいかも知れない。借りて来た服に合せて測ってみると、寸法は四センチ分ちゃんと長くなっている。これでいいのだろう。

赤い服。妻が生地を出してくれた店員に、「赤すぎないかしら?」といったら、「子供はこのくらい赤いのが似合います」といったという。

午後、郵便局へ行く道で清水さんに会う。清水さん、「この間は有難うございました」と、妻が届けた「初孫」のお礼をいわれる。こちらは、「おいしいメロンを有難うございます」とメロンのお礼をいい、「明日はおめでとうございます」という。

清水さんのお結納の日。妻は午前中から北京ぎょうざを作る支度をする。十二時半ごろに清水さんのお宅に届けることになっている。先方は十一時半に来る。食事になるのがその頃だろう。温いのを召上ってほしいからと妻はいっている。

北京ぎょうざの作り方は、東京の石神井公園から生田へ移る前ころ、仮住居の家のお隣にいた川島さんの奥さんから教わった。川島さんは北京に長く住んでいた方で、実際に材料を揃えるところから教えてくれた。はじめに「ぎょうざはあっさりしたもので、お茶といっしょに食べるものなんです」といった。白菜と葱と韮。それと豚の赤身。生姜を擦って入れる。沢山の生野菜を搾って小さくするのがこつだという。妻が布巾で搾ったら、そんな搾りかたではダメ、もっと力を入れて搾るのといって、やり直しをさせられた。とにかく、厳密に教えてくれた。川島さんの奥さんは北京で暮らしている間に中国の人から作り方を教わったといっていた。

絶対にほかの材料を入れたりしてはいけないと注意されたので、それ以来、妻は川島さんに教わった作り方を長年忠実に守っている。

朝は小雨。梅雨のような天気となる。朝食後、いくらか明るくなって来る。妻は時間を見計らって、北京ぎょうざを作る。清水さんから預ったお皿には十個くらいしか入らないので、紙箱を探して来て詰める。三十個。十二時半ごろにその箱を持って、小雨のぱらついているなかを届けに行った。いい具合に丁度家の前を通りかかった近所の奥さんが、荷物をかかえて傘をさせない妻のために、清水さんの家の近くまで傘をさしかけて送ってくれた。

妻の話。団地の四階の清水さんのお宅では、先方の御両親を除く全員が玄関へ出て来た。圭子ちゃんの旦那さんになる人は、ダークのスーツで現れ、「稲尾でございます」といって挨拶をした。妻が、「北京へ行っておられたとお聞きしましたので、北京ぎょうざを作りました」というと、「おっ」と嬉しそうな声を出した。写真で見た通りの、ゆったりとして気持のいい人であった。

清水さんの御主人は、背広に銀色のネクタイを締め、いつもの通り上半身を二つに折るようにして、ふかぶかとお辞儀をした。「御主人様にどうかよろしく」といった。圭子ちゃんはベージュ色のスーツ。清水さんは煉瓦色のスーツに真珠のネックレスをしていた。家中に薔薇の香りが漂っていた。みんな、北京ぎょうざをよろこんでくれた。清水さんは、折箱のお赤飯と懐紙の抱き合せを用意していて、甘夏の入った紙袋と一緒に下さった。

お酒が出て、おもてなしの途中に北京ぎょうざをお届けできて、よかった。三十個あるから、みんなに分けても、たっぷり召上っていただけたでしょうと、妻はいった。こちらもほっとする。

午後の四時ごろ。妻は、

「清水さん、今ごろ、『ほ』でしょうね」

という。

「そうだろう。本当に『ほ』だろうな」

結婚式の次に大きな行事が無事に済んで、お客様が帰られたあとは、皆さん、ほっとしておられることだろうと二人で話す。九州からは度々出て来られないのだから、式までにいろいろ決めておかなくてはいけないことがあるだろう。式は十月で、日にちも決まっている。東京のホテルで、そこだけ空いている日があって、その日に決めたのだそうだ。

清水さんが「ほ」であるとして、こちらも「ほ」であった。妻は、いつも作っている北京ぎょうざなのに、今日は大事な清水さんの結納のおもてなしの席に届ける北京ぎょうざというので、緊張しましたという。子供らが大きかったころには、一回に八十個くらい作っていた北京ぎょうざで、料理の手順は分り切っているのに、それでも緊張しましたという。

翌々日。午前、清水さんが花をいっぱい持ってお礼に来られる。北京ぎょうざをみなさんで上っていただいて、残ったのを圭子ちゃんの旦那さんになる方に差上げたらよろこばれたという。

昨日、お勤めから帰った清水さんの御主人が、「お礼に行ったか」と訊いた。「お花を持って行きたいから、今日は止しました」といった。昨日は雨で、清水さんは畑へ行けなかった。

一昨日、川口（圭子ちゃんの結婚する人は川口のマンションに住んでいる）へ帰り着いた先方から電話がかかって、北京ぎょうざを大へんよろこんでおられたということであった。

また、先方のお父さんが圭子ちゃんを気に入って下さっていると清水さんはいった。このお父さんは九州電力に長年勤めていて、定年で退職なさった。

妻は清水さんから圭子ちゃんが七月いっぱいで勤めている銀行を辞めるという話を聞いて、

感心している。結婚しても勤めを辞めたがらない人がいるなかで、思い切りよく、それも早く辞めるのはえらいというのである。

書き落していたが、今度圭子ちゃんが結婚する人は、中国語が出来て、銀行から北京へ留学していた。結納の日、清水さんの家の玄関で妻が、「北京へ行っておられたとお聞きしましたので、北京ぎょうざを作りました」といったとき、この人は、「一年、居りました」といった。企業留学というので行っていた。

清水さんは、畑の薔薇といっしょにお赤飯を持って来て下さった。一昨日、頂いた折箱のお赤飯がとてもおいしかったことを妻が話すと、うちで炊きましたといった。私たちは和菓子屋でお赤飯を作る店が市場の近くにあるので、そこへ註文して用意されたのかと思っていたのであった。小豆がいっぱい入って、上手においしく炊けたお赤飯であった。清水さんは花を育てるのが上手だが、お赤飯もこんなに上手に炊く腕を持っておられる。前に頂いたプリンも、おいしかった。

夕方、妻は「山の下」へ清水さんから頂いたお赤飯を持って行く。はじめにあつ子ちゃんに会って、折箱のお赤飯を分けて話していたら、丁度そこへバギーに春夫を乗せたミサヲちゃんが、お使いから帰って来た。ミサヲちゃんもあつ子ちゃんも、お赤飯を貰ってよろこぶ。

フーちゃんは妻を見るなり、ミサヲちゃんに、

「いま、何時？」

と訊く。

「もう五時よ」

とミサヲちゃんにいわれる。五時になっていなかったら、妻と一緒に「おさんぽ」に行きたいところであった。妻を見るなり、「いま、何時？」とミサヲちゃんに訊いた。

フーちゃんは庭へ行き、「だれかフミ子のスープ飲んで下さい」という。ミサヲちゃんの買物について行く前に、ひとりで庭でままごとをしていたらしい。妻は庭へ行って、フーちゃんの作ったスープを御馳走になった。金盥にたまった雨水のスープであった。

6

夕方、妻は洗濯してきれいになった赤ちゃんの肌着、服などを「山の下」へ持って行く。あつ子ちゃん、よろこぶ。はじめ、あつ子ちゃんと二人で友達から貰った赤ちゃんの肌着、おしめカバーなどを少し汚れのあるのときれいなのと二つに選り分けて、妻が半分持って帰って洗濯した。それを先ず届けて、あつ子ちゃんの分も持って帰って、結局、赤ちゃんの肌着類は全部妻が洗濯した。

あつ子ちゃんはいよいよ臨月になり、近くの医大附属病院へ毎週診察を受けに行っている。もういつ生れてもいい状態になっているらしい。出産の予定日は七月七日となっているけれども、六月中に生れるかも知れないという。ベビイベッドは明日、友達から来ることになっている。これで赤ちゃんのものは全部揃うことになる。あとは生れるのを待つばかりである。

「女の子じゃないかと思うの。あつ子ちゃんの顔がちっとも変っていないから」

と妻はいう。

女の子は育てよいというから、最初に生れる赤ちゃんは女の子の方がいいかも知れないと妻と話す。もしそうなれば、フーちゃんは妹が一人出来たようなもので、よろこぶのではないだろうか。

妻はあつ子ちゃんと相談をして、医大病院へ入院中の一週間、長男の夕食をうちで一緒にすることにする。

「山の下」から帰るとき、あつ子ちゃんは、

「花菖蒲が咲きました」

といい、家の前に出て、妻に花を見せる。清水さんから分けて頂いた花菖蒲で、赤が一つ咲いていた。

夕方、図書室のベッドで本を読んでいたら、勝手口へ清水さんが来た。

「エイヴォンをいっぱい頂きました」

と、妻が図書室へ花を見せに来る。抱え切れないほどの薔薇の花束。勝手口へ出て行って、清水さんにお礼を申し上げる。薔薇は洗面器の水につける。

妻の話。六月二日、結納に出て来られた中津の御両親は、あれから一週間、いた。本の好きなお父さんは、神田の古本屋へ通い、間にお芝居を観たりして、ゆっくりしていた。九州中津

へ帰る日、圭子ちゃんは東京駅へ見送りに行った。

翌日は雨。書斎の机の上の花生けに、昨日、清水さんが届けて下さったエイヴォンがある。来客用のテーブルの切子硝子の花生けにも清水さんの薔薇。雨は上る。

夕方、妻はミサヲちゃんに電話をかけると、「これから買物に行きます。三十分で帰ります」とミサヲちゃんはいう。「五時に行くわ」と妻がいう。で、こちらはいつものように図書室のベッドで本を読んでいる。時間になって、妻は出かける。

出かけたと思ったらすぐに妻は、

「みんなで来た」

と大声でいって戻って来た。

妻が家を出て、坂道を歩き出したら、うしろから次男が呼んだ。振り向くと、崖の道の方から次男、フーちゃん、春夫を抱いたミサヲちゃんの一家四人がやって来たというのである。次男たちは車で買物に行った帰りに寄ったのであった。妻が一足早く家を出ていたら、留守で誰もいない家へ行くところであった。危なかった。よろこんだ妻が「みんなで来た」と大声を出して私に知らせに戻ったのも無理はない。入れ違いにならなくてよかった。

久しぶりのフーちゃんは、庭から六畳の間へ上るなり、そこいらを走りまわる。春夫はよく歩くようになった。よちよち歩きを通り越して、楽々と歩く。この間まで家の中を這っていたのに、もうこんなに歩くようになった。

みんなでこだま西瓜を食べる。甘い。フーちゃんはきれいに食べて、図書室へ行く。次男は半日だけの人間ドックに入った話をする。どこも異状はなかった。ただ、体重をもう少し減らした方がいいといわれたという。この前の休みの日に朝五時起きして車でディズニーランドへ行った話をする。朝食は車のなかでおにぎりを食べ、ディズニーランドでは昼にホットドッグを買って食べた。

次男の話。玄関の三和土のところをフミ子の遊び場にしてやったら、フミ子がよろこび、着せかえ人形を持って来たりして遊んでいる。ひとりで遊んでいる。狭いところだが、自分用の場所を貰ったのが嬉しい。春夫が来ると、かきまわすので嫌がる。次男の机（というのも実は靴箱なのだが）にはさわらないことになっている。ところが、ときどき、机の上にアイスクリームをこぼした跡なんかが残っていることがある。

そのうち、図書室からフーちゃんが来て、次男の肩に上ったり、膝の上に乗ったりする。お父さんの膝の上で、

「ファは、ファイトのファ……」

といって歌い出す。幼稚園で習った「ドレミのうた」である。

次男がいうには、フーちゃんは近所の子供の家で遊んでいて、何か気に入らないことがあると、「もう遊ばない」といって帰って来る。あとでミサヲちゃんがついて行って、頼んで遊んでもらう。ときどき、そんなことがある。

この前の担任の先生の家庭訪問では、「何でも進んでよくやる」と賞めてくれた。一時、幼稚園へ行きたがらないことがあったが、この頃はよろこんで行っている。一人、ちょっかいを出す、乱暴な男の子がいたが、先生に話したら、その子の席を変えてくれた。それからわるさをしなくなったらしい。

そのうち、フーちゃんは図書室で妻からままごと遊びの道具の入った大きな箱を貰って、抱えて来る。

はじめはフーちゃんがうちへ来たときに遊ばせようというつもりで買ったままごと遊びの箱であったが、家へ持って帰らせることにした。嬉しいものだから、フーちゃんはどこへ行くにもその大きな箱を、

「重い、重い」

といいながら抱えて歩く。嬉しくてたまらない。

春夫は歩けるのが楽しくて、家のなかを歩きまわる。どこかから火箸を持って来る。次男が取り上げる。縁側の硝子障子を手で叩いたりする。

この間、大阪の学校友達で畑を作っている村木一男が送ってくれた玉葱を次男は持って帰る。妻は春夫を抱いて車まで送って行く。私も行く。崖の坂道の下に車を置いてあった。フーちゃんもミサヲちゃんも次男も車のなかへ入ると、妻に抱かれている春夫は、慌て出した。自分ひとり置いて行かれては大へんと思ったのかも知れない。妻が車のなかのミサヲちゃんに春夫を渡し、次男一家は帰った。

みんなが帰ったあと、妻はままごと遊びの箱のことを話した。はじめはフーちゃんが来たときにうちで遊ばせるつもりで買ったおもちゃだが、今日は箱を開けて遊び出すと長くかかるので持たせて帰ることにしたという。

「何が入っているの？」

「フライパンからお鍋から目玉焼の卵まで入っているの」

ままごと遊びの好きなフーちゃんはままごと道具の箱が嬉しくて、抱えたまま図書室の窓際のベッドに上り、箱を抱えたまま寝ていたという。家へ帰ったら、早速、箱を開けてみるだろう。フライパンやお鍋やら全部取り出してみるだろう。次男が「フミ子の遊び場」にしてやったと話していた玄関の三和土にひろげてみるだろうか。

妻は、清水さんから頂いた薔薇のなかから、まだ蕾の薔薇を花束にして、ミサヲちゃんに上げた。あとであつ子ちゃんから、薔薇のお礼の電話がかかった。ミサヲちゃんから半分分けて貰ったのであった。

午後、妻と二人で友人から案内を貰った宮田武彦追想展を銀座へ見に行く。いい絵がいくつもあった。そのあと日本橋まで歩いて、丸善の絵本売場でフーちゃんに上げる日本の昔ばなしを探し、『きつねとかわうそ』を買った。暫くフーちゃんに本を上げていなかった。『きつねとかわうそ』は、團伊玖磨さんが「ちゃんちき」というオペラにして、去年の秋、ヨーロッパへ持って行った。

夕方、図書室のベッドで本を読んでいたら、玄関の呼鈴が鳴り、清水さんが来た。薔薇を沢山下さる。清水さんは畑の薔薇を届けて下さるとき、必ず一本一本、棘を全部取って、薔薇を活けるのに手が痛くないようにして、持って来て下さる。この前、妻がお裾分けした玉葱をうすく削って、かつおぶしをかけ、醬油をかけて食べたら、清水さんの御主人がよろこばれたという。玉葱を薄く削る金具を下さる。

その翌日。午後、妻は買物に行った帰り、清水さんに会う。栄一さんの部屋の壁を机の上に乗って拭いていて、机から落ちて、床でお尻を打った。腰から足へかけて青痣が出来たという。

朝、妻はミサヲちゃんに電話をかけて、昨日、大阪の学校友達の村木一男から届いたじゃがいもがあるから、次男に取りに来てくれるようにいった。今、腰痛で重いものを持てないからと話す。ミサヲちゃんは心配して、「お母さん、横になっていて下さい」といった。いい具合にこの日は次男が休みで、家にいた。

間もなく次男は、フーちゃんを連れて来る。第三土曜日で幼稚園は休み、これから車でどこかへ出かけるという。

フーちゃんに丸善で買った『きつねとかわうそ』の絵本の包みを渡す。フーちゃんは「ありがとうございます」という。妻がフーちゃんに「上って」というと、「お父さんも」という。これからお弁当持ちで出かけるところだから、いつものように家の中で遊ぶ時間は無かった。

次男は、フーちゃんの着ている絵入りのシャツを見せ、ディズニーランドで買ったシャツですという。うちから分けて貰った「村木さんの玉葱」をうすく削って、かつおぶしをかけて醤油をかけて食べている。おいしい。毎日、玉葱を食べているという。

こちらは昨日の午後、妻と近くの明治大学工学部の教室へイタリア映画の「ニュー・シネマ・パラダイス」を観に行ったことを話す。学生主催の映画の会である。次男は観ていないが、名前は知っていた。「いい映画で、評判になった」という。イタリアの田舎の小さい町の、たった一軒だけの映画館の映写技師の部屋へ、毎日のように入り浸っていた男の子の話である。

妻はフーちゃんに、

「ままごと遊びの箱でままごと、している?」

と訊く。フーちゃんは、

「遊んだり、遊ばないときもある」

という。いつもフーちゃんは何か訊かれたとき、咄嗟に答えられない。「わからない」ということが多い。今日は、ちゃんと答えた。

次男は、ミサヲちゃんからことづかった腰痛のための貼り薬を持って来て、妻に渡した。電話で、妻が今、腰痛で重いものを持てないと話したので、ミサヲちゃんが心配してくれたのである。

妻は、「村木さんのじゃがいも」を二つの袋に入れて次男に渡す。それから今日、南足柄の長女が来ることになっていて、長女が来たら一緒に食べようと思って用意していたこだま西瓜を切って、袋に入れて、次男に持たせた。あつ子ちゃんのところと半分分けに出来るだけの大きさに切った。

じゃがいもと西瓜の袋をさげて、次男はフーちゃんと帰る。フーちゃんは妻から「ちびまる子ちゃんのお菓子」を貰った。

この前、次男の一家が全部で来たときのことだが、図書室で妻はミサヲちゃんに、七月のフーちゃんのお誕生日に何を買ってほしいと訊いた。「靴は?」というと、「去年、買って頂いたサンダルがあります」とミサヲちゃん。「お人形だったら、くるみちゃんの邪魔になるからいけないね」と妻はいう。「ゲームは、お父さんとお母さんに買ってもらえばいいし」といってから、フーちゃんに「何が欲しい」と訊くと「ガラスの靴」という。妻はそれを聞くなり、「ははん、あれだな」とすぐに分った。小さい子供たちが履いている、ビニールで編んだ、透き通った、安物の靴のことだ。ミサヲちゃんは、

「ガラスの靴は、シンデレラが履くものでしょう」

といって、取り合わない。

帰りがけ、フーちゃんが靴を履こうとすると、皮のサンダルの靴が足に入らない。妻が手伝って履かせてやった。

二人を見送って来てから妻は、

「フーちゃんのサンダル、足が大きくなって、指がもう入らないの」

という。それが去年の七月の誕生日に上げるために新宿の京王デパートでフーちゃんに買って上げた黒い皮のサンダルである。

「指が入らないのを押し込んだの。ミサヲちゃんは遠慮して、要りません、要りませんという

んだけど、新しいのを買ってやらないと。小さくなって、足がもう入らないの」

と妻はいう。

次男がフーちゃんを連れて、じゃがいもを取りに来た日、あとから南足柄の長女が、大きな、まるい竹細工の笊と、山百合とぎぼしの入った袋をさげて現れた。

竹細工はいつも小田急に乗る開成の駅前で売っているのを見つけて買った。梅の土用干しをするとき、梅をひろげる笊である。これなら、雨が降り出しそうになったときに、全部一度に取り込めるからいいでしょうという。いつも土用干しには、ビニールのすだれを庭に敷いて、その上に梅を並べる。これだと、雨が降りそうになったとき、急いで取り込もうとすると、梅がこぼれて落ちる。

竹で編んだ、まるい笊。書斎で暫く長女の話を聞いてから、こちらは一回目の散歩に行く。その間に長女は、台所の流しの下の棚の掃除と整理をしてくれる。風呂場のバスタブを磨く。妻が藤屋へ買いに行ったツナとトマトのサンドイッチと紅茶とグレープフルーツの昼食の後、長女は持って来た山百合とぎぼしを庭に植える。山百合は大井さんと一緒に山で掘って来たのが十本（そのうち、五本は大井さんが分けてくれた。庭に生えていたのも少し入っている）、ぎぼしが三株。ぎぼしは、前に長女が来て植えてくれたぎぼしの横に並べて植えた。

夕方、妻は二回目に作った水羊羹を持って「山の下」へ。その前、あつ子ちゃんから電話がかかった。玄関にじゃがいもの袋がひとつ置いてあった。よく畑で出来た野菜を分けてくれる大家さんかと思って、お礼をいいに行ったら、大家さんではなくて、お隣が「山の上」から貰って来たじゃがいもと分った。そのお礼の電話。

ミサヲちゃんのところへ寄ると、台所でコロッケを作る用意がしてある。今朝、貰って来たじゃがいもを早速、役立てた。フーちゃんは、髪の両側と夏服の胸に紫陽花の青い小さな花を着けてもらっている。

今日はお父さんが休みで、車でみんなで出かけたことを知っている妻が、フーちゃんに、

「今日、どこへ行ったの？」

と訊くと、フーちゃんはどこへ行ったともいわない。ミサヲちゃんに訊くと、

「いいえ、どこも」

という。重ねて「どこへ行ったの」と訊くと、「いえ、いえ、どこも」という。

「買物？」

「いえ、いえ」

ミサヲちゃんはそんなことばかりいって、どこへ行ったともいわない。もう一度、フーちゃ

んに、「フーちゃん、どこへ行ったの」と訊くと、フーちゃんは無言のまま。こちらもしつこく、ミサヲちゃんに、

「ねえ、どこに行ったの？」

と訊いたら、ミサヲちゃんは居間にいた次男を呼んで、

「かずやさん、助けて下さい」

次男が出て来て話した。二日ほど前に春夫が縁側から庭へ落ちた。痛がっていつまでも泣いていた。それで念のために今日、医者へ連れて行って、骨に異状が無いかどうか、みてもらった。向ヶ丘整形外科へ連れて行った。医者は「心配ないけど、念のため調べてみましょう」といって、レントゲンをかけたら、春夫の胸の鎖骨にひびが入っていた。骨折していた。弾力繃帯を肩のところに巻いてくれた。三週間で治るといわれた。

妻がしつこく訊いても、ミサヲちゃんがどこへ行ったか、いわなかった筈だ。医者へ行ったら、骨折でしたとはいえなかったのだろう。せっかくの休みでいつものようにお弁当を持ってどこかの公園で食べて来るつもりであったのが、おじゃんになってしまった。さぞかしみんながっかりしたことだろう。拍子抜けして、どこへも行かなかったのかも知れない。

「フーちゃん、どこへ行ったの？」と訊いても、フーちゃんが何ともいわなかった筈だ。

妻は悄気返っているミサヲちゃんに、

「子供は怪我をするものよ。うちでは怪我したといったら、骨折だった。みんな、骨折しているの、三人とも」

といった。

「でも、それはもっと大きくなってからでしょう」

とミサヲちゃん。小さいときに怪我をさせたのは親の責任ですと、ミサヲちゃんはいいたいのだろう。自分が悪かったと思っているらしい口ぶりであった。

「子供は怪我するものよ。心配要らない。病気よりよっぽどいいわ」

妻はそういってミサヲちゃんを慰めた。居間で春夫が大きな声を出して泣いていた。弾力繃帯を肩に巻かれて、気持が悪いのだろうか。満一歳を過ぎたばかりの春夫くらいの子供は、身体がやわらかで、縁側から庭の土の上に落ちたくらいで骨折はしないものなのだが、運が悪かったのだろう。

その翌々日。夕方、妻は「山の下」へ行き、ミサヲちゃんに会って、明後日の六月十九日のフーちゃんの江の島遠足の日に、フーちゃんに附いて行くミサヲちゃんのために、怪我した春夫をうちで一日預かることにして、その打合せをした。今日、幼稚園へフーちゃんを迎えに行った帰り、ミサヲちゃんは向ヶ丘のお医者さんのところへ寄って、江の島遠足に春夫を抱いて連れて行ってもいいかどうか尋ねてみたのだが、やはり止めた方がいいといわれた。こちらは十九日は、九月に出る本のことで出版社の担当者が来ることになっていたのを、日にちを変えてもらった。ミサヲちゃんはそれを聞いて、感謝していた。

ミサヲちゃんのところへ行ったついでに、妻はフーちゃんを連れて帰った。バス通りのフーちゃんのお気に入りの店ローソンへ寄って、シャボン玉吹きを買ってやってから、うちへ来た。

フーちゃんは縁側で、いま買ってもらったシャボン玉吹きをする。シャボン玉をうまく、沢山飛ばす。風船のように大きくふくらむのもある。吹き出したシャボン玉が、庭の方へ流れて飛んでゆく。フーちゃんは、吹くのがうまい。

次に図書室へ行き、もと長女のいた部屋から「お目々つぶる人形」のリリーちゃんを抱いて来た。書斎でピアノを鳴らしてから、ソファーにリリーちゃんと一緒に並んで、タオルケットをかけてお昼寝。今日は幼稚園の帰りにミサヲちゃんと向ヶ丘の整形外科の医院へまわったので、くたびれて、眠くなったのだろう。こちらの椅子から見ていると、ソファーに横になったフーちゃんの口もとが動いて、眠り込みそうになる。隣に寝かされたリリーちゃんは、目をつぶっている。二人とも本当に眠っているように見える。

その間に妻はお餅を焼いて、フーちゃんの好きないそべ巻きを作って持って来る。フーちゃんは、いそべ巻きを一つ、食べる。

妻は幼稚園のことを訊く。

「いじめっ子、いる?」

「いる。たァ君とまさき君」

「フーちゃん、逃げるの?」

「逃げない」

それから図書室へ行って、色紙を折って遊ぶ。妻は鶴を折る。尾のところを指で持って引張ると、つばさを羽ばたかせる鳥を折る。

妻はフーちゃんを送って行く。来がけに道に落ちているのを拾って腰のところにまわしている葛の蔓の輪に入って、帰りも「タクシー」をする。いそべ巻きをひとつ食べて元気になったフーちゃんは今度は先頭に立って、「ぱっぱっぱっぱっ」と声を出して、「タクシー」をして来た葛の蔓の輪に入って、
妻と二人、「タクシー」を走らせて坂道を駆け出して行く。

妻の話。ミサヲちゃんの家からフーちゃんを連れて来るとき、妻が、

「フーちゃん、ちょっとうちまで連れて行っていい?」

というと、フーちゃんはミサヲちゃんに手を合せて、

「おねがい、おねがい」

といった。

この日、午後の二回目の散歩で、郵便局の前まで来たとき、局から出て来る妻と会って、いつも宅急便を出すときに行く食料品店のなすのやまで一緒に行く。そのあと団地の横の道を歩いていたら、今度は向うから来るあつ子ちゃんと会った。こんなところで会うのは珍しい。

あつ子ちゃんの話。昨日はたつやさんもかずやさんもお休みで、一緒に玉蜀黍を蒔いた。夕方、二人でバッティング・センターへ行った。フーちゃんも一緒に行った。たつやさんは明日、会社の早朝野球の試合があるので。

土曜日に病院へ診察を受けに行ったら、出産三週間前で、すべて順調。出来るだけ歩きなさい、安産ですといわれた。

出来るだけ歩きなさいといわれて、あつ子ちゃんは早速、歩いているところであった。

書斎でフーちゃんといたとき、

「きのう、お父さんとたっちゃんとこれしに行ったの？」

と、バットを振る恰好をしてみせたら、

「どうして知ってるの？」

とフーちゃんがいった。

「あつ子ちゃんから聞いたの」

と答えた。

夜、妻は「フーちゃん、この前縫って上げた夏服、着ていました」という。「そうか。気が附かなかった」そういえば赤いワンピースであった。よく似合っていた。

書斎にフーちゃんと二人でいたとき、フーちゃんはソファーのクッションと来客用のテーブルのテーブルかけを指して、

「おんなじね」

といった。

どちらも妻が作ったもので、茶色の薔薇の絵の模様が入った生地。そのことをあとで妻に話した。妻は、

「そんなこと、フーちゃん、いったんですか」

と驚き、

「ちいさいのに、よく見ていますね」

といった。

夕方、妻はあつ子ちゃんに電話して、黒豆の煮たのを「山の下」へ持って行く。フーちゃんに会うと、またうちへ行きたがるが、明日は江の島遠足だから、連れて来てやれない。可哀そうなので、ミサヲちゃんに家の前の花菖蒲の咲いているところへ出ていてくれるようにあつ子

ちゃんから伝えてもらったら、「フミ子はともみちゃんの家へ遊びに行っています」ということであった。

妻が「山の下」へ行くと、フーちゃんはともみちゃんの家から帰ったところであった。あつ子ちゃんとミサヲちゃんに黒豆を甘く煮たのを分け、ミサヲちゃんと明日預かる春夫のことで打合せをする。次男が出勤前に八時に春夫を連れて来る。バギーと歩行器を持って来るという手筈になっている。春夫は、いつも午後、二時間くらい昼寝をしますとミサヲちゃんがいう。妻は粉ミルクとお茶を飲ませる吸飲み、ビスケットを預かって帰る。

その翌日。曇りだが、雨は降っていない。幼稚園からバスで江の島まで行くのだが、雨でなくてよかった。天気予報では、曇りのち一時雨となっている。行きはともかく天気で、午前中、何とかもってくれるだろうと妻と話してよろこぶ。

朝、妻は一時間早く起きて、洗濯、掃除、家の前の溝掃除などを済ませる。朝食前に背広姿の次男が春夫を抱いて来る。バギーと歩行器を持って来る。歩行器を六畳の間の畳の上に下すとき、次男は、

「あんまり入りたがらないんだけど」

といった。

「フミ子は遠足に行くのが嬉しくて、朝からバンザイしている」

という。春夫をうちで預かってやらなかったら、春夫を抱いては遠足について行りないミサヲちゃんは、フーちゃんを休ませないといけないところであった。これから横浜の会社へ出勤する次男は、すぐに帰る。

縁側から庭へ落ちて胸の鎖骨を骨折して、医者に弾力繃帯を巻いてもらった春夫は、妻がいった通り、リュックサックを背負ったような恰好をしている。

次男が家を出て行くとき、後を追わず、泣き出しもしなかった。歩行器は嫌がるので、外へ出してやると、ひとりで機嫌よく家のなかを歩きまわる。いつものように庭へ来た小綬鶏と雉鳩を目ざとく見つけて、「あれを見よ」というふうに手を伸ばす。生き物を見つけるのが早いのには驚く。小綬鶏も雉鳩も、妻が毎朝、撒いてやる鳩餌を食べに庭へ来る。

図書室へ行く。春夫はフーちゃんの遊び相手のおもちゃ箱のねこを次々と取り出し、ボールをころがす。こちらは自動車を春夫の方へ走らせてやる。妻はミサヲちゃんの家へ行ったとき、よく春夫を抱いてそこいらをひとまわり散歩して来るが、私は春夫の相手をするのはこれがはじめてだ。

ひとしきり図書室で遊んだあと、私が仕事を始められるように妻は春夫をバギーに乗せて外へ連れ出した。湯ざましを入れた吸飲みを持たせた。妻の話を聞くと、いつも家の前をバギーに赤ん坊を乗せて近くの西三田幼稚園へ子供を送って行くお母さんと一緒になったので、ついて行った。幼稚園に入ると、授業が始まる前で、子供が大勢遊んでいた。春夫と同じくらいの子をバギーに乗せて来た若いお母さんがいる。

白と茶色と黒の兎を飼っていて、子供が人参を与えている。春夫はよろこんで、兎を見る。そんなことをしているうちに始業の時間になったので、妻は幼稚園から出た。

春夫に持たせていた吸飲みの湯ざましを全部飲んでしまったので、市場の自動販売機のところへ行って、お茶を買った。ところが、飲んでみると渋かったので、ウーロン茶を買って、吸飲みに入れてやった。バスの停留所の椅子へ来て、春夫をバギーから出して椅子に腰かけさせ、暫くバスの通るのを見ていた。そのうち春夫が眠り込んだので、家へ戻って、バギーから出して抱いたら、とたんに目をぱっちり開けてしまった。家で寝させようと思ったら、起きてしまった。

昼は、ミサヲちゃんから聞いた通り、御飯にかつおぶしをかけたのを食べさせた。野菜の煮たのが好きですといっていたので、人参とキャベツを煮たのを食べさせた。食後にメロン。ミサヲちゃんが、午後には二時間寝ますといっていたので、ミルクの入った吸飲みを持たせて、畳の座布団の上に寝かせたが、寝ない。機嫌よく笑ってばかりいて、まるで寝ようとしない。図書室へ行って、おもちゃで遊ぶ。そのうちに妻がまたバギーに乗せて春夫を外へ連れ出す。

買物があるので、スーパーマーケットのOKまで行ったが、家を出るか出ないかにバギーのなかで眠り出した春夫は、買物を終って勘定をしたとき、目を覚ました。帰りに砂場のある公園へ寄って、ブランコに乗せて遊んだ。家へ帰って、メロンとオレンジとバナナを食べさせた。お茶を飲ませた。春夫は手で顔をさすって、眠そうにしているので、しめしめ今度は寝ると思って、座布団の上に寝かせると、寝ない。ミサヲちゃんは、午後二時間寝ますといったが、それはふだん暮らしている自分の家にいるときのことで、はじめて預かってもらったよその家では同じようにはゆかないだろう。

そのうち、春夫は庭を指して、何かしきりにいおうとする。どうやらそれは「おうちへ帰ろう」ということであったのかも知れないと妻はあとで話した。しかし、泣き出したりはしない。妻がテレビをつけてやると、おとなしく妻に抱かれたまま、テレビを見ている。だんだんと夕方近くなって来ると、小さい子にもそれが分って、心細くなって来るのだろう。

四時半ごろ、遠足から帰ったミサヲちゃんが、フーちゃんを連れて庭から入って来た。すぐに春夫はお母さんに抱かれた。

「ちっともムリをいわなかった。一回抱き上げようとしたら、怪我したところが痛かったのか泣いたけど、あとは泣かなかった」

と私はミサヲちゃんにいった。天気のことを訊くと、江の島では雨は降らなかったという。

遠足から帰ったそのままの、トレーナーに短いパンツの運動服姿のフーちゃんに、

「遠足、楽しかった？」

と訊く。そばからミサヲちゃんが、

「何がいちばん楽しかった？」

と訊くと、フーちゃんは、

「貝がら拾ったのと、浜で遊んだこと」

といった。ミサヲちゃんは、浜でお弁当を食べたこと、はだしになって海に入って遊んだことを話した。フーちゃんは、

「波が口に入った」

と嬉しそうにいった。

ミサヲちゃんたち、帰る。私は役に立たなかった歩行器を持って家まで送って行った。家の前の菜園で長男が菜っぱの虫に食われた葉を取っている。

「なに？」

「ちんげん菜です。虫が食べるのとこちらが食べるのと競争しているみたい」

あつ子ちゃんは、もういつ生れてもいい状態になっているらしい。長男がそういった。

あとで妻は、ハムと卵焼きの細切りともやし、胡瓜の中華風料理の「ばんさんすい」を作っ

て、ミサヲちゃんのところへ届けた。ミサヲちゃんは春夫を預かってもらったお蔭で江の島遠足へ行けたことを大へん感謝していた。フーちゃんは、風呂場から裸で顔を出した。春夫は台所へ出て来て、妻を見て、「おや?」という顔をした。「またこの人のところへ行くの」と一瞬、思ったのかも知れないと妻はいった。

夜、妻と二人で、春夫がちっとも無理をいわず、泣き出しもしないで、一日機嫌よく遊んだことをいって、「あんな子はいない」と春夫を賞めた。夕方、庭を指して何かしきりにいおうとしたのは、「おうちへ帰ろう」といっていたのではないか。夕方になってさびしくなって来たが、泣かない。きっと我慢していたのだろう。「あんな子はいない」といって二人で春夫を賞めそやした。

フーちゃんの江の島遠足の翌日。朝、長男から電話がかかる。「昨夜。あつ子、陣痛らしいものが始まり、今朝、五時にかずやの車で病院に入りました」という。妻が病院へ電話をかけてその後の様子を訊いてみなさいという。長男より電話あり、「その後、朝と変りないということです」

妻はお赤飯のおにぎりを作って、メロンと一緒に病院へ持って行くという。こちらは午後四時からの上野の芸術院の総会に出かける。

芸術院で。事務の女の人が廊下で「奥様から電話があって、女の子が生れました」と知らせてくれる。帰宅七時すぎ。妻は病院へお赤飯のおにぎり、メロン、焼いも、餡こなどを持って行った。お産が長引いたときに力をつけておくためにあつ子ちゃんに食べさせようと思ったのだが、準備室のあつ子ちゃんの顔には酸素マスクがかぶせられ、口に入れて上げようにも、どうにもならない物々しい状態で、持って来たものを長男に渡して、食べられるようになったら食べさせなさいといって帰って来たという。（あとでおいもを食べたという報告があった）

四時すぎに病院の長男から女の子が生れましたという電話がかかった。すぐにミサヲちゃんと南足柄の長女、古河のあつ子ちゃんの実家に知らせた。ミサヲちゃんに女の子が生れたこと、安産であったことを話すと、そばでフーちゃんの「バンザイ、バンザイ」という声が聞えた。ミサヲちゃんが「おめでとうございます」といったので、赤ん坊が生れたことが分ったのだろう。ほかに妻の友人で日本橋の水天宮のお札を受けて来てくれたりして安産を祈ってくれていた方にも知らせた。都合で今夜は自宅で夕食を食べることになった長男のために妻は食事を作って「山の下」に運んだ。

書斎のピアノの上の父母の写真の前で、女児出産のことを報告して、手を合せる。妻と乾盃する。夜、長男から電話。妻と代って、「おめでとう。よかったな」という。名前を恵子とつけたいんだけどという。「いいだろう」「では、そうさせて頂きます」。「髪の毛が黒くて、縮れています」という。

翌日。午後、妻と病院へ行く。一時の面会時間になるのを待って、五階へ。先に赤ちゃんを見せてもらう。元気そうな子。あつ子ちゃんは授乳の時間で部屋にいない。廊下の椅子で、ベッドにあった何かの通知の紙の裏に二人でことづけを書く。昨夜届いた東京世田谷の友人のお嬢さんからの可愛い刺繍入りの祝電カード、みかん、さくらんぼ、チョコレートの箱と一緒にあつ子ちゃんのベッドに載せて帰る。ベッドに分厚い文庫本が一冊、置いてある。妻が見ると、中野重治の『梨の花』であった。

夕方、長男が食事に来る。会社から帰って病院へ行って来た。あつ子ちゃんが私と妻のメッセージを見てよろこんでいたという。文庫本の『梨の花』は、長男が読んで面白かったので、あつ子ちゃんに読ませていたらしい。『梨の花』はいいけど、お産のあと暫くは本は読ませない方がいいだろう。

長男の話。夜、懐中電燈をつけて、家の前の菜園の小松菜やちんげん菜の葉を食べている夜盗虫（やとうむし）を取る。暗がりのなかで見つけて、篠竹で挟んで取って退治する。昼間、土の表面の浅いところに隠れていて、夜になると出て来て、葉を食べる。

次男の家の前で、虫取りをやっていたら、玄関の三和土のところにいるフーちゃんが、

「あ、どろぼう。どろぼう、あっちへ行けえ」

という。懐中電燈をつけて小松菜やちんげん菜を食べる虫を退治しているのが、「たっちゃん」だと分っていて、そういうのである。

夕方、妻はミサヲちゃんのところへこだま西瓜の切ったのを持って行く。ミサヲちゃんから、はがきを受取る。江の島遠足から帰った日の晩に書いたものだが、赤ちゃん誕生でごたごたして、届けられないままになっていた。シャガールの、空中に人間が浮んでいる絵のはがき。

今日は春夫のベビイ・シッターありがとうございました。おかげで文子は、水族館で大きいお魚を見たり、浜辺で貝拾いや、波とおにごっこや、海の温泉ごっこ（水につかって、いい湯だなあと歌っていたそうです）をすることが出来ました。私は何年かぶりに海を見て、「イルカ、くじらショー」でイルカ君と握手することが出来て、お父さん、お母さん、春夫に申し訳ないくらいというより、申し訳の立つくらい楽しい一日でした。あとから春夫がとてもいい子だったと聞いて安心しました。さすが名ベビイ・シッターですネ。本当にありがとうございました。（註・ミサヲちゃんは、イルカと握手したい人は手を上げて下さいといわれたとき、手を上げた。ほかに何人も手を上げた人がいたが、自分に当ったと話してい

た）

午後、妻と病院へ行きがけにミサヲちゃん宅へ寄り、焼いもを届ける。昼寝から覚めたフーちゃん、台所へ出て来る。寝呆け顔をしていた。

病院では、赤ん坊は眠っていた。子供を見に来た面会客が（新生児室の）硝子戸の外から覗き込めるように籠に一人ずつ寝かせて並べてあるのだが、次々と生れる赤ちゃんが多くて、場所がこの前見たときより先の方へ移っていた。

午後、妻と病院へ行く。赤ん坊は今日も眠っている。あとからあとから生れるので、場所が端の方になっていた。

南足柄の長女からのお祝いのはがきが届く。

おいしいおいしいグレープフルーツをあんなに沢山送っていただいて本当にありがとうございます。私たち一家六人の元気の素！　これで今年の夏も安心です。グレープフルーツと同時にたつやとあつ子ちゃんに女の子誕生のニュースが届き、嬉しいこと続きで沸きかえっています。安産で元気な赤ちゃんが生れて、めでたしめでたし、でしたね。これで総勢十五名。フィフティーンでスクラム組めば恐いものなしですね。タックルしたり、転んだり、よそ見したり、時には気絶したりしながら、ゴール目指して突進しましょう。急に忙しくなってしまって、「あじさい農道見物」は来年にお預けですか？（註・この前、南足柄から山百合とぎぼしと梅の土用干し用の笊を持って来てくれたとき、長女は小田急の開成駅近くの田圃に紫陽花を集めた農道が出来たので、近いうちに是非見に来て下さいといっていた）

来週、メアリー・ポピンズになってあつ子ちゃんのところへ行きます。赤ちゃんの顔を見るのが楽しみです。こちらではクロがこの界隈のボス猫の跡目争いに勝ち、傷だらけの栄光をかちとった模様で、威風堂々と目の前を歩いているところです。では、梅雨にも負けず、お元気でおすごし下さい。さようなら　　　　　　　　　　夏子

夕方、あつ子ちゃんの実家の茨城県古河の御両親と長男が来て、みんなでお七夜のお祝いの夕食の卓をかこむ。長男が病院へ行ったら、エレベーターの前でぱったり鈴木さん夫妻に会ったという。家まで帰ったとき、次男の家の前にフーちゃんがいて、こちらを見て、「いらっしゃい」といって、鈴木さん夫妻にふかぶかとお辞儀をした。今日、古河からあつ子ちゃんのお父さんとお母さんがいらっしゃるときっとミサヲちゃんに聞かされていたのだろう。きちんとお辞儀をしたと、長男は感心したように話した。

妻が電話で女の子が生れたことを知らせたとき、そばで聞いていて、「バンザイ、バンザイ」といったフーちゃんのことだから、明日、病院からあつ子ちゃんと一緒に赤ちゃんが帰って来るのを見たら、よろこぶだろう。

最初、ビールで乾盃して、そのあと清水さんの結納の日に飲んで頂いた、縁起のよい山形の酒の「初孫」を出して、もう一度、乾盃をした。長男が書いて来た「命名　恵子」の紙は、ピアノの上の父母の写真の前に置いてあった。

7

あつ子ちゃん、恵子退院の日。午後、妻は「山の下」へ行き、この日のために会社の休みを取ってくれた次男の車で二時半ごろ、フーちゃんも乗せて病院へ。長男は支払いのために先に病院へ行く。あつ子ちゃんから会計の窓口が混んでいるので早く来て下さいと電話がかかったので。

はじめ、フーちゃんは乗る人間が多くて車がいっぱいだから家にいるようにとミサヲちゃんにいわれた。本人は一緒に行く気でいたので、いけないといわれたとたん、大声で泣き出した。妻が、「こんちゃんの膝に乗るのよ」といって取りなして、連れて行くことにした。

フーちゃんが赤ちゃんと対面したのは、妻が着換えをした赤ちゃんを連れて待合室の椅子のところまで来たとき。前の日に古河から来た鈴木さん夫妻が近くにいた。長男とあつ子ちゃんは窓口で母子手帳を貰うために並んでいた。妻が抱いている赤ちゃんをフーちゃんは、いかにも可愛いというふうに見ていたが、そのうち両手で赤ちゃんの頭を撫でまわした。話だけは聞かされていて、早く赤ちゃんを見たかった。やっと「あつ子ちゃんの赤ちゃん」を見られたので、嬉しくて仕様がない。あんまり赤ちゃんの頭を撫でまわすので、そばにいた次男から、

「そんなにさわったらいけない」といわれた。

妻がフーちゃんに、

「恵子ちゃんとくるみちゃんとリリーちゃんと、だれがいちばん可愛い？」

と訊くと、

「けい子ちゃん」

という。

くるみちゃんは、去年のクリスマスにサンタさんがくれた人形（作ったのはお母さんのミサヲちゃんだが、サンタさんがくれたことになっている）。リリーちゃんは妻がフーちゃんのために買った「お目々つぶる人形」で、フーちゃんが家へ来たとき、もと長女のいた部屋のベッドから連れ出して来て遊ぶ。

次男の車で病院を出るとき、こちらは長男夫婦、赤ちゃん、今日から泊り込みで家事を手伝ってくれる鈴木夫人、次男、妻、フーちゃんの七人で、ひとりで古河へ帰るお父さんは淋しそうであった。

家へ帰って、二階のベビイベッドに寝かせると、赤ちゃんが小さく見えた。あつ子ちゃんは

その部屋に床を敷いて寝る。これで納まった——とあとで帰った妻が話した。

こちらは午後の二回目の散歩に行く。帰ると、東京世田谷のY夫人が、お祝いに富山のお酒の「立山」を三本持って来てくれたところであった。あつ子ちゃんのために水天宮まで行って安産のお札を受けて来てくれた方である。妻が案内して、赤ちゃんの顔を見てもらいに「山の下」へ行く。

夕方、暗くなってから玄関の呼鈴が鳴り、久しぶりに清水さんが来た。この間から妻が何度も私に「清水さんに会いませんか」と訊き、「会わない」というと、「いつもお使いに行く道で会うのに、ちっとも会わない」といい、二人で「身体の具合が悪いのでなければいいが」と気にしていたのであった。

清水さんは元気であった。よかった。アガパンサスと薔薇を持って来て下さる。書斎にいた私は、玄関へ出て行ってお礼を申し上げる。

夕方、妻は「山の下」へ、芝居をしている友人から頂いた果汁ジュース、Y夫人から昨日頂いた棹菓子などを持って行く。赤ちゃんはベビイベッドで両手をひろげて眠っている。

あつ子ちゃんからその前、電話がかかり、夜、寝る前に赤ちゃんにミルクをたっぷり飲ませたら三時まで眠ったこと、昨夜九時ごろに長男が汗だくになって台所で赤ちゃんをベビイバスに入れたことなど話した。妻は、湯ざましを飲ませてやればいいこと、部屋のクーラーをかけているときは赤ちゃんに何か着せてやるように、長男が風呂に入るときに赤ちゃんを入れてやればいい、その方が一度で済むからいいなどと、気の附いたことをあつ子ちゃんに話した。清水さんのくれた花のなかから半夏生《はんげしょう》という変った名前の花を持って行ったら、お茶を教えているあつ子ちゃんのお母さんがこの花のことを知っていて、よろこんで下さる。

帰りに妻がミサヲちゃんの家へ寄ると、台所に水着が置いてあり、ミサヲちゃんたちは昼寝していた。家の前で近所のともみちゃんと遊んでいたフーちゃんに、「どこへ行ったの」と訊くと、「海」という。

「どこの海?」

これはフーちゃんには分らない。あとでミサヲちゃんから、次男が休みで車で出かけたこと、鎌倉の由比ヶ浜へ行って海につかった、帰って昼寝していましたという報告があった。ただひとり、「疲れを知らない」フーちゃんがともみちゃんと遊んでいたというのである。

その翌日。南足柄から長女が来る。暫く書斎で話してから、妻と「山の下」へ赤ちゃんを見に行く。こちらが一回目の散歩から帰ると、戻っていた。妻は長女が赤ちゃんを傑作だといって賞めた、実際、可愛くなっていたという。

昼食のとき、長女が話す。「手足が細くて、スマートで、可愛い。生れたての赤ん坊ってあまり可愛いのはいないものだけど、この子は可愛い」

「山の下」でバギーに春夫を乗せて幼稚園からフーちゃんを連れて帰ったミサヲちゃんに会って、果物を食べにいらっしゃいといったから、もうすぐ来ますと妻がいう。

「こんにちはー」と元気のいい声が庭で聞えて、フーちゃんが現れる。あとから春夫を抱いたミサヲちゃんが来た。一緒に西瓜を食べる。春夫は、長女からスプーンで西瓜を口へ入れてもらう。何度も入れてもらう。

フーちゃんに、

「あつ子ちゃんの赤ちゃん、見た？」

と訊くと、「見た」という。

あとで図書室へ行くと、窓際のベッドに妻とフーちゃんが並んで寝て、妻がフーちゃんの好きな絵本『ちさとじいたん』（阪田寛夫作・織茂恭子絵　佑学社）を読んでやっていた。読み終ったら、フーちゃん、「もう一回」という。そばに眼鏡が無くて半分作って読んだ妻は、二回目は勘弁してもらったとあとで話した。

『ちさとじいたん』を読んでもらったあと、フーちゃんは居間へ来て、折紙をして遊ぶ。ミサヲちゃんが、「七夕さまの笹を取って来ようと思っていたところです」という。そこで、七夕の笹につける色紙をみんなで折ることになった。長女は、色紙を鋏で切る。妻は、フーちゃんに「ねがいごと」をいわせて色紙に書く。去年、ミサヲちゃんのところの縁側に立ててあった七夕さまの笹を見たら、「キャンデーくださいい文子」というのが吊してあったのを思い出したからだ。

「フーちゃんがこうなったらいいなあと思うことを書くのよ。何がいい？」

と訊くと、フーちゃん、

「お月さまにのりたい」

妻は、「お月さま」と書く。次は、

「ご本のなかに入りたい」

妻は、「ご本」と書く。三番目は、

「ながれ星に」

といって少し考えてから、

「なりたい」

去年の「キャンデーくださいい」と比べると趣が違う。今年の「ねがいごと」は空想的、ロマンチックになった。折紙を始めるとき、フーちゃんは襖を全部閉めてしまった。七夕さまの気分を出すためにそうしたのだろうか。

妻は、ミサヲちゃんのところへ行ったとき、フーちゃんが幼稚園で作った切紙細工のオットセイを借りて帰った。図書室で妻がそれを出して、「おじいちゃんに見せて来たら？」というと、フーちゃんは恥かしがって行かない。妻が「一しょに行こう」といって、居間にいる私のところへ見せに来た。オットセイが頭の上に輪になったものを載せているところで、別にオットセイの遊ぶボールも一つある。よく出来ている。この前の幼稚園の江の島遠足のときに見たものを切紙細工にしたのであった。

お昼のサンドイッチを食べ終ったころに、玄関の呼鈴が鳴った。長女が出て行き、「あら！」と声を立てた。清水さんが来た。長男夫婦の赤ちゃんのお祝いのお赤飯を持って来て下さる。「山の下」二軒の分を入れて、三つの折箱に詰めてくれてあった。

妻がこの間、縫って上げげた、飾りひだをとった夏のワンピースを着て来られた。それがよく似合っていた。畑仕事をするのでいつもスラックスを愛用している清水さんがワンピースを着ると素敵だった――とあとで妻が話した。

このお赤飯の折詰は、一つを南足柄へ帰る長女のお土産にし、ミサヲちゃんにあつ子ちゃんの分を持って帰ってもらった。私たちの分は、長女とミサヲちゃんの折箱から少しずつ取って残し、夕食のときに頂いた。うまく炊けてあった。

午後、二回目の散歩の帰り、お使いに行く清水さんに会い、「昨日はお赤飯を頂いて有難うございます」とお礼を申し上げた。清水さんは、「今日はいくらか凌ぎよい天気ですね」といった。

朝、用事で一日だけ古河へ帰るあつ子ちゃんのお母さんと交替するために、妻は「山の下」へ行く。八時半のバスに乗ると聞いたので、八時までに行く、こちらは一回目の散歩のあと、妻に頼まれていたサンドイッチを藤屋で買って帰り、あつ子ちゃんのところへ十一時半に行く。赤ちゃんが目を覚まして泣き出す。見ていると、しきりに舌を出す。何か飲みたそうにする。湯ざましに少し砂糖を入れたのを妻が飲ませると、勢いよく飲み、あと眠る。三人でツナサンド、トマトサンドと紅茶の昼食。

あつ子ちゃんの話。フーちゃんは歌うのが好きで、よく家の中で歌っているのが聞える。「ドはドーナツのド……」の「ドレミの歌」をよく歌っている。

妻の話。朝、鈴木夫人と交替して、洗濯機をまわしながら窓の外を見ていたら、幼稚園の夏の制帽をかぶって、黄色のスクールバッグをさげたフーちゃんが嬉しそうに家から出て来た。近所の子供を抱いた奥さんが立っていて、その人と話しているところへミサヲちゃんが春夫を抱いて、バギーを押して出て来て、一緒に出かけた。フーちゃんは嬉しそうにしていた。幼稚園へ行くのが楽しいらしい。

あつ子ちゃんの手紙が、郵便受に入っていた。長男が出勤前に入れたのだろう。

七月二日　山の下のお家にメアリー・ポピンズがやって来ました。朝八時、チャイムとともに大きな食料籠を二つも持って、黄色のエプロンをかけて立っているお母さんは、本当にたのもしく見えました。まだお母さんになって十二日目の新米ママには分らないことばかりで、山の上のお母さんのひとことひとことが貴重なアドバイスでした。

午前中、お母さんの「椰子の実」や「アニーローリー」を聞きながらうとうとしていた気分は最高でした。私の方が子守歌をうたってもらっているようでした。お家のなかにお母さんの歌声があるっていいですネ。私も恵子にどんどん歌ってあげようと思います。

それにお昼にはお父さんのおかげで久しぶりの藤屋のサンドイッチをおいしく頂きました。

午後、満腹して母子ともどもぐっすり眠っている間に、夕御飯の御馳走が食卓に並んで、お洗濯物はきちんと畳んであって——。私は五時半まで寝てしまいました。お母さんは朝から晩まで働き通しでお疲れになったことでしょう。ありがとうございました。

敦子

朝、「百合が咲きました」と妻がいう。書斎の机から庭を見ると、なるほど一つ咲いている。前に南足柄の長女が持って来て植えてくれた山百合。この前、持って来てくれた山百合はまだ蕾のまま。これも前に持って来てくれたぎぼしの白い花が咲き出しているのに、昨日、気が附いた。長女が最初に植えてくれたぎぼし。

夕方、妻はコロッケと東京世田谷の友人が送ってくれた高知の温室蜜柑を持って「山の下」へ行く。ミサヲちゃんのところへ行く。ミサヲちゃんが「フミ子、こんちゃんよ」というと、フーちゃん出て来る。エプロンをして、ひとりで何かして遊んでいた。

書き落していたが、この前、南足柄の長女があつ子ちゃんの赤ちゃんを見に来た日の翌日、夕方、山梨から届いた玉蜀黍を持って妻が「山の下」へ行った。ミサヲちゃんのところへ庭から入って行くと、フーちゃんはお母さんの大きな帽子をかぶり、双眼鏡を吊して、探険家スタイルで出て来るなり、「こんちゃんだァ」といった。くるみちゃんを抱いていた。春夫はお風呂へ入るところで、裸で出て来た。弾力繃帯を外してもらって、嬉しそうにのびのびしていた。

南足柄の長女から手紙同封の現金書留が届く。七月二十二日の大阪行きの新幹線往復の切符を送ったところ、そのお金を送って来た。私の友人のS君の次女で宝塚歌劇団に入って以来、一家で声援を送って来たなつめちゃんが退団することになったので、宝塚大劇場でのさよなら公演を私と妻と長女の三人でS君を誘って観に行く計画をたてたのである。

長女の手紙。

ハイケイ　先日はめでたく安産で生れたたっさんの赤ちゃんを見せてもらいに行き、いろいろとお昼やお八つを御馳走になったり、沢山のお土産を頂いたり、本当に有難うございました。何にも働かないで遊んだだけの一日で、とても楽しかったです。童心に帰って夢中で折紙を折ったのも何年かぶりです。フーちゃんと春夫ちゃんと久しぶりにゆっくりと過せたし、二人とも可愛らしく成長していて、夏子伯母としては嬉しい限りでした。家にいると、やれ洗濯だ、やれ草刈りだ、次はトムの散歩……といつも用事が背後から追いかけて来るので、無心で子供と遊べるひとときは値千金でした。そして二十二日には値万金の日が待っている。手もとに東京——新大阪の新幹線の切符をがっちり握って、もうこの話、逃げようたって逃げられないぞ。夢が現実になり、おまけに親分さんにおんぶにだっこの大旅行。何もかも本当にありがとうございます。新幹線が走っている写真の切符の袋を眺めては、心はもう中之島大阪グランドホテルへ。体調万全でその日を迎えるように頑張ります。どうぞどうぞよろしくお願い申し上げます。では生田の皆様もこの梅雨を元気でおすごし下さいね。

夏子

その翌日。夕方、妻は「山の下」へ行く。ミサヲちゃんには、清水さんから頂いたアガパンサスと薔薇とおせんべい、箱根芦の湯きのくにやさんの梅干を届けた。この前縫って上げたフーちゃんの夏のワンピースの丈が少し短かったという。妻が直すといったら、ミサヲちゃんは私が直します、ヘムをひろげると何とかなりますという。

次男は休みで、サッカーのボールを蹴りに行っている。フーちゃんがついて行ったという。あつ子ちゃんのところへ行くと、長男が台所で夕食の支度をしていた。貰い物の東京のホテルのビーフカレーを渡す。あつ子ちゃん、二階から下りて来る。

前に南足柄の長女が植えてくれた山百合が二つ、咲いている。この前、植えてくれたのも、蕾がふくらんで来た。

書斎の机の上のエイヴォンがひらく。昨日、妻が活けたときは、蕾であった。その前日、お使いの帰りに清水さんと道で会って、一緒に畑へ行った。そのとき、切ってくれたエイヴォンである。

夕方、妻は横浜市緑区の川口さんがお祝いに持って来てくれたメロン、タルトを持って「山の下」へ行く。ミサヲちゃんのところへ行くと、ミサヲちゃんは風呂に入っているので、「濡れ縁に置いておくから」といって庭へまわる。フーちゃん、出て来る。さくらんぼのタルト、ミートパイなどを置くと、「ありがとうございます」という。春夫が風呂から上った裸で出て来て、いきなりさくらんぼのタルトに手を伸ばした。フーちゃん、「だめ」といって止める。

このさくらんぼのタルトを作って届けてくれた川口さんは、妻と同じ学校の卒業生で、先生について本格的にお菓子作りを教わった人である。生田の近所にいた時分、よくお菓子作りの講習会を開いてくれた。柿生の奥へ引越してからも、ときどきおいしいタルトを作って届けてくれる。あつ子ちゃんの安産を祈っていてくれた妻の友人の一人である。

あつ子ちゃんのところへ行くと、台所で長男が夕食の支度に熱中していた。川口さんのお祝いのメロンを渡す。赤ちゃんは大きくなっている。夜、ミルクを百二十グラム飲む。「怖いくらい飲みます」とあつ子ちゃん、いう。よく眠る。

あつ子ちゃんが退院した日からずっと家事を受持ってくれていたお母さんが今日、古河へ帰ったが、長男が会社の休暇を取って、買物、炊事、洗濯、家事すべてを引受けるので、あとは大丈夫ですという。

南足柄の長女がこの前植えてくれた庭の山百合が一つ、咲いた。二つ並んだ蕾のうちの一つが咲いた。一昨日、竹の棒で支えをしてやったところであった。裏の通り道の花壇に長女が植えた山百合の蕾も大きくふくらんで、いまにも咲きそうだ。

夕方、清水さんが来た。薔薇を下さる。エイヴォンがいくつも入っている。常泉さんのトマトを十五、六個頂く。常泉さんは、清水さんが最初に借りていた畑の地主さんのお嬢さんで、結婚して栗谷に住んでいる。清水さんと親しくしている。常泉さんのトマトは、実家の松沢さんの畑でとれたのを清水さんが頂いたのを分けてくれたのである。小さな、おいしいトマトであった。清水さんは、福島の妹さんから届いたぜんまいも下さる。このぜんまい、油揚と人参といっしょに煮たのを頂くと、おいしい。

裏の通り道の花壇にこの前、南足柄の長女が植えた山百合が咲いた。竹の支えを長女がしてくれて、蕾が大きくふくらんでいたのが咲いた。見事。庭の山百合も、昨日、咲いたのと二つ並んでいた蕾が咲いた。これで、いま、わが家の山百合は全部で六つ咲いている。

午後、買物に行った妻は、市場の八百清で清水さんに会う。帰りに畑へ寄って、畑の道具箱に入れてあった薔薇の花束を取って来て下さる。いつものように棘を全部取って紙に包んでくれてあった。前の晩の七時に九州中津のお父さんから電話がかかったことを話す。

夕方、妻と清水さんから頂いたトマトを持って「山の下」へ行く。あつ子ちゃんのところでは、台所で長男がにんにくを切っていた。「常泉さんのトマト」を分けると、よろこぶ。赤ちゃんは二階のベビイベッドで眠っていた。大きくなっている。夜、ミルクを百二十グラム飲むとあつ子ちゃんいう。長男の休みは今日まで。明日から買物は会社の帰りに長男が市場へ寄って、さげて帰る。あつ子ちゃんはぼつぼつ家のことをやりますという。

はじめにミサヲちゃんのところへ寄って、フーちゃんを連れて行った。フーちゃんは赤ちゃんの足を手で撫でまわす。顔もさわりたがったが、それは妻が止めた。

あつ子ちゃんの家を出てから、「ローソンへ行こう」と妻がいう。バス通りのフーちゃんお気に入りの店である。フーちゃん、「お母さんにいけないといわれるから」という。ミサヲちゃんに話すと、「もう遅いでしょう」という。フーちゃん、泣き出す。泣きながらミサヲちゃんの身体に顔を当てて、

「ありがとうというから」

といって、頼む。ローソンで何か買ってもらったら、ありがとうといいますというのである。ミサヲちゃんはフーちゃんに耳打ちする。何といったのか分らなかった。それでやっとお許しが出た。その前、春夫が出て来た。明日、向ヶ丘の医者へ行く。これが最後の診察になる。暑

いので、今日、肩にはめていた弾力繃帯を外してしまったとミサヲちゃん。胸の鎖骨が骨折しているのが分ったとき、三週間で治りますと医者にいわれた。あれから三週間たったのである。よかった。

フーちゃんと一緒に葡萄畑の横の道を行く。ローソンで、フーちゃんにおもちゃをいろいろ見せるが、決められない。「金魚すくい」というのがある。それを見せると、フーちゃん、「うちにタムタムがいるから」という。名古屋へ転勤になった次男の会社の同僚の田村さんから貰った金魚である。田村さんから貰った金魚だから、「タムタム」という名前がついた。パラシュートはどうと妻がいったが、フーちゃんはもう一つ気乗りがしない。なかなか決められない。やっと最後に「水風船」にして、それを買った。ミサヲちゃんにさっき、何といって耳打ちされたのだろう。「あれ買ってこれ買ってとねだっちゃいけませんよ」といわれたのだろうか。それで調子が出ない。

帰り、フーちゃんは俄かに元気になって、葡萄畑の横の道まで来ると走り出す。妻がついて行くのがやっと、こちらは遅れた。家まで送って行く。フーちゃんは「水風船」の入った包みをいちばんにお母さんに渡す。

ローソンで「水風船」を持って勘定台に並んだとき、フーちゃんは「ありがとうございます」といったと、あとで妻が話した。

午後、清水さんが来た。薔薇の花束とお国の伊予から届いたちりめんじゃこ、ひじき、かまぼこを薄く削ったものなど、いろいろ下さる。玄関へ出て行って、お礼を申し上げる。あとで妻は、到来物の素麺を持って行き、清水さんの玄関の戸の把手に包みごとさげて来た。

夕方、妻は生田駅前へ行き、フーちゃんに約束した「ガラスの靴」を靴屋で買って来た。はじめに入った店にはフーちゃんの靴のサイズの18のが無くて、次に行った靴屋にあった。靴の底もふちもビニールの、思ったよりきれいな靴。透き通っていて、「ガラスの靴」と子供らが呼ぶのも無理はない。私はもっと安物らしい靴かと思っていたが、そうでない。フーちゃんのよろこぶ顔が見える。明日、七月十六日がお誕生日である。

雨。朝食のとき、「フーちゃんの誕生日、雨ですね」と妻がいう。「雨だと、うちへ連れて来られないから、持って行ってやりましょう、靴を」

雨ふりでは、仕様がない。

「三月の春夫の誕生日のときはフーちゃん、むくれていましたね」

と妻がいう。

「フミ子も誕生日したいといっていましたね。ミサヲちゃんと春夫の誕生日が一日違いでくっついているというのが気に入らなかったんですね」

「そうだ。でも、そんなことといってもムリだ」

「気難しいのね、フーちゃんは」

「今日は嬉しいだろう。昨日あたりからお誕生日のことといってもらって、よろこんでいるだろう」

「五歳になりましたね、フーちゃんも。清水さんに頂いた薔薇のなかから蕾のを集めて、ブーケにして持って行ってやりましょう。ミサヲちゃんのとき、持って行ったから。幼稚園でも何か貰って来るかも知れませんね。黒板に毎月の誕生日の子供の名前が書いてありましたから」

そんなことを二人で話した。

午後、ミサヲちゃんに電話をかけて、フーちゃんが家にいるのを確かめてから、妻と出かける。雨は上っていた。「ガラスの靴」のほかに七月十日に妻と新宿へ行って、三越でいろいろ探して買って来た靴がある。なかなかフーちゃんの靴のサイズの18というのが無くて、五つ目の靴で、やっと18のがあった。ベージュ色の革のサンダル。いい靴だ。

庭から入って、出て来たフーちゃんに妻は、

「ハッピーバースデイ　トゥー　ユー」

と歌いながら、持って来たお祝いの品、革のサンダル、「ガラスの靴」、薔薇の花束、飾りひ

だをとった夏のワンピース、さくらんぼを次々と渡した。

フーちゃんは、三越の靴を履いてみる。次に「ガラスの靴」を履いて、畳の上を歩いてみる。近所の子が履いているこの靴が欲しかったのだ。

そのあと、あつ子ちゃんのところへみんなで一緒に行く。赤ちゃんをミサヲちゃんが抱く。「昨日、赤ちゃんのものをいちばん沢山くれた友達が来て、お父さんに似ているといっていました」とあつ子ちゃんがいう。「どうして僕の顔を知っているんだろう」といったら、「病院へ来てくれたとき、部屋で一緒になりました」という。そういえば、妻と二人で病院へ行ったときに、その友達と会った。それにしても一度会っただけのこちらの顔をよく覚えていたものだ。

フーちゃんは、赤ちゃんの頭を撫で、足を撫でる。抱きたがったが、それはまだ無理だから、止める。あつ子ちゃんは、家のことが出来るような服装をしていた。顔色もいい。

あつ子ちゃんの家を出たとき、フーちゃんが「遊びたい」といい出した。「こんちゃんと遊びたい」という。ミサヲちゃんが「ちょっとだけよ」といって、今日はあっさりとお許しが出た。時間が早かった。すかさず妻は、「さあ、行こう」といった。

道を少し歩いてから、妻は貰ったばかりの「ガラスの靴」を履いて来たフーちゃんに、「お靴、痛くない？」と訊くと、フーちゃんは「ここがちょっと痛い」と小指のあたりを触った。「履きかえていらっしゃい」というと、フーちゃんは走って帰って、ズックの靴を履いて来た。

はじめは少しきつくても、ビニールだから、履いているうちに伸びるだろう。

今度は、「くるみちゃん、連れて来る」といい、「連れていらっしゃい」というと、フーちゃんはまた家まで走って帰り、くるみちゃんを連れて来た。

「これ、サンタさんがくれたの」

という。去年のクリスマスに間に合うようにミサヲちゃんが作った人形である。

「くるみちゃん、風邪ひいて、お熱があるの」

とフーちゃん。

「それなら、うちへ行って、リリーちゃんのお布団に寝かせよう。アイスノン、頭にのせて、冷やして上げよう」

家へ来た。図書室で、妻は洋服箱に花模様の端切れの生地をかぶせてテーブルかけにした。リリーちゃんもクマさんもうさぎさんもテーブルをかこむ。熱のあるくるみちゃんはリリーちゃんの布団に寝かせてテーブルのそばに置き、アイスノンの小さいのを冷蔵庫から持って来て、ハンカチに包んで、くるみちゃんの頭にのせてやった。

ままごとの野菜を出す。お皿にビスケットを入れ、アイスクリームのコーンを並べ、乳酸飲料のちいさな壜を出し、くるみちゃんもリリーちゃんも入れてみんなでフーちゃんの誕生日のお祝いをする。フーちゃんには、妻がコーンにアイスクリームを詰めて出してやる。乳酸飲料をストローで飲ませる。私は「お父さん」になって坐る。「ハッピーバースデイ　トゥー　ユー」も歌った。

「ケーキ、昨日、買って来た」とフーちゃん。次男が休みであったのだろうか。いつもは帰りが夜の十時を過ぎるのである。

「幼稚園でお祝いしてくれた？」と妻が訊くと、「おえかきの……」とフーちゃん。誕生日の子におえかきの帳面か何かくれたのだろうか。フーちゃんは照れ屋の恥かしがりで、自分のことを訊かれると、はかばかしい返事をしたことが無い。

次に書斎へ移る。ここが幼稚園。絵をかくのが好きなフーちゃんは、画用紙にくるみちゃんとリリーちゃんの写生をした。「これ、持って帰って、お母さんに見せなさい」と妻がいうと、「お手紙書いて」という。妻は、花模様の便箋を取って来て、「これでいい？」と訊くと、「いいよ」という。「くるみちゃんとリリーちゃん。フーちゃんがかきました」と書いて、封筒に入れた。

そのあと、色紙を折って遊んだ。フーちゃんは、幼稚園で習ったのか、うまく折るようになった。妻は、画用紙の絵、折紙、手紙をフーちゃんに持たせて、家まで送って行った。

夜、妻は、

「フーちゃん連れて来て、くるみちゃんもリリーちゃんもみんなで誕生日のお祝いをしてやった。『クマのプーさん』に出て来るようなお茶の会をしてやった」

と満足そうにいった。

「よかったな」

『クマのプーさん』はイギリスのA・A・ミルン作の童話。石井桃子さんの訳した本（岩波少年文庫）が、私の図書室の本棚にある。その表紙の絵は、戸外でプーさんのためのお茶の会をひらいているところをかいたものだ。

「ミサヲちゃんのうちで、おめでとうというだけで終りになるところだったのに、うちへ連れて来て、お茶の会をしてやれた」

「久しぶりだったな。フーちゃんがうちへ来たのは」

「本当に久しぶり。時間が早かったので、連れて来られたんです」

「くるみちゃんも一緒に連れて来たから、フーちゃん、満足しただろう」

「お熱があるのといってましたけど、お茶の会をやったら、そんなこと、忘れてしまったようです」

帰りがけ、妻は玄関の前で椿の実をひとつ取って、フーちゃんに上げた。

「これ、なに？」

とフーちゃんがいった。

「椿の実よ」

「ツバキってなに？」

「お花の咲く木よ」

フーちゃんは服のポケットに入れて持って帰った。


翌日。郵便受に手紙が入っている。ミサヲちゃんからのお礼の手紙。フーちゃんのかいた絵がある。花が咲いているところへ蝶が飛んでいる。手前にうさぎさんとねこがいる。ねこは笑っている。力を入れてかき上げたことが分る絵であった。ミサヲちゃんの手紙。


昨日は文子のお誕生日のプレゼントをありがとうございました。ウェディング・ブーケのような可愛らしい花束、ベージュのバレリーナみたいな（とお母さんのいう）お靴、お母さんの得意な、飾りひだをとったお洋服、そして「シンデレラの靴」とさくらんぼ。文子が持ち切れないほどの沢山のプレゼントでした。文子は中でもあの上等のバレリーナの靴よりも「シンデレラの靴」を喜んでいます。

わが家では一日早く十五日にお祝いをしました。かずやさんがしみじみと、

「文子も五歳か」

といっていました。

昨日は本当にありがとうございました。

夕方、妻は清水さんの友達の常泉さんから貰ったトマトと赤玉葱を持って、「山の下」へ行く。ミサヲちゃんの家の勝手口から入ると、フーちゃんが、

「お早うございます」

といって、飛び出して来る。ミサヲちゃんに「お早うございます、じゃないでしょう」といわれる。

「お手紙、ありがとう」

と妻がいうと、ミサヲちゃん、

「あの絵、フミ子が一所懸命かきました」

お誕生日のお祝いをいろいろ頂いたお礼に力をこめた絵をかいてくれた。あつ子ちゃんのところへ行くと、台所で長男が何か作っている。八月一日の恵子の初宮参りのことを話す。十一時に近くの諏訪社へ行く。申込みはこちらでしておくからと妻が話す。古河からあつ子ちゃんの御両親が来る。時間を知らせておきますと長男がいった。

昼前、妻が新宿まで買物に出かけた留守に、庭で声がして、次男とフーちゃんが来る。

「お酒と水を貰いに来ました」

東京杉並の年長者の知人から山梨の鉱泉水を届けて下さったのがある。世田谷の友人からお祝いに貰った富山の酒の「立山」と、千葉の友人の紹介で送って来た新潟の地酒もある。妻がミサヲちゃんに、次男の休みの日にお酒と水を取りに来て頂戴といっておいたのである。もうそろそろ妻が帰るころだから、上って待っていてくれと話す。次男は、車のなかにミサヲがいる、春夫が眠ってしまったのでといい、呼びに行く。

いい具合にそこへ妻が帰って来た。次男に運んでもらう「山の下」二軒分の酒四本と鉱泉水入りの壜六本とは、妻が図書室のダンボール箱にまとめてあった。それを車まで次男が運んだ。

妻は急いでお茶と果物の用意をする。フーちゃんは茶碗を机の上に並べるのを手伝う。その前、フーちゃんは図書室からクマさんとうさぎさんとねこの入ったバスケットともと長女のいた部屋からリリーちゃんを持って来て、そこいらを担いでまわっていた。

頂き物のカリフォルニアのオレンジの皮がむけたので、みんなで食べる。次男とフーちゃんとミサヲちゃんの三人は、胸の前で手を合せる。「頂きます」のしるしなのだが、それがきれいに揃った。次男は、「春夫が乱暴するようになった。悪いことをするとき、何かやってやろうという顔をする」という。フーちゃんは七月三十日に「夕涼みの会」があって、それが終ると幼稚園は夏休みに入る。そのあとすぐ、次男一家は伊豆の海の民宿へ出かける。

お茶が終ったあと、フーちゃんは次男の肩によじ登ったり、膝の上に乗ったりする。次男が立ち上ると、次男の両手につかまって、逆さになって次男の身体に足をかけて登ろうとする。家にいる間、そうやってお父さんにからみついていた。

神戸の学校友達の松井嘉彦が送ってくれた神戸牛のすき焼肉を半分分けてやる。フーちゃんは妻が分けるところをそばで見ていた。牛肉が好きなフーちゃんのことだから、すき焼をすればよろこぶだろう。

夜、次男から電話がかかる。「すき焼、しました。おいしかった。フミ子もたっぷり食べました」

お茶のとき、「フーちゃんのお誕生日、何を食べたの？」と妻が訊くと、次男は、「フミ子に何が食べたいと訊いたら、ステーキというので、ステーキにしました。小さいのですけど」といった。

夕方、妻は、栃木県氏家のミサヲちゃんの実家から届いたマスカットと到来物の夕張メロンを持って、「山の下」へ行く。フーちゃん、飛んで出て来る。マスカットを見て、「ぶどう食べたい」。ミサヲちゃんに「洗ってから」といわれる。一つ貰って、食べる。フーちゃんに七月二十二日、宝塚大劇場の売店で買ったうさぎさんの財布を上げる。いつも大阪、宝塚へ行くときは、阪急百貨店でフーちゃんの服を買ってやるのだが、今回は長女を連れての駆足旅行になったので、阪急百貨店へ行く時間が無かった。

夕方、玄関の呼鈴が鳴り、清水さんが来た。エイヴォンほか畑の薔薇をいっぱい持って来て下さる。

南足柄の長女から手紙が来る。

ハイケイ　生涯忘れることのない旅行に連れて行って頂いて、本当にありがとうございました。新幹線に乗って西へ西へと走り出した時から始まった旅行。お母さんが早起きして作ってくれたおいしいサンドイッチとフルーツとコーヒーの朝御飯は世界一の味でした。窓の外の景色も新鮮で、眠るどころではなく、新大阪へ着くまでワクワクと心が高まる一方でした。用事があって三日早く大阪へ出かけて、新大阪のフォームで迎えてくれた阪田さんと笑顔で合流して一路憧れの、お母さんに何度も聞かされた中之島大阪グランドホテルへ。地下鉄淀屋橋で降りると、ゆったりと流れる土佐堀川、石造りの重厚な建物、外国の街にいるのかと錯覚を起しそうでした。感激しながらグランドホテルに入ると、フロントの人たちが暖かく迎えてくれて、落着いた、よいホテルだということがすぐに分りました。思いがけずツインの部屋をひとりで使うという幸運に恵まれ、感激に浸っている間もなく、あとは急げや急げで、荷物を置いて、コーヒーハウスでおいしいカレーライスを食べて、宝塚へまっしぐら。努力の甲斐あって、ゆとりをもって一時間半も早く到着したお蔭で、ファミリーランドの動物園でお母さんとホワイトタイガーを見物したり、二十円で象の餌の人参を買って、象に上げたり、大劇場の売店で正雄のお土産にクマさんの財布まで買ってもらったりしたのは、思わぬおまけでした。暑い暑い大阪の夏でしたが、みんなけろりとして行楽を楽しんでいる姿に、大阪人のパワーを見せてもらったようでした。

かわいたのどを冷たいグレープフルーツジュースで潤して、さあ、いよいよなつめちゃんの率いる花組の公演「ヴェネチアの紋章」の始まり。トップスターとして完成されたなつめちゃんの堂々とした演技とうまいダンスにただただ感動して、よくぞここまで偉くなってくれたとその頑張りに思わず涙が出て、隣を見ればお母さんも泣き出しかけているので、また涙。せっかく二人で申し合せた「笑って送ろうなつめちゃん」の合言葉もどこへやらでしたね。宝塚音楽学校入学以来、本当に一族の希望の星になって私たちを喜ばせてくれて、あ・り・が・と・う　なつめちゃん。

がっくりして阪急電車に乗ってグランドホテルへ戻ったら、今度は待っていてくれた東京竹葉亭の鰻さん。これまで何度となくお母さんから聞かされていた鰻会席の、聞きしにまさるおいしさでした。次はどんなお料理が出て来るのかしらと待つ楽しさ。最後のうな重を食べ終ったときは大満足でした。

それから九階のお父さん、お母さんの部屋でお茶とグランドホテルのケーキ、生田から持参のおせんべい、温室みかんでティーパーティー。窓の外は堂島川がきらきら光りながら流れ、クーラーのきいた、居心地のよいお部屋での夜のお茶は、これまた最高の楽しさでした。

長女の手紙はまだ続くが、これだけを第一部として、以下は次の章でお知らせすることにして、ひと先ず終りにさせて頂きたい。

8

長女の手紙（大阪グランドホテルの夜）

おやすみなさいをいって、隣の自分の部屋に帰りました。ツインの部屋をたった一人で占領するなんてセーラ・クルーみたい。ふんだんにお湯を使ってシャワーを浴び、冷却飲料水を何度も飲み、箪笥の引出しを開けて中のものを見たり、洒落れた電気スタンドをつけたり消したり、最後は今日の宝塚のプログラムや大劇場売店で買った「歌劇」を持ってベッドに身体を沈め、ああ極楽とはこのことかしらと思っているうちに、知らない間にZZZ……。壁を叩く暇も無く眠ってしまいました。（註・私たちの部屋から帰る前に長女は、壁を叩いて合図を送りますといっていた）

翌朝は半年ぶりの朝寝坊で、あらゆる疲れが全部取れました。（註・南足柄の長女は朝五時起きで東京の予備校へ通う次男のために、毎朝四時半に起きる日が続いている）着替えて降りて行った一階のコーヒーハウス「アルメリア」で、コンチネンタルの朝ご飯。香ばしいトーストにバターをうすく塗った上へマーマレード、アップルジャムをたっぷりとつけて食べ、グレープフルーツジュースとコーヒーを飲んで、とてもとてもおいしいでした。

さて、腹ごしらえをして、いよいよお楽しみの中之島公園の散歩。これもお母さんから何度も聞かされていた憧れのお散歩だったので、嬉しかったです。府立図書館、中央公会堂の古い、風格のある建物の前を通って本当に素敵なコースだった。毎日でも歩きたいほど美しくて落着いた街です。そのあと一人で制限時間内に時速十キロのペースで夢中で歩いたり冒険したりした五十分は、またまた最高の時間でした。(もう一度、中央公会堂まで行ったりして)大阪が大好きになったよ。ホテルに戻って、残された時間をフルに使ってシャワーを浴びたり、ベッドに寝ころんで本を読んだり、この旅行を思い返したりしているうちにいよいよチェックアウトの時間。お父さんの部屋で、お父さんとお母さんにキャンプファイヤーの最後に歌う「なごりは尽きねど」の歌まで歌っていただいて、遂に観念してホテルを出ました。何度も往復した地下鉄淀屋橋までの道を目に焼きつけて新大阪へ。駅でお土産の牛肉佃煮と「大阪まんじゅう」を買う頃は、「今晩のおかずは……」と現実に半分戻っていたのが、新幹線フォームの売店まで来て、夏休みで帰省する宝塚音楽学校の四人の生徒に出会って、なつめちゃんのさよなら公演を観て来たことを話したりして、その初々しく、礼儀正しいのに驚き、この旅にふさわしい、最後で最高の感動を与えてもらいました。

新幹線が発車したら、まだ一つすがりつく楽しみが残っていた。それは大阪グランドホテルのサンドイッチだ。とてもおいしかった。いよいよこれで何もかも終りです。旅の始まりのあのワクワクした気分と反対の淋しさ。でも、仕合せな思い出が山のように出来た満足もあります。

長い間、憧れていた夢・夢旅行をかなえていただいて、感謝の気持でいっぱいです。本当に本当にありがとうございました。この楽しい思い出をエネルギーにして毎日元気で頑張ります。帰ってから急に猛暑が訪れました。お身体くれぐれも大切にして下さいね。では次にお会いする日まで、さようなら

大阪大好き　夏子より

夕方、九月に出る二冊の本、『ザボンの花』（福武文庫）と『懐しきオハイオ』（文藝春秋）のこと、目下、文芸誌に連載中の小説のことで新聞のインタビューを受けているとき、玄関の呼鈴が鳴り、清水さんが来た。エイヴォンほか畑の薔薇をいっぱい持って来て下さる。取材を終った小玉さんに、『エイヴォン記』の清水さんの薔薇ですといって見せる。あとで妻は桃とお隣の相川さんから頂いた鰻の肝焼きを清水さんのところへ持って行く。

午後、妻はあつ子ちゃんと一緒に恵子を連れて病院へ赤ちゃんの一ヵ月検診に行く。「可愛くなっていた。よく育っている」という。どこも異常なし。体重が生後一ヵ月で一キロ半ふえた。帰ってあつ子ちゃんがコーヒーをいれてクロワッサンを出してくれた。恵子は夜中に二回、ミルクを飲ませるという。

朝、雨が降っていたが、朝食の途中から明るくなる。今日七月三十日は、フーちゃんの幼稚園の「夕涼みの会」が五時からあるので、晴れてほしい。フーちゃんは浴衣を着て行く。もし雨だったら、「夕涼みの会、行きたい」といって大声出して泣くだろうと妻と話す。この前、家へ来たとき、「夕涼みの会で、何をするの」と訊いたら、フーちゃんは「おどるの」といった。この会のために踊りの練習をして来たのだろう。

夕食の用意をしておいてから、妻とバスで行くことにする。昨日、妻がミサヲちゃんに電話をかけて、バスで行く道順を教わった。

夕方、妻と「山の下」へ寄って行く。あつ子ちゃんは家の前の菜園に出て、長男の植えたミニトマトを収穫していた。よく実っている。フーちゃんが長男に「出来たらお父さんに上げてね」といった枝豆も大きくなった。

長沢団地前からバスに乗り、西長沢で下車。潮見台浄水場の角に沿って曲る。みどり幼稚園の芝生の庭には見物に来た親が大勢集まっている。子供はみな浴衣、帯のうしろにうちわを差しているのが可愛い。春夫を抱いたミサヲちゃんに会う。うめ組年中組のなかにフーちゃんがいるのを見つける。妻がそばへ行って、声をかけた。嬉しそうにしてこちらを見る。少し照れている。浴衣がよく似合う。祭りの日に近所の子が浴衣を着て遊びに来た。あとで、「フミ子も浴衣着たい」といって泣いたら、この声が隣の大家さんまで聞えて、大家さんのお嫁さんが子供の浴衣の小さくなったのを二枚持って来てくれたという話を去年聞いた。ひろ子ちゃん(というのが大家さんの孫娘だ)の小学一年のときの浴衣なのだそうだ。それを聞いて、フーちゃんの身体が年の割に大きいのを前から気にしているミサヲちゃんは、またしても悩みの種が出来たという。きっとその浴衣だろう。よく似合っている。

あとで妻に、フーちゃんのそばまで行って何といったのと訊くと、

「こんちゃん、来たよ。おじいちゃんも来てるよ」

といったら、「どこに?」とフーちゃんはいったという。

年長組に続いて、フーちゃんたちの年中組の踊りが始まる。フーちゃんは真面目にしっかりと踊る。頭の上に両手で輪をつくるときは、きちんと輪をつくる。片方の足の先をうしろの地面につけるところは、ちゃんとつける。いい加減に間に合せに踊らない。教わった通りに踊っているのが分る。

「フーちゃんは真面目だから」

と妻がいう。大勢のなかの一人であるのに一切横着なことをしない。それを見て、妻と二人でよろこび、満足する。

ミサヲちゃんも出て、フーちゃんと親子で組になって踊るのがあった。その間、春夫は妻が抱いていた。ミサヲちゃんは妻が縫って上げたワンピースを着ている。

ミサヲちゃんは、「お父さん、疲れませんか」「おなか、空きましたでしょう」といって気をつかってくれた。出かける前においもを食べて来たから大丈夫という。くたびれると、芝生の庭の隅に置いてある腰かけに坐った。

子供の踊りのあとに花火があった。揃いの法被を着た、若い女の先生たちによる太鼓打ちで最後を盛り上げて、「夕涼みの会」は終った。妻とバスで帰る。八時半に夕食、九時半近くミサヲちゃんから電話がかかる。

「今日は有難うございました」と、春夫を見てくれていた妻にお礼をいった。

朝、日差しが強くなり、天気が安定しそうなので、梅の土用干しをする。南足柄の長女が持って来てくれた土用干し用のまるい笊に梅を並べていたら、次男から電話がかかる。

「手紙、読みました。気を附けて行って来ます」

「いま、どこ？」

「家です。これから出ます」

「間に合うのか？」

「たっぷり時間を見てありますから大丈夫です」

フーちゃんが夏休みに入ったので、次男一家は今日から伊豆の海の民宿へ二泊三日で出かける。町田から沼津まで行く小田急ロマンスカー「あさぎり」に乗ることにしている。昨日、海で注意すべきことを書いた手紙を、「夕涼みの会」に行く前にミサヲちゃんのところへ寄って、居間の机の上にのせておいた。小さい時分に毎年、外房の太海の海岸で泳いだので泳ぎの得意な次男に、「沖へ出て行かないように」とひとこと注意しておいたのである。

昨夜、「夕涼みの会」で会ったとき、ミサヲちゃんから小田急で「あさぎり」に乗ること、沼津から伊豆まではフェリーに乗ることを聞いた。土用干しを始めたのが九時すぎであったから、次男の電話がかかったのは九時半ごろか。「あさぎり」に間に合ったのだろう。次男もミサヲちゃんも二人とものんびりしていて、前に一回、箱根へ行くとき、指定券を買ってあるロマンスカーに乗り遅れたことがある。

夕食のとき、妻に、

「フーちゃん、今ごろお刺身食べてるだろう」

という。

「お刺身が好きだから、よろこんでいるでしょう」

と妻はいう。

伊豆では会社が契約している民宿に泊ることになっている。去年の夏もここへ行くことにしていたが、生憎台風が来たために予約を取消した。だから、今年がはじめての伊豆行きになる。「夕涼みの会」でミサヲちゃんに妻が、「フーちゃんに取られないようにお刺身食べなさい」といったら、「このごろ、春夫が取ります」とミサヲちゃんはいった。

フーちゃんはお刺身が好きで、自分の皿のを食べておいてお父さんのお刺身を欲しがるという話を前に聞いたことがあるので、妻はミサヲちゃんにそういったのである。会社が契約した民宿だから、食事もきっと悪くないだろうと妻と二人で話す。

昔、子供らが小さかった頃、毎年、夏になると一家で外房の太海海岸へ出かけた。安房鴨川の友人の近藤啓太郎が紹介してくれた吉岡旅館に泊った。お宮さんの石段の下にいい浜があって、そこで泳いだ。泳ぎに来るのは大方が地元の村の子供で、東京からの客は殆どいなかったようだ。子供らは三人ともこの浜で泳ぎを覚えた、中でも特別泳ぎの好きだった長女は、帰る日の午前も、最後まで名残を惜しんで海につかっていた。年月がたって、今は結婚して親になった者が一家で海へ行く番になった。ただし、南足柄の長女のところでは、主人が泳げないので、小田原の海水浴場へみんなで行くくらいで、泊りがけで海へ行くことはしない、長男夫婦のところも、あつ子ちゃんが泳ぎが不得手らしく、あまり海へ行きたがらない。昔、私たちが夏になると必ず外房の太海へ行ったように、子供の小さいうちから海に親しむ習慣をつけられそうなのは、残念ながら次男一家だけかも知れない。

朝。


「いまごろ、朝御飯ですね。フーちゃん、白御飯を食べてるでしょうね」

と妻がいい、大きく開けた口に御飯を入れるフーちゃんの食べかたを真似してみせる。

フーちゃんは御飯が好きで、それも焼飯のようないため御飯でなくて、白御飯が好きなのである。

「今日は二泊三日の二日目で、まる一日あるから、ゆっくりしますね」

「そうだな」

「太海へ行っていたころは、はじめのうち二泊でしたね。今年は三泊といわれたときは、飛び上るほど嬉しかった」

「そうか。はじめのうちは二泊だったか」

「そうです。最初に行った年だけ、一泊でした。三泊にしてからは、ずっと三泊になりましたけど」

「そうか。四泊したことはなかったか」

「四泊はなかった。途中からずっと三泊でした」

伊豆の民宿にいる次男一家を思い浮べながら、私たちはそんな昔話をした。

今日は恵子の初宮参りの八月一日。暑い日。十時半に妻と「山の下」へ。古河からあつ子ちゃんの御両親が来て、一緒に諏訪社へ行く。恵子は長男が抱いて歩く。老宮司さんが待っていてくれて、すぐに拝殿へ上って始める。その前に親と子の名前、住所、恵子の生れた日などひとつひとつ確かめる。拝殿には涼しい風が吹き込んで、気持がよい。

次男のところの春夫の初宮参りの日のことを思い出す。あのときは、この宮司さんでなくて若い方の宮司さんであった。終って、ミサヲちゃんに抱かれた春夫を覗き込むようにした宮司さんが、

「大きなお目々を開けていますね」

といった。拝殿へ入るまでは眠っていた春夫が、途中から目を覚ましたのである。するとミサヲちゃんのうしろにいたフーちゃんが、

「大きな声、出すからよ」

といった。

祝詞を上げるのだから、大きな声を出さないわけにはゆかない。フーちゃんは、せっかく眠っている春夫が目を覚ましたのは、宮司さんが大きな声を出したからだといって咎めたのであった。ふだん、家で春夫が眠っているとき大きな声を出すと、お母さんに「春夫が起きるでしょう」といって叱られる。それで祝詞の間、はらはらしていたのだろう。宮司さんはお愛想のつもりでいったのだが、すかさずフーちゃんにたしなめられたのであった。あれは、おかしかった。

恵子のお宮参りは無事に終った。帰りに酒屋へ寄って、長男は冷したビールを四本買って、強い日差しの道を帰る。

家に帰って、恵子は行く前に着せた服を脱がせてもらって、ベビイベッドのなかで裸になり、やれやれというように寝ていた。

妻が茹でておいて「山の上」から持って来た枝豆、あつ子ちゃんが用意したじゃがいものサラダ、とり料理をつまみにして、ビールで乾盃し、われわれも寛ぐ。そのあと、おいしい冷し中華が出た。食後に「山の上」から持参した西瓜を食べる。

帰り、長男は朝顔の鉢植を清水さんに差上げる分も入れて二つ、妻と一緒にさげて来る。長男が土を吟味して種から育てた朝顔で、蔓がうまくからまるように筒形の竹の支えを立ててある。

夕方、妻は雷雨のあと、清水さんのところへ朝顔の鉢植とお隣の相川さんから頂いた豆大福を持って行く。清水さん、よろこぶ。圭子ちゃんが結婚のために七月いっぱいで勤めていた銀行を辞めた。昨日が最後の出勤の日で、花をいっぱい頂いて帰った。薔薇とかすみ草が玄関に活けてあった。

清水さんは手作りのコーヒーゼリーを下さる。水でうすめた蜂蜜を上に垂らして下さいと清水さんはいい、「蜂蜜、ありますか?」と訊く。妻があやふやな返事をしたら、蜂蜜を持って来ようとするので、「あります、あります」といって帰って来た。

夕食のとき、伊豆の次男一家は二晩目の夕食で、フーちゃんはまた好きなお刺身をどっさり食べているだろうと妻と話す。

食後、清水さんのコーヒーゼリーを頂く。添えて下さった小さな紙のカップ入りのクリームを垂らして、いわれた通りよくかきまぜて頂く。おいしい。

翌日。夕方、ミサヲちゃんから電話がかかる。妻が買物に出かけた留守であった。

「いま、帰りました」

「お帰り。どうだった?」

「とってもよかったです。水がきれいで、いいところでした。フミ子なんか、帰る日も最後まで海につかっていました」

「フーちゃん、少し泳げるようになった？」

「フミ子は浮輪につかまっていました。かずやさんがそばに附いていてくれました」

またフーちゃんを連れて話をしに来てと頼む。

お使いから帰った妻に、電話がかかったことを知らせると、すぐにミサヲちゃんに電話をかける。「お帰り。お刺身出た？」いきなりお刺身のことを訊いたが、ミサヲちゃんの返事はあまりはかばかしくなかった。どうして返事がはかばかしくなかったか、その訳はあとになって分る。

その前、妻は「山の下」へ行って、西瓜を次男の家の冷蔵庫に入れておいた。最初に電話がかかったとき、ミサヲちゃんはいちばんに「西瓜、有難うございました」といった。妻にも西瓜のお礼をいった。妻は、「少しでご免ね」といった。

夕食のあと、清水さんのコーヒーゼリーを頂く。クリームを上に垂らしてよくかきまぜて食べる。おいしい。デザートにぴったりの味だ。清水さんは蜂蜜を水でうすめたのを垂らして下さいと念を押したけれども、蜂蜜なしでもおいしい。

夕食後のデザートに清水さんのコーヒーゼリーを食べる。妻と二人でプラスチックのカップに入ったのを二つずつ。これで三晩続けて頂いた。ちっとも飽きない。六つ頂いたのが、今日で終りになった。

午後、妻がお使いに出かけたあと、六畳の間の寝ござで昼寝していたら、「こんにちはー」と呼ぶフーちゃんの元気のいい声が聞えた。返事をしておいて書斎へ行くと、庭でフーちゃんがあとから春夫を連れて来るミサヲちゃんに、「おじいちゃんがいた」というのが聞えた。上ってもらった。ミサヲちゃんは先に六畳の間へ入ったフーちゃんに、

「おじゃまします、は?」

といった。よその家へ上るとき、「おじゃまします」といわせる躾をしている。フーちゃんはあつ子ちゃんの家へ上るときでも、「おじゃまします」といっている。

伊豆の話を聞く。先ずフーちゃんに、「お刺身、食べた?」と訊くと、「食べない」という。ミサヲちゃんがいうには、台風の影響で船が漁に出られなくて、楽しみにしていたお刺身は出なかった。その代り、手長えびというのが出た。伊勢海老の小ぶりので、おいしかった。来年はそれを注文しようと次男と二人で話した。鮑はあったが、高いので止めた。海はとてもきれいだった。入江になっていて、波が来ない。ただ、砂浜じゃなくて、下が石なので歩き難い。熱帯魚みたいな魚が泳いでいるのが見える。フーちゃんは、ミサヲちゃんが話すのを聞いていて、

「フミ子、海に入っていたら、紫の魚や青い魚が泳いでいた」

といった。

フミ子は海が気に入って、つかりっ放しでした。浮輪につかまって。うしろが山で、朝から蟬が鳴く、山に遊歩道がついている。今度は行かなかった。

「宿屋は?」

「新築の家で、きれいでした」

部屋は六畳。食事は自分たちでお皿を運んで、部屋で食べる。

「ミサヲちゃん、少し泳いだ?」

「私は浮輪につかまっていました」

ミサヲちゃんは染織の研究生として南足柄の宗広先生のところにいた時分、小田原のプールへ通って水泳の練習をしたことがあると聞いている。少しは泳げる筈だが、海では泳いだことは無いらしい。

帰る日、沼津で魚河岸の鮨屋に入ろうと思ったら、生憎休みだった。人が大勢出入りしている食堂があったので、そこへ入った。次男は天丼を食べた。大きな海老の天ぷらがのっていた。ミサヲちゃんは天ぷら定食。おいしかった。

伊豆の話を聞いているところへ、妻がお使いから帰り、よろこぶ。すぐに果物の用意をする。

西瓜、桃、葡萄。フーちゃんは妻にエプロンを出してもらって、果物をお盆で運ぶ。妻が帰る前のことだが、フーちゃんは私の肩を叩いてくれる。ミサヲちゃんが何もいわないのに叩き出した。

「フミ子のは丁度いい強さでしょう」

とミサヲちゃんがいった。家でときどきお父さん、お母さんの肩叩きをするのだろうか。肩叩きをしてくれているところへ妻が帰って来た。

夜、そのときの話が出た。妻はフーちゃんが私のうしろへまわって肩叩きをしているのを見て、「あら、まあ！」と思ったという。こんなことははじめてであったから。

「ときどき、お父さんの肩叩きをしているんでしょうね」

「そうだろうな」

「親孝行な子ですね、フーちゃんは」

妻の話。ミサヲちゃんたちが帰るとき、フーちゃんに「また遊びにお出で。今度はくるみちゃん、連れていらっしゃい」というと、

「くるみちゃん、来られない」

「ワンワン、連れていらっしゃい」

「ワンワン、来られない」

「ねこちゃん、連れていらっしゃい」

「ねこちゃん、来られない」

みんな来られないというから、どうしてかと思ったら、

「みんなでプールへ行くの」

そばで聞いていたミサヲちゃんが、「フミ子、ときどき、自分で話を作るんです」といった。

フーちゃんによると、サンタさんのくれた人形のくるみちゃん、お父さんのニューヨーク土産の縫いぐるみのワンワン、最初は「山の上」の図書室にあったのを妻から貰ったおかあさんねこのみんなを引き連れてプールへ行くというのである。

「また遊びにお出で」というと、

「しょうのがっこう行くの。ピアニカのお稽古をして、おえかきをして、折紙するの」

フーちゃんは幼稚園で習うようになったピアニカを買ってもらった。夏休みの宿題の「メリーさんのひつじ」を弾く練習をしているらしい。「しょうのがっこうへ行く」というのも、フーちゃんの空想の学校で、うちでいろいろお勉強をすることを指していうのだろう。「夕涼みの会」が終って、「伊豆の海」も終って、いよいよ本当の夏休みになるわけで、ミサヲちゃんから、朝のうちピアニカのお稽古をして、おえかきをして、折紙をするのよといわれたのだろう。真面目なフーちゃんのことだから、お母さんにいわれた通りする気でいるんでしょうと妻

はいう。

夕方、清水さんが、

「小さいですけど」

といって、畑の薔薇を持って来て下さる。エイヴォンがいくつも入っていた。桔梗もある。

「圭子の送別会で頂いた豪華なお花は、一日でこんなになってしまいました」

としおれてお辞儀をしてしまった薔薇のことを話される。妻は、

「清水さんの薔薇の値打が分りましたでしょう」

という。コーヒーゼリーがとてもおいしかったことを話してお礼を申し上げると、「入れ物、下さい」コーヒーゼリーの入っていたカップを渡す。「ちょっと待って下さい」といって、妻は自家製の梅酒にかりん酒をブレンドしたのを清水さんに差上げた。

その翌日。午前中、清水さんが勝手口へ来て、昨夜作ったコーヒーゼリーに壜入りの水でうすめた蜂蜜と香料に使うバジリコの葉とレースペーパーを添えて下さる。紅茶茶碗の受皿にレースペーパーを敷いて、その上にコーヒーゼリーのカップをのせて、バジリコの葉を添えて出すのですと教えてくれる。

この前、コーヒーゼリーをくれたとき、「蜂蜜のうすめたのを上に垂らして下さい。蜂蜜あ

りますか？」といった。妻は「あります、あります」と答えたが、清水さんは、「これは蜂蜜を垂らす気はないな」とお見通しであった。それで蜂蜜を水でうすめたのを壜に入れて届けて下さった。その上、「いつでも出前します」といってくれた。

その晩、紅茶茶碗の受皿にレースペーパーを敷いた上にカップをのせて、バジリコの葉を添え、蜂蜜のうすめたのを垂らし、クリームを垂らして、よくかきまぜて、正式の頂きかたで清水さんのコーヒーゼリーを食べた。おいしい。

夕方、妻は「山の下」へ行く。あつ子ちゃんのために縫った、飾りひだをとった夏のワンピースを渡すため。先にミサヲちゃんのところに寄る。はじめ庭から入ってミサヲちゃんと話していたが、蚊が来るので、家の中へ入った。フーちゃんは「いらっしゃいませ」といって、お辞儀をする。今まで庭で話していたのだが、家の中へ入ったので、改まって挨拶したのである。

りんごのパイ三つと厚焼きのおせんべいを渡す。パイの一つはあつ子ちゃんに渡してといって。春夫がたちまちパイをつかむ。フーちゃんはパイをちぎって春夫に分けてやり、自分はおせんべいを取って食べた。それから、この前、フーちゃんが来たとき上げたが、忘れて帰った「リカちゃんパレット」をフーちゃんに渡した。これは妻が駅前のゆりストアで見つけた。子供に人気のある着せかえ人形のリカちゃんの顔の写真の入ったぬり絵と小さな絵具と筆の附いたパレット入りの袋である。フーちゃんに上げたらよろこぶと思って買って帰って、次にフーちゃんが来たとき、上げた。ところが、フーちゃんが帰ったあと、「リカちゃんパレット」は台所の棚に置き忘れてあった。

ミサヲちゃんは、「フミ子、忘れて来たのに気が附いて、泣いていました」といった。

次にあつ子ちゃんの家へ行く。あつ子ちゃんは赤ちゃんにミルクを飲ませていたので、窓から「ワンピース縫ったの。ミサヲちゃんに預けておくから」といって、ミサヲちゃんのところへ引返す。時間が遅いので、「もう帰るわ」といったら、フーちゃんは淋しそうに「さよなら」といった。

フーちゃんは、去年、妻が縫って上げた紺の縞の入った夏服を着ていた。よく似合っていた。

朝食前の散歩から帰ると(註・七月末から私は日中の暑さを避けて、朝の六時過ぎから早朝散歩をしている。夏の間だけ)、妻が、「サンタクロースが花をいっぱい届けてくれた」といい、玄関の大谷石の石段の真ん中に上から並べた鉢植の花を見せる、長男が朝早く「山の下」から運んでくれた、知らない間に。

上の二つがパンジーに似た花。次は鶏頭二つ、ヴィクトリア・ブルーが二つ(これは去年の夏、長男が持って来て、石段に並べておいてくれたので、花の名前を覚えた)、下のが夕顔、大きな蕾が出ていた。早速、パンジーに似た青い花に蜜蜂が来ている。「ねこ車で運んでくれたんでしょう」と妻がいう。休みの日は、例によって早起きして園芸をしているのだろうと話す。

あとで妻がお礼の電話をかける。長男が電話に出たので、花の名前を訊く。パンジーに似たのは、トレニア。それに鶏頭（赤いのが咲いていた）、ヴィクトリア・ブルーとヴィクトリア・ホワイト（咲いてみないと、どちらがブルーでどちらがホワイトか分らないと長男はいう）、夕顔、全部で七つ。妻と代って、「お早う。花を有難う」と礼をいう。今日は会社は休み。

夕方、妻は清水さんのコーヒーゼリーを持って「山の下」へ行く。あつ子ちゃんのところでは、長男が台所で何かしていた。「夕顔ひとつ咲いたよ、きれいね」というと、「もうちょっと暗くなってから見たら、もっときれいだよ」といった。あつ子ちゃんは赤ちゃんにミルクを上げているのか、しんとしていた。

コーヒーゼリーの食べかたを清水さんにいわれた通り話し、蜂蜜のうすめたのが入った壜とクリームを添えて、三つ渡した。

ミサヲちゃんのところへ行くと、台所にショートパンツのミサヲちゃんがいて、裸で髪を濡らした春夫と水着を着たフーちゃんが風呂場から出て来る。お風呂の水で子供を遊ばせていたらしい。市場のおもちゃ屋で買ったプールをミサヲちゃんに渡す。

フーちゃんがまだ小さかったころに一つ、買って上げた。破れて水が漏れるようになる度に次男が修理をして使っていた。去年、そのプールがはげちょろけになったのを見て、妻が、新しいのを買って上げるといったら、ミサヲちゃんは「要りません、要りません。かずやさんが修繕してくれますから、いいです」といった。いつ買ったのかも覚えていないくらい前に買って上げた。それで新しいのを買うことにして、大きいのを買おうかと妻がいったら、「小さいのがいいです。大きいのだと水を入れるのに時間がかかりますから」とミサヲちゃんがいった。それで、前と同じ大きさのプールを買った。

前に買った足ぶみ式の空気入れが毀れてしまって、使えなくなってからは、ミサヲちゃんが口でふくらませている。それを知っている妻は、「足ぶみ式の空気入れがないと困るでしょう」といったら、ミサヲちゃんは、「大丈夫です。口で入れますから。私は肺活量がありますす」という。

フーちゃんはよろこんで、封を切った赤い色のプールを頭の上にかぶる。コーヒーゼリーのカップに入ったのを二つ、

「これは大人だけよ」

といってミサヲちゃんに渡して帰る。

夕方、散歩の帰り、崖の坂道でバギーに春夫を乗せたミサヲちゃんとその横を歩くフーちゃんに会った。家を出る前、妻から「山の下の住民に会ったら、桃があるから寄るようにいって」といわれていたので、ミサヲちゃんにそういった。ミサヲちゃんは、「フミ子が粘土細工をしたいというので、長沢の文房具屋へ行ったら無かった。市場のおもちゃ屋へ行って買って来ました」という。ミサヲちゃんに、「フーちゃんに夏休みの日課を決めて、やらせているの?」と訊くと、「タムタムのお水を替えるのをフミ子にやらせています。よろこんでしています」といった。タムタムは、転勤で名古屋へ行った次男の会社の同僚の田村さんから貰った金魚。田村さんがくれたから「タムタム」という名前がついた。

家へ寄ってもらう。フーちゃんは、「早くおうちへ帰って粘土したい」という。妻は乳酸飲料と蜜柑を出し、広島の妻の姉から今日届いた白桃を分ける。ミサヲちゃん、よろこぶ。昨日、近所の古田さんから頂いたこんにゃく村のこんにゃくも分ける。古田さんは中学生の女の子を連れて社会科の自由課題の夏休みの宿題のために埼玉かどこかのこんにゃくを作っている村へ車で行って来たのである。こんにゃくの粉を買って来て、家で作ってみるのだそうだ。フーちゃんはこんにゃくの煮たのが好きだという。

帰りは妻が桃を持って家まで送って行く。歩きながら、ミサヲちゃんに「この前、フーちゃん、肩叩きをしてくれて有難う。家でお父さんの肩、叩くの?」といったら、「いいえ。あれはその前に来たとき、かずやさんがフミ子におじいちゃんの肩を叩けば？　といったら、叩かなかった。それを覚えていて、叩いたんです」といった。

それから妻は、「この前、伊豆に行った留守に、一回だけタムタムの水を替えて餌をやったけど、タムタム、大きくなったね」と話したら、「長沢の八百屋さんの金魚も、ちいさいのを買って育てていたら、あんなに大きくなったんだそうです」とミサヲちゃんがいった。次男の一家が伊豆に行っている間は、長男が頼まれてタムタムの水を替えて餌をやっていた。

八月十二日。妻は南足柄の長女、あつ子ちゃん、ミサヲちゃんたちに招かれて、下北沢のフランス料理店での昼食会に行く。妻の誕生日のお祝いを女ばかり寄ってみんなでしてくれるようになってから今年で五年目になる。誕生日に近い日で、長男と次男の会社の休みが重なる日を選んで、集まる。横浜市緑区の川口さんも、メンバーに入っている。会場の店をどこにするかは、あつ子ちゃんが決めて予約をしてくれる。小田急の長後のフランス料理店を見つけて来たのもあつ子ちゃんである。成城でしたこともあるが、いつも小田急沿線の店を選ぶ。

妻がミサヲちゃんに、「フーちゃん、泣かなかった？」と訊くと、「お父さんとお留守番してねといったら、全然泣きませんでした。本を買って上げる約束をしましたので」という。フーちゃんは「とび出す絵本」が欲しいといったらしい。会のあと下北沢で、ケーキを買って上げようか、お留守番しているのだからと妻がいうと、「いいえ、絵本を買う約束をしましたから」とミサヲちゃんがいった。で、生田まで帰って本屋に入った。（あつ子ちゃんは買物があるので別れた）「探すのに時間がかかりますから、お母さん、先に帰って下さい」とミサヲちゃんがいい、妻は先に帰った。あとでミサヲちゃんから、とび出す絵本は無くて、『サンタのなつやすみ』を買った、イギリスのレイモンド・ブリッグズの絵本で、前に買った『さむがりやのサンタ』の続きですという報告があった。

午後、清水さんが勝手口に来た。お赤飯と薔薇と「一輪だけ咲いていましたから」といって、ほととぎすを持って来てくれる。「甘いだけです」といって、ミントのゼリーを下さる。清水さんは、長男が差上げた鉢植の朝顔がヴェランダで咲くと、毎朝、「よく咲いてくれましたね。有難う」と声をかけると話していた。

夕方、妻は「山の下」へ清水さんのお赤飯とミントのゼリーを持って行く。あつ子ちゃんに昨日の下北沢の昼食会のお礼の手紙（あつ子ちゃんとミサヲちゃんの二人宛の）を渡す。あつ子ちゃんは退院してから今日はじめて市場の八百清さんへ買物に行きましたといった。

ミサヲちゃんの家の前を通ると、部屋に電気がついていて、玄関のすり硝子に三和土のところで遊んでいるフーちゃんの影が映っていた。何か持って立ち上ったりしている。ひとりで物をいっているのが聞えた。人形で遊んでいるのだろうか。玄関の硝子戸に映る影絵がきれいであった。

勝手口から入って、ミサヲちゃんに昨日の会のお礼をいっていたら、フーちゃんが飛び出して来る。リカちゃん人形の裸のを手に握っている。昔から小さい子供がみんな遊ぶ金髪の女の子の着せかえ人形である。みんな、持っている。フーちゃんは小さいのを買ってもらったらしい。

自分の遊び場にしてもらった玄関の三和土のところで、

「これからお風呂に入りましょうね」

といって服を脱がせたところへ妻が玄関の外を通りかかったのかも知れない。ミントのゼリーを見て、「食べたーい」お赤飯を見て、「食べたーい」という。夕食前で、おなかが空いていたのだろう。

春夫も出て来て、妻が持って来た厚焼きのおせんべいの袋にいきなり袋ごと噛みついた。

その翌日。妻は午前中、お盆にお供えする「かきまぜ」を作って、清水さんと「山の下」二軒に届ける。「かきまぜ」は私の母がよく作った、父母の郷里の阿波徳島風のまぜずし。父の好物であった。その作り方を妻が覚えて、お盆と雛祭り、父母、長兄の命日にはすし桶にいっぱい作って、あつ子ちゃんやミサヲちゃんに配る。あつ子ちゃんは妻が家で何度も一緒に作ったことがあるから、「かきまぜ」の作り方を覚えた。ミサヲちゃんも一度だけあつ子ちゃんと二人で作ったことがあるから、作り方を覚えているかも知れない。妻は自分が私の母から教わった「かきまぜ」をあつ子ちゃんやミサヲちゃんにも伝えて行ってほしいという願いをこめて、こうして「かきまぜ」を作る度に「山の下」へ配るのである。

いつも塗りの弁当箱に入れるのだが、今年は春夫の分も用意したので、次男のところは弁当箱が一つ多くなった。フーちゃんは、近所の友達の家へ遊びに行って、いなかった。

朝、次男が出勤前にお盆のお参りをしに寄ってくれた。書斎のピアノの上の父母の写真の前でお参りをしてから、昨日の「かきまぜ」の弁当箱をお礼をいって返す。そのあと、

「署名をお願いします」

といって、四月に出た私の六年ぶりの随筆集『誕生日のラムケーキ』（講談社）を鞄から取り出す。丸善の包み紙をかぶせてあったから、丸善で買ったらしい。

「春夫が乱暴になって」と次男はいう。「怒る。暴れる。物を投げる。家の中でいちばん威張っている。御飯のときでも、自分の欲しいものを威張って指す」という。フーちゃんの江の島遠足で「山の上」に預かった日は、ちっとも無理をいわず、泣き出しもせず、機嫌よくしてい

て、「こんないい子はいない」と私たちは賞めそやしたものだが、あれからどうやら悪くなったらしい。「フーちゃんをつねるんだって?」と妻がいうと、「フミ子の頰っぺたを引っ掻いて、傷をつけた」と次男はいう。

次男の一家は夏休みの後半に那須にある会社の寮へ三泊四日で行くことになっている。そのことを訊く。八月十九日に行く。去年は一緒に行ったミサヲちゃんのお兄さん一家が今年は新潟の海へ行くのと重なったために来られない。お姉さんの育子ちゃんも都合で来られない。氏家のお父さんとお母さんの二人だけ来る。それで文孝さん（お兄さん）の車が使えないから、どうしても車で行かなくてはいけない。気を附けて行きますという。妻は次男に、「車、気を附けてね。着いたら電話かけて」という。

次男が帰ったあとのことだが、妻は、フーちゃんが南足柄の長女の小さいときとそっくりだという。何か訊かれて、ちょっと心配そうな顔をするところなんかまるで生写し。顔でなくて表情がそっくりだという。この前、下北沢のフランス料理店の昼食会のとき、その話をしたら、ミサヲちゃんがよろこんでいたという。ミサヲちゃんを次男のお嫁さんにどうかといい出して、二人の結婚の橋渡しの役をしたのは、南足柄の長女であった。夕方、散歩から帰ると、玄関の石段の下の夕顔が一つ咲いていた。家へ入ると、

「夕顔が咲きました」

と妻がいう。

「うん、見た」という。

洗面所にいたら、恵子を抱いた長男がひらき戸から入って来る。お盆のお参りに来てくれた。妻は勝手口の戸を開けて、「お父さんの大きくなったところよ」と恵子にいう。恵子が「山の上」へ来たのは今日がはじめて。長男がピアノの上の父母の写真の前でお参りしている間、妻は恵子を抱いていた。

9

夕方、図書室のベッドで本を読んでいたら、妻が赤い薔薇を持って入って来る。

「書斎の雨戸を閉めかけたとき、庭の隅に赤いのが見えたので、行ってみたら、英二伯父ちゃんの薔薇が一つ、咲いていました」

という。生田へ越して来たとき、大阪の兄が新築祝いに枚方の薔薇園から薔薇の苗木を送ってくれた。ブッシュとつる薔薇と五株ずつ。兄の手紙で指示された通り、まだ木が植わっていない庭のまわりに穴を掘って、底の方に堆肥になる山の藪のなかの土を入れて用意しておいて植えた薔薇である。ところが、その後、植木屋が来て次々と植えた庭木のために日当りが悪くなり、何年かたつうちにみんな枯れて消えてしまった中で、やっとブッシュとつる薔薇の一株だけが残った。その一つだろう。山の上の風当りの強いところに家を建てたものだから、早く風よけの木を大きくしなければと気が急いて、次々と庭木を植えたために、まるで植木溜のようになった庭で、どうにか生き残ってくれた貴重な薔薇である。生田へ越して来た年から三十年たった。

翌朝。書斎の机の上に、昨日の夕方、妻が切って来た庭の薔薇が活けてある。

「これこそ、『残れる夏の薔薇』ですね」

と妻がいう。「残れる夏の薔薇」もしくは「夏の最後の薔薇」は、イギリスの民謡が明治の日本に移されて「庭の千草」の唱歌となったものだが、この「英二伯父ちゃんの薔薇」は、混み合った庭木のなかで残っていてくれた、引越し記念の名残の薔薇であった。

「そうだな。本当に『残れる夏の薔薇』だ」

「きれいな色していますね」

「いい色だ」

うすい赤みを帯びた葉の色も、いい。

午前中に妻はミサヲちゃんのところへ行く。この前、フーちゃんに縫って上げたが、袖口のところが少しきついというのを聞いて、持って帰って直し、ついでに裾にフリルを附けた夏のワンピースと、氏家のお父さんにことづけるお茶（次男一家が明日、氏家のお父さん、お母さんと一緒に那須の会社の寮へ行くので）におせんべい、ヨーグルトを添えて持って行った。フーちゃんに、

「リカちゃん人形の服、あるよ」

というと、

「どんな?」

という。

「見にいらっしゃい」

ミサヲちゃんが遠慮して「お母さん、お昼の用意があるでしょう」というのを、「早く帰すから」といって、うまくフーちゃんを連れ出した。

こちらは、ひょっとしたら妻がフーちゃんを連れて来ないかと思っていたので、二人が連れ立って入って来たのを見て、よろこぶ。フーちゃんは、庭で立ち止って、両手を足につけて、「こんにちは」といって挨拶する。

家へ上ったフーちゃんは、金髪のリカちゃん人形の裸のを握っている。この前、ミサヲちゃんのところで妻が会ったとき、はじめてこのリカちゃん人形を見て、「どうしたの?」と訊いたら、「氏家のおじいちゃんが買ってくれた」といった。昔から子供に人気のある着せかえ人形である。妻は箱に入ったリカちゃんの服を出す。貼ってある紙を透して中の服も帽子も靴もハンドバッグも全部見えるようになっている。箱を開ける。フーちゃん、箱から服を出して、リカちゃんに着せる。靴を出して履かせる。ハンドバッグを出すと、「ハンカチが要る」という。妻は端切れを切って、ハンカチを作って、ハンドバッグのなかへ畳んで入れてやる。今度は「ティッシュ」という。で、妻はティッシュペーパーを切って、入れてやる。そのハンドバッグをリカちゃんの手に持たせる。帽子をかぶせる。

次にフーちゃんは、

「鉛筆貸して」

といい、どうするのかと思ったら、リカちゃんの服を着せてあった人形のかたちのボール紙の頭の部分に顔をかき入れ、背中に髪を垂らしたところをかき入れた。妻の話を聞くと、「山の上」へ来る道でフーちゃんは、「リカちゃんのお友達が要る」といっていた。服を着せていた人形のかたちのボール紙を見て、これをリカちゃんのお友達にしようと思いついたらしい。熱心に鉛筆でかき入れていた。

リカちゃん人形の仕事が終って、妻はアイスクリームを出し、こちらも一緒に食べる。フーちゃんに果汁ジュースを飲ませる。

「明日、那須へ行くの」

と訊くと、「うん」という。

「朝早く起きて、車で行くんだね。ディズニーランドへ行ったときも、朝早く起きたね」

それからディズニーランドへ行ったときの話になる。何に乗ったのと妻が訊くと、「空とぶダンボとメリーゴーランド」という。

「面白かった？」

「すぐに済んだ」

どうやらそれは呆気なかったらしい。

「お父さんは何に乗ったの？」と妻が訊くと、何とかジェットに乗ったとフーちゃんはいう。

「もっと怖いの」という。ディズニーランドへ行ったのは夏休みに入る前のことだのに、よく覚えている。それからフーちゃんは、ジャングル何とかに行ったという。

「虎なんかいるの？」

「暗いところに」

「吠えるの？　怖いでしょう」

「でも、人形だもの」

妻は、フーちゃんを連れて家を出る。帰りがけ、フーちゃんは両手を足のところにつけて、

「さようなら」という。前はバイバイといって手を振るだけであったのが、挨拶をするようになった。幼稚園へ行くようになって変って来た。

家の前へ出て、「山の下」へ送って行くのかと思ったら、反対の崖の坂道の方へ行く。

「どこへ行くの？」

と訊くと、妻は、市場のおもちゃ屋へリカちゃんの櫛を買いに行って来ますという。崖の坂道のところまで二人を送って行く。フーちゃんは、こちらを振り向いて、手を振る。

妻が帰って来る。妻の話。市場のおもちゃ屋へ入ると、フーちゃんはさっさとリカちゃんの櫛なんか置いてあるところへ行く。この前、粘土細工を買いに、ミサヲちゃんに連れて来てもらったから、そのときに見ておいたのだろう。鏡台があって、その前にブラシとか化粧道具がいろいろくっついている。櫛といっても、それは髪をなでつけるブラシである。

なぜ市場のおもちゃ屋へリカちゃんの櫛を買いに行ったかというと、「山の上」へ来る道でフーちゃんが、

「櫛が要る」

といった。リカちゃんの髪が乱れているのが気になるらしい。妻が「くるみちゃんの櫛は無いの?」と訊くと、「無い」という。リカちゃんを握って歩いて行くうちに、長く垂らした髪が乱れてしまったのである。「櫛が要る」と二、三回、いった。そこで妻は、「あとで市場のおもちゃ屋へリカちゃんの櫛、買いに行こうね」といった。フーちゃんにいろんな物を買ってやるとミサヲちゃんがよろこばないのを承知しているけれども、フーちゃんが「櫛、櫛」というから、そういわないわけにゆかなかったと妻はいう。

市場の帰り、葡萄畑の横の道へ来ると、ビニールの青いテープを張ったところがあって、一

本だけ杭から離れて風に吹かれていた。フーちゃんは走って行って、そのテープにさわった。

朝、妻が「フーちゃんたち、もう出ているでしょうね」という。

「もう東京を離れている頃だろう。五時起きして家を出たら」

「雨でなくてよかったですね」

「よかった」

那須に会社の寮がある。もとは社長の別荘であったのを、社員が利用できる寮にしたのである。食事は自分で用意するようになっている。次男の一家は、氏家のミサヲちゃんのお父さん、お母さんを誘って三泊四日の予定で出かける。去年は、お兄さんの家族もお姉さんも一緒に行ったが、今年はお兄さんの一家が新潟の海へ行くのと重なったので、行けなくなった。お姉さんも都合で来られないから、さびしくなる。

九時十五分ころ、妻が買物に出かけたすぐあとへ電話がかかる。

「フミ子です」

という。そのあと、

「着いた」

おとなしい、静かな声でそういった。

「どこへ？」

「氏家」

氏家へ着いて、先ず電話をかけてくれた。今度は車で行くと聞いたので、妻が「気を附けてね。着いたら、電話かけてね」と次男に頼んでおいたのである。

電話の横にミサヲちゃんがいるらしく、フーちゃんの、「おじいちゃん」と知らせる声が聞えた。

「こんちゃんは？」

「お使いに行った」

「こんちゃん、お使いに行った」

すると、横にいるミサヲちゃんに、
と知らせる。それから、

「こんちゃんにお誕生日おめでとう」

次男一家が那須へ行ったその日が、妻の誕生日であった。フーちゃんは、妻が電話口に出たら、お誕生日おめでとうというように、お母さんからいわれていたのだろう。

「こんちゃんが帰ったら、フーちゃんからお誕生日おめでとうというよ。有難う」

私がそういったら、フーちゃんは、「バイバイ」と静かな声でいった。

今日が妻の誕生日であることは、フーちゃんにいわれるまで気が附かなかった。南足柄の長女、あつ子ちゃん、ミサヲちゃん、川口さんが集まって、下北沢の小さなフランス料理店で女ばかりの誕生日のお祝いの会を開いてくれたのが、丁度一週間前であった。

書斎で仕事をしていたら、玄関の呼鈴が鳴り、清水さんが来た。

「奥様のお誕生日、ですね？」

といい、薔薇の花束を下さる。それからコーヒーゼリー。有難い。

「圭子が京都へ行ったお土産です」

といって下さったのは、餡こ入りの生八ツ橋。

そのあと、お使いに行った妻が、南足柄の長女と末っ子の小学一年の正雄と連れ立って帰って来たから驚いた。向ヶ丘遊園の駅前の薬局で漢方薬を買った妻が生田へ引返すために駅のフォームまで来て立っていたら、ぱったり長女と正雄に会ったというのである。長女は妻の誕生日のお祝いを持って南足柄から出かけて来た。ロマンスカーからおりて、生田へ行く電車の来るのを待っていたら、正雄が「こんちゃんがいるよ」といった。

南足柄の長女がくれたもの。「牛のお母さんへ」という書き出しのお祝いのカード（註・毎年、長女が誕生日にくれるお祝いのカードは、「牛のお母さんへ、いのしし娘より」と書き出すのが決まりとなっている。妻が丑年の生れなので）。妻は読んで、よろこぶ。高島屋のギフトカード（横浜の会社に勤めている主人がお中元に貰ったもの）、自家製のアプリコットとパイナップル入りのタルトとミートパイ。正雄のかいた二枚の絵。猫にお日さまが照っているところと海の景色——二匹の蟹とひとでとやどかり。力を入れてかいたことが分る、いい絵で、妻はよろこぶ。

長女は、妻のハンドバッグの毀れかかった止金を直し、具合の悪かった便所の戸のノブを新しいのと取り替えてくれる。妻は藤屋のサンドイッチを買って来て、サンドイッチと紅茶の昼食。食後に桃と西瓜。

その前、氏家からフーちゃんの声で「着いた」という電話がかかったことを話すと、妻は氏家に電話をかける。お母さんが出て、「みなライオン堂へ買物に行きました」「どうかよろしく」という。那須滞在中の食料を仕入れに行ったのだろう。

昼食後、長女と妻は「山の下」へ行く。長男が休みで家にいた。赤ちゃんの写真を整理して、大阪の「英二伯父ちゃん」がお祝いに送ってくれたアルバムに貼っていたという。その留守に三時半ごろ、フーちゃんから電話がかかる。「那須に着いた」という。長女らが帰り、妻はすぐに那須の会社の寮に電話をかける。フーちゃんが出る。「お誕生日おめでとうといってくれて有難う」と妻がいったら、「どういたしまして」とフーちゃんはいった。

次男の一家が那須から帰る日なので、午後、妻と西瓜を持って出かけようとしているところへ、ミサヲちゃんから電話。「いま、帰りました」すぐに行く。庭へまわると、次男は着替えてパンツひとつになったところであった。那須では天気が悪かった。本を読んだり昼寝をしていましたという。「いい休養になったな」「一日だけ、車で福島の白河へ行って来ました」「白河の関の白河？」「そうです」「寮にはほかの家族は来ていた？」「うちだけです。うちと氏家のお父さん、お母さんだけ。昨夜、文孝さん（ミサヲちゃんのお兄さん）一家が新潟の海からの帰りに来て、賑やかになった。一晩泊って、一緒に帰って来ました」

春夫とフーちゃん、出て来る。フーちゃんはリカちゃん人形の裸のを持っている。妻と何か話していたら、泣き出す。妻は「リカちゃんの箱、今度といったでしょう」といってなだめている。フーちゃん、泣き止む。

あとで妻からなぜフーちゃんが泣き出したか、その訳を聞いた。那須へ行く前の日、フーちゃんを連れて市場のおもちゃ屋へ行ったとき、リカちゃんの服が出来たから、洋服箪笥が要るねと妻がいった。フーちゃんがリカちゃんの箱といったのは、服を入れる洋服箪笥のことである。ただ、櫛も買い、箱も買うと買い過ぎになるから、どちらかにしようね。櫛にする？　箱にする？　と妻がいったら、フーちゃんは「櫛」といった。「それなら今日は櫛だけにしよう。箱は今度買って上げる。それでいいね」といったら、フーちゃんは納得した。

「諒解ずみ、だったの」

と妻はいう。ところが、フーちゃんは那須から帰ったら、こんちゃんが買ってくれたリカちゃんの箱が家においてあるものと思ったらしい。「今度買って上げる」と妻がいった、その「今度」がどうもよく分らなかったらしい。那須へ行っている間に妻が買って家へ持って来てくれてあると思い込んだらしい。

ところが、那須から帰って来たら、家の中のどこにもリカちゃんの箱が無い。で、妻の顔を見るなり、

「リカちゃんの箱は?」

と訊いた。

「この前、ブラシを買ったから、箱は今度買って上げるといったでしょう」

と妻がいったら、泣き出したというわけである。

「今度、というのが、フーちゃんには分らなかったのね。そのときは納得していたんだけど」

フーちゃんが思い違いをしたにせよ、妻がリカちゃんの箱を買って、那須へ行っている留守中に家へ持って来てくれてあるとフーちゃんが思い込んだとすれば、あるいはそんなふうに思わせるようないい方を妻がしたのかも知れない。もしそうであったとすれば、妻にも責任がある。

「早く箱を買って、フーちゃんに渡してやれ」

と私はいった。そうしますと妻はいった。

夕方、清水さんが来た。薔薇とコーヒーゼリーを下さる。こちらが書斎にいたので、妻は図書室へ清水さんを案内する。十月に結婚する圭子ちゃんの新居となるマンションが田園都市線の宮崎台に見つかったという。

午後、妻はミサヲちゃんに電話をかける。フーちゃんに代ってもらって、

「リカちゃんの箱、買ってあるからね、明日、いらっしゃい」

という。

翌日。午前、妻はミサヲちゃんに電話する。午後、銀行へ行きますので、帰りに寄ります、三時ごろになりますとミサヲちゃん、いう。

三時ごろ、もうそろそろ来るころかと妻が崖の坂道の上へ出て行くと、下の道をバギーを押して来るミサヲちゃんと、その横を歩くフーちゃんの姿が見えた。

フーちゃんは戸を開け放した玄関から入り、「こんにちはー」と元気のいい声でいう。暑い

中を生田の駅からずっと歩いて来たとは思えない元気な声を出した。手を洗ってと妻がいうと、洗面所へ行き、冷たい井戸水で腕と手を洗い、次は水道の水を両手で受けて口に含み、うがいをする。蛇口からうまく、手際よく水を受けて、うがいをする。そばで見ていた私は、感心する。

ミサヲちゃんと春夫は遅れて来る。妻は用意しておいた冷した紅茶を出す。フーちゃんはおなかが空いていたらしい。桃と梨とバナナを食べてから、妻が焼いたお餅のいそべ巻きを二つ、食べた。ミサヲちゃんから那須の話を聞く。雨降りで外で遊べなかったが、家が広いので、中で遊んでいた。

三日目にはフミ子がプールへ行きたいといい、行く。涼しい日で、来ていたのはかずやさんとフミ子だけだった。三日目の晩、新潟の海の帰りの文孝さん一家が来て、泊った。フミ子がよろこんだ。修平ちゃん、良平ちゃんと遊べるので。翌朝、一緒に帰った。

フーちゃんは、妻から貰ったリカちゃん人形の箱を持って書斎へ行き、そこで洋服簞笥に貼りつけてあるセロテープを丹念に剝がす。鏡の附いた戸がある。引出しがある。ハンガーが三つある、「リカちゃんのお洋服二つだから、一つ余る」とフーちゃん、いう。

次に図書室で遊ぶ。パーティーをしようといって、妻が洋服箱を出すと、フーちゃんはテーブルかけにする花模様の端切れが戸棚にあるのを知っていて、戸を開ける。端切れをひろげてテーブルを作る。春夫の誕生日のパーティーということにする。妻が紙コップとお皿を出し、コーンを並べる。そのコーンを春夫が取ってかじる。フーちゃんは、もと長女の部屋のベッドに寝かせてあるリリーちゃんを連れて来る。クマさんとうさぎさんの籠にかぶせてあるマフラーをネッカチーフにして頭に巻いて、籠をさげてお買物に行く。マフラーを頭に巻くのが気に入って、三回出かける。「ジュースが無いとパーティーにならない」とフーちゃんはいい、「お道具箱」から色紙を出し、まるめて紙コップに詰める。緑色のが「キューイ」。紫色の紙を出して、「ぶどう」、赤い紙を出して「西瓜」、ピンクの紙を出して、「桃」。そのうち一つの紙コップを窓際のベッドに腰かけて見ているミサヲちゃんのところへ持って行く。

帰る前、台所で何かの拍子に妻の肘の先がフーちゃんの顔に当り、「痛い」といって泣き出す。眼の上に当ったらしく、本当に痛そうであった。フーちゃんは、ミサヲちゃんの身体に顔を当てて泣く。妻はタオルを持って来て、痛いところを撫でてやった。それでもフーちゃんはまだ泣いていた。妻が送りに出たとき、見たら、フーちゃんの眼の上に小さなこぶが出来ていた。家まで送って行く。

翌朝。妻は昨日、肘の先が当ったフーちゃんの眼の上が腫れ上っているのではないかしらといって、心配する。

夕方。妻が「山の下」へ尾鷲から届いた干物を持って様子を見に行ったら、あつ子ちゃんは、かずやさんが休みで、ミサヲちゃんのところはみんなで出かけましたという。

朝顔が七つ咲いている。赤が三つと青が七つ。朝の散歩に出るとき、妻が見つけて、「七つ、咲いている」という。

夕方、長男の持って来てくれた鉢植の夕顔が三つ、咲く。

朝、妻が「萩が咲きました」という。書斎の机から庭を見ると、なるほど前の道路に面した石垣の上で萩の赤い花が咲いている。

午後、買物の帰りに妻は清水さんに道で会う。久しぶりで話し込んだ。圭子ちゃんの新居になる田園都市線宮崎台のマンションへの婚約者の引越しは、大安の明日に決まった。生田から車で十五分で行ける。新居に入れる冷蔵庫を生田の店で買った。清水さんも栄一さんの車で昼ごろ行くというので、妻は「ゼリー・ド・コンソメを作って届けます」という。

そのとき、「この間、コーヒーゼリーを作ってみたけど、粉ゼラチンで作ったら、柔かすぎた」といったら、そのあと、清水さんはコーヒーゼリーと材料の板ゼラチン、小壜に入れたコーヒーリキュール、コーヒーゼリーを入れるカップに「作り方」を書いた紙まで添えて持って来て下さった。有難い。

夜、清水さんのコーヒーゼリーを頂く。おいしい。

九月一日は日曜日で、フーちゃんの夏休みも今日で終りになる。朝、妻がミサヲちゃんに電話をかけて、明日から幼稚園が始まるから、始まったらまた暫く来られないから、フーちゃん連れて来て頂戴といったら、みどり幼稚園はまだ夏休みで、九月五日から始まる、それまでにフミ子連れて行きますとミサヲちゃんはいった。

「この前、どこへ行ったの？　干物持って行ったら、どこかへ出かけていた」

と妻がいうと、ミサヲちゃん、「あ、どうも御馳走さまでした」と慌ててお礼をいってから、深大寺の植物園へ行ったら、時間が遅くて閉まっていて、近くのきれいな公園で遊びましたといった。

夕方、図書室のベッドで本を読んでいたら、長男が入って来る。会社の帰り、ＯＫで買物しているとき、妻と会って、一緒に帰ったという。

「赤ちゃん、元気か？」

「よく笑う。声を出す。しゃがれ声、出します」

妻は長男と一緒に尾鷲の花がつお、ゼリー・ド・コンソメ、桃を持って「山の下」へ行く。

フーちゃんは、近所の友達の家へ行って、いなかった。長男のところでは、赤ちゃんが大きな声を出して泣いていた。「このごろ、目を覚まして泣いたら、泣かせておきます」とあつ子ちゃん。長男は家に帰るなり、鉢植の花を見て、「あ、元気が無い」といい、すぐに水をやった。

夕方、図書室で本を読んでいたら、「こんにちはー」というフーちゃんの声がして、庭へ次男がフーちゃんと一緒に来たからよろこぶ。

「マンホールの掃除に来ました」

と次男、いう。

マンホールの泥さらえをしに、次男にときどき来てもらう。いつでも都合のいい時に来てくれと頼んである。

フーちゃんに家へ上ってもらう。フーちゃんは持って来た自分のお八つの小さなお菓子を妻と私に一つずつ、分けてくれる。「ちびまる子ちゃんのラムネ」。包んである紙にテレビの人気者のちびまる子ちゃんの顔が入っている。その包み紙を取ると、中の紙に模様が附いている。これが一つ一つ違っていて、おまけではないが、おまけのようなものらしい。フーちゃんは、先に妻のラムネの模様を見てから、私があけたのを見て、「おじいちゃんのは何とか」といった。このとき、フーちゃんに「有難う」というのを忘れて、貰ったラムネを口に入れたことに、あとで気が附いた。フーちゃんは、妻から何か貰ったとき、いつも「ありがとうございます」というのに、いい年をした大人でありながら、礼をいうのを忘れたのはまずかった。

マンホールの掃除をする次男のところへ行って、そばで見ている。

「この前、いつ掃除したか覚えていないほど、間が空いた」

と、マンホールの水を柄杓でかい出しながら、次男がいう。

「フーちゃん、玄関の三和土のところを自分の遊び場にしてもらって、よろこんでいる？」

と訊く。

居間との境に硝子戸があるんだけど、そこを閉め切って、夏の間は暑くてたまらないほどなのに、着せかえ人形なんかで遊んでいる。春夫が来るとかきまわすので、戸を閉めて入れないようにしている。ままごとが好きで、ひとりで遊んでいると、次男は話した。

「タムタムの水を替えるの、フーちゃんにやらせているの？」

「それがフミ子の仕事になっている。夏休みの間の」

小さな入れ物にタムタムを移しておいて、金魚鉢の水を全部入れ替える。餌は次男が与える。夜、会社から帰って来て、やる。十時半ごろになる。タムタムも分っていて、次男が帰って来ると、動きまわる。

那須へ行く日の朝、四時半に起きて支度をした。留守中、たっちゃん（兄）にタムタムの水替えと餌を与える仕事を頼んだ。ところが、餌を入れた箱が見つからない。前の晩、風呂から出た春夫がさわっていたというので、風呂の前の屑入れを見たら、放り込んであった。ほっとした。見つからなかったら困るところであった。

那須へ行く日は、朝の五時すぎに家を出た。浦和の東北自動車道を入った最初のサービスエリアで車を停めて、用意した朝御飯を車の中で食べた。おにぎりととりのから揚げ。

那須でプールへ行った。来ているのは二人だけだった。フミ子は水につかるのが好きで、よろこぶ。まだ泳げない。伊豆の海では浮輪につかまっていた。一回、水中眼鏡を取ろうとした拍子に、浮輪から手を滑らせて水に沈みかけた。すぐに抱き上げた。海につかっているのが好きで、早く泳ぎを覚えるかも知れない。

このごろ、家で御飯のあと片附けをフミ子がよくする。ちょっと何か取ってというと、取って来る、機嫌のいいときは（といって、次男は笑う。機嫌のよくないときは、しないということなのだろう）。

マンホールの掃除を終って家へ入ると、図書室で妻とフーちゃんは、花模様のテーブルかけをかぶせた洋服箱のテーブルの前で「パーティー」をやっていた。私が図書室へ入ったとき、色紙入りの紙コップのジュースで乾盃をするところであった。クマさんやうさぎさんを寝かせてあった籠に入れた懐中電燈をつけて、うす暗い中でパーティーをしている。「電気つけないの？」と訊くと、「フーちゃん、つけさせないの」と妻がいう。電気つけようといったら、夜だから、外のパーティーだから、つけちゃ駄目といって、電気をつけさせない。懐中電燈はつけてもいい。何だかよく分らないが、フーちゃんのいう通りにしているのという。

帰りがけ、庭へ出たフーちゃんが藤棚の藤の枝にいきなりぶら下った拍子に、枝の枯れたところの粉がフーちゃんの眼に入った。痛そうに手でこすっている。妻がタオルを持って来て、拭いて上げようとしたら、拭かせない、次男が代ってタオルで拭こうとしても、「いい」といって、拭かせない。

マンホールの掃除を終った次男は、世田谷の友人が送ってくれた富山の酒「立山」を一本貰い、妻の茹でた枝豆を持って、よろこんで帰る。

妻が次男とフーちゃんを送って引返したところへ清水さんが来た。「最後の最後の薔薇です。十月まで咲きません」といって、畑の薔薇をいっぱい下さる。「常泉さんの小松菜と茄子」を下さる。

こちらは図書室のベッドで本を読んでいた。妻が薔薇の花束を見せに来て、

「最後の最後の薔薇です」

という。それを聞いて、胸がいっぱいになる。

妻の話。玄関のところで清水さんが「最後の最後の薔薇です」といって薔薇を下さったので、妻、

「残れる夏の薔薇、ですね」といったら、清水さん、「何とかそうび」という歌を小声で歌った。きれいな声で、びっくりした。学校のころに先生が教えてくれた歌だという。「清水さん、もう一回、いまの歌、歌って」といったら、今度は前よりもっと小さい声で歌う。二回目に歌ったら、「庭の千草」の曲になってしまった。清水さん、きれいな声なのと妻は驚いていた。

「常泉さんの小松菜と茄子」を夕食に頂く。おいしい。

夜、妻がフーちゃんとパーティーをしていたときのことを話す。途中で、マンホールの掃除に来てくれた次男に枝豆を茹でて持たせてやろうと思いついた。フーちゃんは図書室で一緒に遊んでいる途中、妻が用事を思い出して部屋から出て行くと嫌がるので、「枝豆茹でて、お父さんに持って帰ってもらうから、待っててね」といって断ったら、

「お父さん、ビールと枝豆、好きよ」

とフーちゃんはいった。いつもなら、ちょっと出て行こうとしても、「駄目！」というフーちゃんがそういった。

夕方、暗くなって、妻が、

「夕顔が五つも咲きました」

という。玄関へ見に行く。上の方の三つのほかに、下に隠れて二つ、咲いている。この前、

長男が持って来てくれた夕顔が最初に一つ咲いたことを妻が知らせたとき、長男は、「夕顔は少し暗くなってから見るといいよ」といったが、なるほどその通りである。朝顔も九月に入ってからよく咲いてくれる。

午後、妻は福武文庫から新しく出た『ザボンの花』を清水さんに届けに行く。清水さんは、初山滋の絵の入った表紙を見て、「可愛い」といってよろこぶ。

夕方、書斎にいるとき、勝手口へ清水さんが来る。秋明菊、孔雀草、ほととぎす、紫苑の秋の花をいっぱい下さる。『ザボンの花』が出たお祝いの花ということだろう。

この前、清水さんが「最後の最後の薔薇」を届けてくれたときに、玄関で小声で歌ってくれた「何とかそうび」の歌を聞いて、妻が「清水さん、いまの歌、思い出して、教えて下さい」と頼んだ。清水さんは学校のときの友達に電話をかけて、訊いてくれた。ところが、友達はそんな歌を習ったことも覚えていないといった。

南足柄の長女から封書の手紙が来た。

ハイケイ　足柄山からこんにちは。

大変御無沙汰しているうちに夏休みも終って秋になりかけていますが、皆様お元気ですか？　昨日は多摩川の三種類の甘い甘い梨のぎっしり詰まった箱を送っていただいて、有難うございます。毎年、夏が終って皆の疲れが出て来る頃、いつもあのおいしい多摩川梨を送っていただいて、すっかり元気回復するのです。今年も残暑の中をゆでだこになって学校から帰る正雄、サッカーの死の特訓でヨレヨレの明雄、風邪気味の和雄、受験勉強疲れの良雄、大黒柱のトーサンに、ほっぺの落ちそうなジュースにして飲ませて上げて、皆をよみがえらせてくれました。今年の梨は、また一段と甘いです！

さてこの数週間、何をしていたかというと、夏休み最後の一週間は、正雄の自由課題の宿題のための卵パックの大蛇作りに大わらわ。卵パック三十枚を使って、ふくらんでいるところをいろんな色のマジックで全部塗って、それをつなげて筒にして、頭としっぽをくっつけて、アミメニシキヘビになったのですが、学校へ運ぶまで六畳の部屋を占領してのたうっていました。

新学期が始まって皆がいなくなると、家の中の汚れが目立ち、先ず窓硝子を外して、前の道路でホースで水をかけて洗いました。白いTシャツとスカートがびしょ濡れで、戦災孤児のような有様になりました。すると今度は、波緒《なお》さん（註・先年、亡くなった染織工芸家の宗広先生の夫人）がひどいかぶれにやられたの。「すわ、Xか！」と皆でどくだみ茶を飲ませ（註・夏の終りによくかかる、原因の分らないひどいかぶれを長女はかりにXと名づけている）、「可哀そうにXは心の美しい人だけかかるのよ」と、Xの定義をもう一つ加えたりして慰めていたのですが、どうもこのX、かぶれの様子がちょっと違うのです。たらこ、はんぺんにならずに、身体中の発疹がホロホロ鳥タイプなの。そして、恐ろしいことに悪寒発熱まで起って、なんとつつがむし病の症状とそっくり。そして遂につつがむし特有の咬みあとまで見つかって、決定的となりました。丁度、「海燕」で阪田さんの「つつがなしや」を読んだあとなので、これで偶然の輪がひろがって感動しました。波緒さんには本当にお気の毒だけど。野ねずみのいる日向の草はらにくれぐれも用心して下さい（註・高熱の発熱を伴うつつがむし病を起すつつがむしは野ねずみの耳などに寄生するといわれる）。

さて毎年この時期になると、何か大きな仕事をしたくなりますが、今年は半額セールの生地を小田原で買い込んで来て、久しぶりにミシンを踏むぞと張り切っているの。茶色のチェックや青いチューリップの柄（夏物）などです。ローウエストのドレスを一着作ろうかなと思案中です。

お父さんの本は、もう出来上りましたか（註・文藝春秋から出た『懐しきオハイオ』）。「文學界」連載中、長女のところへ雑誌を送ってやっていた）。楽しみに待っています。

お母さんからお借りしている『マラマッド短篇集』は、とても面白かったです。特に「借金」はお母さんのいう通り、最高でした。うちんちも借金はあるけど、あれほど可哀そうでなくて仕合せと思いました（註・この「借金」とは、南足柄に家を建てたときの土地の代金のローンの支払いの残りのことだろう）。

では、この辺で失礼いたします。皆様くれぐれもお大事におすごし下さいね。

さようなら　　夏子

午後、妻は航空便でウエバーさん（註・米国オハイオ州ガンビアのケニオン・カレッジのラテン語の先生をしている友人）に送る『懐しきオハイオ』を郵便局へ出しに行く道で清水さんに会った。九州中津からかぼすを送って来ました、お上りになりますかといわれる。頂きますという。郵便局から帰って来たら、前の道で清水さんが待っていてくれて、かぼすとコーヒーゼリーを下さる。「かぼすは搾って何にでもかけて下さい」といわれる。

あとで妻は、杉並の知人から頂いた北海道のじゃがいもを清水さんへ持って行く。

夕方、ミサヲちゃんに電話をかけて、フーちゃんが帰っているのを確かめてから二人で出かける。北海道のじゃがいもと清水さんのかぼす、徳島から送って来たすだちを持って行く（最初に電話をかけたとき、フーちゃんは友達の家へ遊びに行って、いなかった）。フーちゃんには、ちびまる子ちゃんの紙芝居とお菓子の入った小さな袋、厚焼きのおせんべい、春夫にビスコを持って行く。

庭から入る。フーちゃんは、「いらっしゃい」といって迎える。次男がいた。「休み?」「はい」持って来たものを渡す。フーちゃんは、ちびまる子ちゃんの紙芝居を袋から出して、見ていた。次男は『ザボンの花』を受取って、よろこぶ。妻が『懐しきオハイオ』も出たよという。次男は、「これからプールへ行きます。一時間泳ぎます」という。みんなで行くつもりでいる。潮見台浄水場の先に新しくプールが出来た。

次にあつ子ちゃんのところへ行く。出て来たあつ子ちゃん、「たつやさんが帰ったと思って、恵子ちゃん、パパよといったんです」という。恵子の泣く声が聞えた。茶の間に寝かせてある。「目が覚めて泣いても、泣かせておくんです」とあつ子ちゃん、いう。妻が行って、抱いて来る。そこへ長男が帰って来た。

長男に『ザボンの花』を持って来たことをいうと、「何遍も読んでいます。面白い」といった。どの本で読んだのだろう? 最初に本を出した出版社は間もなくつぶれてしまったが、十年ほどたってからあかね書房の「少年少女日本の文学」というシリーズに入って、思いがけずもう一度、本が出たのを子供に一冊ずつ上げたから、それで読んだのかも知れない。

長男は、帰って来るなり、迎えに出たあつ子ちゃんに「台風は?」と訊き、台風に備えて家の前の菜園の鉢植を片づける。物置の戸を開けて、芽を出したばかりの小さな鉢植は全部、物置へ入れた。

「それ、何?」

「パンジー」

妻は最初、あつ子ちゃんにじゃがいもとかぼす、すだちを渡したとき、搾りたての梨のジュースの入った壜を、「これ、恵子ちゃんに飲ませて。梨のジュースよ」といって渡した。

午後、妻はあつ子ちゃんの実家の古河から届いた林檎を「山の下」へ持って行く。ミサヲちゃんは林檎を貰って、よろこぶ。近所の古田さんから頂いた北京土産の月餅を半分に切ったのを上げる。御主人が北京へ出張していた。フーちゃんは、近所のともみちゃんが来て、一緒に遊んでいた。妻がフーちゃんに、「リカちゃんの服、買ってあるよ。いらっしゃい」というと、「どんな? どんな?」という。フーちゃんは去年、縫って上げた紺のチェックの、白い襟の附いた服を着ていた。

夕方、妻は「山の下」へ大阪から届いた「村木さんのさつまいも」を持って行く。あつ子ちゃんのところでは、会社が休みの長男が恵子を膝に抱いて、氷の入ったコップとジンの壜を前に、テレビの相撲を見ていた。『懐しきオハイオ』を渡すと、「きれいな本ですね」といった。『ザボンの花』を読んで、よかったという。「四郎が面白いね」といったら、笑っていた。『ザボンの花』に末っ子として登場する四郎というのは、その頃、四歳だった長男を素材にして書かれたものである。これが活躍する。

ミサヲちゃんのところは、しんとしている。はじめに寄ったとき、フミ子はさっきまで家にいましたけど、近所の友達のところへ遊びに行きましたとミサヲちゃんがいった。

勝手口の方へ入りかけたところへ、道の向うから大きな声を立てて子供が走って来た。フーちゃんらしいなと思って、前の道へ出てみたら、女の子が三人、暗い中を歓声を上げて駆けて来る。中の一人は、まさしくフーちゃんだ。

「フーちゃん」

と声をかけて、そばまで来たフーちゃんに持って来たお菓子を渡した。フーちゃんは、

「ありがとうございます」

という。

声を聞きつけて、ミサヲちゃんが勝手口の戸を開ける。春夫が跣のままで外へ飛び出した。一緒に走って来たのは、大きい方のともみちゃんと、もう一人、知らない子であった。ともみちゃんは、フーちゃんが妻からお菓子を貰ったのを見て、「よかったね。フーちゃん」といっ

た。

フーちゃんたち三人は、どこかの友達の家へ遊びに行っていて、遅くなったので、走ろうといって、走って帰って来たのだと思いますと、帰ってから妻は私にいった。

10

午前、妻はお彼岸のおはぎを作って、清水さんに届ける。

午後三時ごろ、玄関で声がして、次男一家が来る。久しぶりのフーちゃん、庭から硝子戸越しに書斎の中を覗き込んで、「暗くて見えない」という。書斎に私がいるかどうか確かめてみようとしたのだろう。居間で梨と巨峰をみんなで食べる。フーちゃんはそのあと妻にお餅を焼いてもらって、いそべ巻きを二つ食べる。それから図書室へ。

次男と居間で話していたら、フーちゃんがプラスチックのコップを持って来て、配る。あとで妻の話を聞くと、フーちゃんは「ミルク搾りのお姉さん」になり、小さい頃、よく乗って遊んでいた籐のお馬の下へおもちゃの赤いバケツを入れて、乳搾りの仕草をした。この赤いバケツのミルクをコップに注ぎ分けたのを「ミルクです」といってみんなのところへ運んでくれたのであった。

そのうち、フーちゃんは眠くなったらしく、

「ミルク搾りのお姉さんは寝ますから、起して下さい」

といって、窓際のベッドに寝た。

そのあと、玄関の呼鈴が鳴り、清水さんが来る。フーちゃんも出て行き、居間へ「清水さん」といって知らせに来る。二回、知らせに来た。清水さんとは何度も会っていない筈だのに、よく名前を覚えていた。私は玄関へ出て行って、清水さんに挨拶する。孔雀草と薔薇を下さる。

そのあと、妻とフーちゃんは書斎で「白雪姫」の劇をして遊ぶ。妻の話。フーちゃんが「白雪姫、しよう」といい出した。妻は口上をいう役になり、「むかしむかし森の中のお城に白雪姫というきれいなお姫さまがいました」というところから始める。白雪姫はフーちゃん、白雪姫を殺そうとたくらむ悪いおきさきのおばあさんを妻がするつもりでいたら、「フミ子、おばあさんになる」とフーちゃんがいうものだから、仕方なしに妻が白雪姫の役をすることにした。お母さんに毎晩本を読んでもらって話の筋をよく知っているフーちゃんは（口上役の妻が白雪姫の頬は、といいかけて詰まったら、「ばらのように」とフーちゃんがいった）、あるいはもし自分が白雪姫になったら、毒を塗ったりんごを食べさせられて死ななくていけないから、いやだ、と思ったのかも知れない。

「フミ子、おばあさんになる」といった。

ところが、劇を始めてみると、白雪姫の役を妻がするのはいかにも無理だと思ったらしく、やり直しの二回目のときに、もと長女の部屋のベッドに寝かせてある「お目々つぶる人形」のリリーちゃんを連れて来て、リリーちゃんを白雪姫にすることにした。自分は悪いおきさきのおばあさんになる。ピアノの上にお供えしてある林檎を手を延ばして一つ取り、「病院の杖」(註・六年前に私が病気で入院したときに、病院の売店で買った、歩行練習のための杖。今は朝の体操に役立てるだけで、使っていない)をついて歩く。ここへ私が入って来たので、フーちゃんは恥かしくなり、劇は中断してしまった。私は書斎から出た。

あとでフーちゃんは居間へ来て、私と話している次男の背中へ倒れかかる。何遍も倒れかかる。「立って」という。しまいに次男が立ち上ると、フーちゃんはお父さんの手を握って、逆さになって次男の身体に足をかけて登ろうとする。

妻は松茸の土瓶むしの材料一式と世田谷の友人が送ってくれた富山の酒「立山」一本を次男に持たせる。おはぎを長男夫婦の分も一緒にミサヲちゃんにことづける。——次男は最初、来たとき、今日がお彼岸の中日なのに気が附いて、ピアノの上の父母の写真の前に一家四人でお参りをする。フーちゃんは手を叩き、お父さんに「手は叩かないの」といわれる。みんなで揃ってお参りしてくれた。

フーちゃんは妻にキャンデーの箱と、「白雪姫」の劇で使った林檎を袋に入れてもらって帰る。門のところまで送りに出て、ついでにそのまま妻と一緒に家まで送って行く。

家に着いたとき、勝手口の戸をあけた次男が、「タムタムが死んだ」といった。夏休みの間、タムタムの金魚鉢の水を替えてやるのを日課にしていたフーちゃんは、さぞかしがっかりしたことだろう。

午後、六畳の寝ござで昼寝していたら、庭で「こんにちは」という声がして、次男かと思ったら、長男が恵子を抱いて来た。

買物のために市場へ寄ったあつ子ちゃんがあとから来るという。休みの日に長男夫婦がよくするようにお弁当を持って、いつもの生田緑地の芝生の斜面へ行った帰りであった。

恵子を抱いて坐った長男は、「声を出すようになった」といい、恵子のその声を真似してみせる。恵子は下ぶくれの顔をして、よく太っている。抱かれたまま長男の顔を見つめる。長男から受取って、恵子を抱いてやる。恵子、泣き出す。あつ子ちゃんが来て、お茶にする。倉敷の岡本さんから届いたマスカットをつぶして、妻がスプーンで恵子の口に入れてやる。

その前、長男は恵子を抱いたまま、書斎のピアノの前へ行って、父母の写真の前でお彼岸のお参りをする。

フーちゃんのことを訊く。このごろ友達のところへよく遊びに行くようになって、家にいないとあつ子ちゃんがいう。

休みの日に朝、菜園で仕事をしていたら、幼稚園へ行くフーちゃんが出て来て、長男の方に「行って来ます」と声をかける。ミサヲちゃんに「フミ子、顔を見て、いうのよ」といわれる。もう一度、「行って来ます」と声をかけて、「顔が見えない」とフーちゃんがいう。並べた鉢植の棚のうしろに長男の顔が隠れていて、見えなかった。そんな話を長男がする。それはひょっとすると、今朝のことであったのかも知れない。

長男は恵子を膝の上に抱きながら、

「お父さんがお酒飲んでいるとき、泣かないんだよ」

という。夜、恵子を膝に抱いて、酒を飲む。そのとき、おなかを空かせた恵子が、大きな声で泣き出すと長男、いう。その泣き声を真似してみせる。おちおちお酒を飲んでいられないような大きな声で泣くらしい。

妻は、今日、玉川高島屋で買って来た、恵子の「お食べ初め」の皿、スプーン、フォーク、湯呑を渡す。あつ子ちゃんたちが帰るとき、「山の下」二軒で分けてといって、倉敷のマスカットを渡した。

二回目の散歩から帰ったら、玄関へ清水さんが来ていた。畑の花を下さる。かっこうあざみ、サフラン、エイヴォン。それから自家製のカスタードプリンを十五個、下さる。

帰り、妻は「村木さんのさつまいも」を清水さんにことづける。重いので、坂の下まで妻がさげて行く。十月の圭子ちゃんの結婚式に、伊予のお姉さんやら身内のたれかれが身体の具合が悪くて来られないという話を清水さんがしていた。いつもぜんまいを送ってくれる福島の妹さんは来る。

あつ子ちゃんがお茶のときに話したこと。フーちゃんが恵子を見て、「かわいいー」という。恵子を抱きたがる。抱かせてやって、たつやさんがそっと支えてやっている。それで満足している。

朝、妻が「家の外へ出ると、金木犀の香りでむせ返るようです。うちの庭も相川さんも」という。金木犀の花がお隣の相川さんの庭でも咲いている。

妻と上野へ木下義謙さんから案内を頂いた一水展を見に行く。八十歳を越した木下さんがお元気で、いい仕事をなさっているので嬉しい。木下さんには前に本の装丁をお願いしたことがある。川上一巳さんの「赤い服の婦人」もよかった。

夜、妻が、

「フーちゃん、籐のお馬の下に赤いバケツを置いて、乳搾る真似して、みんなにコップ配って、牛乳を飲ませるの。自分のこと、ミルク搾りのお姉さんというの」

と話し出す。この前来たときのことを思い出して話す。

「ミルク搾りのお姉さんが出て来るテレビでも見たんだろうか」と私がいうと、「それとも本で読んでもらったのでしょうか。やたらにミルク搾りのお姉さんになりたがるの」と妻はいう。何の話からフーちゃんが出て来たのだろう？　分らない。

夕方、妻は「山の下」へ行く。長男の誕生日のお祝いの山形の酒「初孫」一本と下駄を持って行った。あつ子ちゃんは恵子がミルクを飲まずに哺乳壜で遊んでいるという。それなら御飯を炊いたときの表面のおねばを食べさせてみればいい、そういうものを欲しがっているのだからと妻がいうと、「やってみます」とあつ子ちゃん、いう。

次にミサヲちゃんのところへ寄る。清水さんのくれたカスタードプリン四つ（あつ子ちゃんにも上げた）、おせんべい、ヨーグルトを渡す。ミサヲちゃんはプリンを貰って大よろこび。コーヒーゼリーだと子供に食べさせられないが、これならいい。フーちゃんは、去年、縫って上げた紺のチェックの、白い襟のついた服を着て出て来る、よく似合う。

「人形の服、着せている？」

と訊く。リカちゃんが出て来なくて、人形といったのだが、フーちゃんは「なにを？」という。それで、「リリーちゃん」といってから、やっと「リカちゃん」が出た。

「リカちゃんの服、着せている？」

フーちゃんは、暫くして、

「あんまり、やらない」

という。何か訊かれたとき、咄嗟に返事ができなくて、間があく。この悟りが遅いところが、フーちゃんらしくて面白い。

春夫はお風呂に入るところで、裸で出て来た。

夜、夕食のあとで清水さんのカスタードプリンを頂く。この前、清水さんがカスタードプリンを持って来てくれて、頂くのは今日が二回目。おいしい。

夕方、妻は今日、作ったばかりの水羊羹を持って、「山の下」へ行く。ミサヲちゃん、よろこぶ。フーちゃんはとっくりのトレーナーの下にデニムのスカートで出て来る。「幼稚園の制服です」とミサヲちゃん。幼稚園から帰って、制服のトレーナーを着たままで遊んでいた。フーちゃんに上げようと持って来た、苺の絵をかいたキャンデーの袋を出したら、春夫がつかむ。「恵子ちゃんのでしょう」といって、フーちゃんが止める。

「フーちゃんよ、遠足に持って行けばいい」といって渡す。今週の木曜（十月四日）に、幼稚園からバスでキリンなんかの放し飼いが車の中から見られるという富士サファリパークへ遠足に行くことになっている。

十月二日。友人のS君と妻と三人で大阪へ行く。その日、お墓参りをして、次の日は宝塚大劇場で月組の公演を観る。ショウの「ブレイク・ザ・ボーダー！」がよかった。

三日目、中之島のホテルを出て新大阪へ行く途中、阪急百貨店へ寄って、妻はフーちゃんのトレーナーを買う。（神戸に用のあるS君とは、二日目、宝塚を観たあと、西宮北口で別れた）大阪へ来て、宝塚を観たら、阪急百貨店でフーちゃんの着るものを何か一つ買ってやるのが、お決まりのコースになっている。私が腰かけのあるところで待っていたら、妻は「可愛いのがあった」といって帰って来る。恵子にはいい音を立てる「がらがら」を買った。

五時すぎに帰宅。台所のテーブルの上に、留守中、新聞と郵便物を入れに毎日来てくれたミサヲちゃんのメモが置いてあった。

お帰りなさい。連日、よい天気でよかったですね。

文子は、今朝、「胸がドキドキする」といって、うれしそうに遠足に行きました。

妻はすぐにお礼の電話をかける。かずやさんが今日お休みでしたと、ミサヲちゃん、いう。

フーちゃんのバスによる富士サファリパークへの遠足もいい天気に恵まれてよかった。

昼前の散歩から帰ると、妻が、

「いままでフーちゃん、かずやと一緒に来ていました。昼からサッカーの試合を見に行くといって、帰ったところです」

という。

家の前を掃除していたら、自転車のうしろにフーちゃんを乗せて次男が来た。家へ上ってもらって、グレープフルーツとオレンジを出した。フーちゃんに阪急百貨店で買ったトレーナーを渡した。横から次男が「きれいだね、可愛いね」といったが、フーちゃんは自分のものだと分ると、照れるのか、何ともいわない。

「全く反応なし、でした」

と妻がいう。

次に「恵子ちゃんにこれ」といって「がらがら」を出すと、

「フミ子は?」

とフーちゃん、いう。次男に「フミ子はこれ貰ったでしょう」といわれる。何だかちぐはぐであった。

「もうすぐ散歩から帰るからゆっくりしていて」と妻がいったら、次男は昼からサッカーの試合を見にみんなで行くといった。

帰り、家の前でフーちゃんは、「お父さん、持ってて」といって、自転車を支えていてもらって、うしろの荷台へよじ登る。足をかけるところがある、そこへ足をかけて、やっと這い上った。

そのフーちゃんが自転車の荷台へ「這い上る」様子が妻には印象が深かったらしく、何遍もいった。「要領の悪い子だから、上れるかなと思って見ていたら、這い上った」

それから妻は「阪急百貨店で買って来たフーちゃんのトレーナー、とても可愛いの。白のトレーナーで、英語で店の名前の『ポテトチップス』と花とか子供の絵の刺繍が入っているの」といった。

夕方、妻は、大阪中之島のホテルで弟夫婦と会ったときに土産に貰った和菓子を持って「山の下」へ行く。ミサヲちゃん、「嬉しい。前に頂きました」といって、よろこぶ。フーちゃんはテレビを見ていたらしい。「フミ子、こんちゃんよ」とミサヲちゃんが呼ぶと、出て来る。赤いチェックのスカートに白のカーディガンを着て、ペンダントをさげていた。ミサヲちゃんもきれいにしていたから、どこかへ出かけていたのかも知れない。

「昨日のサッカーは、三菱とホンダ。かずやさんがホンダ応援しようというので、ホンダを応援しました」とミサヲちゃんがいった。

午前、妻はあつ子ちゃんとミサヲちゃんの両方に電話をかける。「今日はお父さんのお命日で、かきまぜを届けるから。午後になるけど、お米とがないで」といったら、ミサヲちゃん、「フミ子、かきまぜ大好きです」という。フーちゃんは白御飯が好きで、焼飯のようないため御飯は好きではないのだが、妻が作って持って行く、父母の郷里の阿波徳島風のまぜずしの「かきまぜ」は別なのだろう。ミサヲちゃんの言葉を聞いて、妻と二人でよろこぶ。

午後、妻はすし桶の「かきまぜ」を弁当箱六つに詰める。あつ子ちゃんのところが二つ、ミサヲちゃんのところが四つ。「来年は、恵子ちゃんのが一つふえる」という。

夕方、妻は弁当箱の包みを下げて「山の下」へ。昨日、大阪の学校友達の村木が送ってくれた大根葉を茹でておひたしにしたのもタッパーに入れて届けたら、ミサヲちゃん、「嬉しいです。青物が無いので」といって、よろこぶ。雨つづきで、八百屋さんに葉物の野菜が出なくて、困っていたのだろう。フーちゃんは、赤のタータンチェックのスカートに七五三のとき買って上げたブラウスを着ていた。ミサヲちゃんは子供に薄着の習慣をつけている。春夫は、妻が来ると、何か食べるものを持って来てくれたと思うらしく、笑って出て来た。

午後、妻はカスタードクリーム入りのシュークリームを作り、夕方、松村さんから頂いた多摩川梨と一緒に「山の下」へ持って行く。フーちゃんは友達の家へ遊びに行って、いなかった。「五時になったら帰ります。この頃、幼稚園から帰ったら、近所の子供の家へ遊びに行きます」とミサヲちゃんがいった。春夫が出て来て、シュークリームのふたをつかむ。少しちぎって上げた。また、つかむ。結局、シュークリームを一つ、春夫に食べさせた。

帰り道でフーちゃんに会うかなと思って、葡萄畑の横の道をゆっくり歩いたけど、会わなかった、外は暗くなっていた——と帰った妻が図書室へ来て話した。

昼前、玄関の呼鈴が鳴って、清水さんが今月十九日に結婚式を挙げる圭子ちゃんを連れて挨拶に来られた。圭子ちゃんに会うのは初めてなので、玄関へ出て行って、「はじめまして。この度はおめでとうございます」と挨拶をする。式の日まであと三日となった。圭子ちゃんはベージュ色のスーツがよく似合っている。きれいな、初々しい、いい感じのお嬢さん。子供のころ、清水さんが自分の好きなA・A・ミルンの『クマのプーさん』やロフティングの『ドリトル先生物語』を読ませていたという話を聞いているが、いかにも『クマのプーさん』や『ドリトル先生物語』を読んで大きくなったようなお嬢さんである。ケーキの箱の上に抱き合せの懐紙を載せたのを持って立っている。

今日、九州中津から先方の御両親が出て来る。これから圭子ちゃんは東京駅まで迎えに行き、宮崎台のマンションへ案内することになっている。

こちらが玄関へ出て行くまで、妻は結婚式の日の天気のことを清水さんと話していた。これまでの長雨がやっと終り、昨日あたりから天気がよくなって来た。この分なら大丈夫だろう。

圭子ちゃんは、妻が前に縫って上げた、飾りひだをとった夏のワンピースのお礼をいった。

(上げたときに、お礼状を貰った。いい手紙であった)

「新婚旅行に持って行きます」

「どこへ?」

「ハワイです」

「泳いでいらっしゃい」

と妻がいった。

門の外まで妻が送って行く。こちらもあとから出て行って、お辞儀をした。

あとで妻に「きれいなお嬢さんだな。初々しくて」と話す。「中津のお父さんが気に入られたというけど、無理ありませんね」と妻がいう。清水さんは畑の薔薇とほととぎすを下さった。

翌日。夕方、妻は北京ぎょうざを作って清水さんに届ける、お結納の日に届けて、皆さんに召上って頂いた縁起のいい北京ぎょうざで、清水さんもよろこんで下さった。

妻の話。清水さんのところは、しんとしていた。圭子ちゃんはいなかった。宮崎台のマンションの中津のお父さん、お母さんのところへ行っているのだろうか。清水さんは家の中を走りまわって、伊予のかまぼこ、さつま揚げ、栗、中津のういろうを下さる。

翌日。朝から晴れ上る。明日もこんなお天気だといいなと妻と話す。圭子ちゃんの結婚式の明日は、新聞の天気予報によると「曇り、ときどき晴」となっている。これならいい。

夕方、妻は「山の下」へ清水さんに頂いた伊予のかまぼこを持って行く。ミサヲちゃんのところは、次男が休みで、みんなで出かけていた。帰りが遅くなるらしく、家の中に電気がついていた。

あつ子ちゃんのところで。妻が恵子を抱くと、大きな声を出して笑う。あつ子ちゃんの話では、保健所の三カ月検診のとき、先生が抱いたら、恵子は笑った。先生が驚いていたという。

「こんな子も珍しい」と帰ってその話をした妻がいう。「フーちゃんは赤ん坊のころ、抱くと泣きました。もう少し大きくなってからでも、そうでした」

「山の下」の帰り、妻はＯＫまで行って買物をする。団地の四階の清水さんの部屋の窓は、いつもこの時間には明りがついているのに、今日は暗かった。みんなで宮崎台のマンションへ行っているのかも知れないと妻がいう。

午後、清水さんに頂いた伊予の栗を茹でて、一つ食べた。おいしい。

翌日、曇り。ときどき日が差して来る。雨の心配はなさそうだ。「よかったな」と妻と二人でよろこぶ。この間うちの雨続きの天気のことを思えば、申し分のない結婚式日和といえる。清水家も中津から出て来た先方の御両親も、どんなにかよろこんでおられることだろう。

夕方、うす暗くなりかけた時分に、「フーちゃんの顔見に行きましょう。もう三回、会っていないの」と妻がいう。「長い間フーちゃんの顔を見ていないな」とこちらもいう。

「いないかも知れない。いるかも知れない」と妻はいい、二人で出かける。

葡萄畑の横の道を、「ひょっとしたら、外で遊んでいるかも知れない」といって、道ばたの小公園のある方へ歩いて行く。道で遊んでいる子がいたが、フーちゃんの仲間ではなかった。引返して、次男の家のそばまで来ると、いきなり女の子ばかり四、五人、飛び出して走って来る。その中にフーちゃんがいて、私と妻に気が附くと、

「こんにちはー。さよならー」

と声をかけて、そのまま駆け抜けて行った。

「呆気ないなア」といったが、仕方が無い。そのまま黙って駆けて行っても仕方のないところであった。何か訊かれると咄嗟に返事のできないフーちゃんが、ほかの子と一緒に走りながら、よく私たち二人が来るのに気が附いて、気が附いたとたんに、「こんにちは」と「さよなら」の二つの挨拶をしたものだ。反応が遅い、何かいうにも間が明くフーちゃんにしてみれば、いまの咄嗟の挨拶はむしろ上出来といわなくてはいけないのかも知れない。

それにしても、フーちゃんの顔を見に行きましょうといって出て来た私たちにしてみれば、呆気なかった。ミサヲちゃんの家へ行くと、たった今までみんなでままごと遊びをしていたあとが庭にそのまま残っていた。草の葉を切ってサラダを作っていたらしく、葉っぱが散らかっている。煉瓦を積んだかまどで御飯を炊いていたあともある。お皿が散らかっている。ままごと遊びの最中に、いったい何を思い出して、急にみんなで葡萄畑の横の道の方へ駆け出して行ったのだろう。どんな急用を思いついたのだろう？　分らない。

ミサヲちゃんに会って、『ニワトリ号一番のり』の本を探してもらったお礼をいう。まだ南足柄の長女が家にいて、船の会社の商船三井に勤めていたころ、はじめて貰ったボーナスで弟に本を買ってくれた。イギリスの児童文学の本で、中国へお茶の買いつけに行く商船が一日でも早くお茶をロンドンへ届けようとして帆船のレースのようなことをしていた時代の話である。

この小説の作者の名前を知る必要が生じて、『ニワトリ号一番のり』を貰った次男に（それはまだ次男が中学へ行っていた頃のことだ）電話で問合せてみた。私の家には、本が無かったから。ところが、この本が見つからなくて、次男は本屋を探してくれた。昔、出た本だから、本屋に無かった。で、ミサヲちゃんが図書館へ行って、探してくれた。そうして、作者が詩人のジョン・メイスフィールドであることを調べて、知らせてくれた。それが二、三日前のことである。そのお礼をいった。

「次の日にアメリカへ手紙を出して、知らせた。有難う」

と私はミサヲちゃんにいった。実はアメリカで、来年の秋に出版される私の作品集の翻訳をしているオレゴン州のラーマズさんから問合せの手紙が来たのであった。私の小説の「絵合せ」のなかに『ニワトリ号一番のり』のことが出て来る。

次にあつ子ちゃんの家へ行く。二階のベビイベッドに寝かされていた恵子は、目を覚ましたところらしいが、あつ子ちゃんが抱き上げると、私と妻の方を見て何遍も笑う。よく太っている。「人が大勢いると、よろこびます」とあつ子ちゃんが話す。

外へ出ると、次男の家の庭にフーちゃんとその仲間が戻って来て、ままごと遊びの続きをしていた。フーちゃんを入れて女の子ばかり全部で五人、いる。その中の一人は、青竹の輪切りにした筒にあけた穴に通したロープを持って、青竹を靴のようにして庭先を歩いてみせた。

「フーちゃんに貸してもらった」といったが、誰が作ったのだろう?

そのうちに食事の支度が出来て、庭から玄関の前の床几にみんなでお皿を運ぶ。フーちゃんはほかの子と並んで腰かけに坐る。しゃべりはしないで、みんながテーブルにつくのを楽しそうに見ている。この子は「山の上」へ来たとき、口数が少ない方だが、友達と遊ぶときもあまりしゃべらないのだろうか。

テーブルへ移る前に一人の子が、ミサヲちゃんに「いま、何時?」と訊いた。ミサヲちゃんは家へ入り、時計を見て来て、「五時五分」といった。ミサヲちゃんによると、五時になったら帰るようにどこの家でも子供にいってあるらしい。

こちらも帰る。ミサヲちゃんに、

「フミ子。こんちゃん、お帰りよ」

といわれて、フーちゃんは自分の席から「バイバイ」といった。幼稚園へ行くようになってからずっと「さよなら」となっていたが、ときどきこんなふうに「バイバイ」になる。

帰ってから妻は、

「面白いんですね女の子は、ままごとするのが」と二回くらいいった。実際面白そうに遊んでいた。

家へ帰ったところへ清水さんが来る。あたりは暗くなっていた。

「昨日はいいお天気でよかったですね」という。「ハワイへ無事に旅立たれましたか」と訊くと、「はい」「今日ですか？」「はい」

花束と引出物を頂く。あとで図書室へ妻が引出物を持って来る。「九州から出て来るから小さいのにしました」といわれた。スプーン、フォーク、果物ナイフなどの入ったフルーツセット。それと圭子ちゃんら二人の名前入りのケーキ。清水さんの手紙が入っている。和やかな、いい披露宴でした。頂きました北京ぎょうざをわが家での最後の夕食にみんなで頂きましたというふうに書かれていた。結婚式を終って、圭子ちゃんを新婚旅行に送り出したあとの、ほっとした気持と淋しさの滲み出た手紙であった。

南足柄の長女から三枚続きの葉書が届く。

ハイケイ　足柄山からこんにちは。雨ばかり降る、可哀そうな秋が続いておりますが、生田の皆様はお元気ですか。大変ご無沙汰しています。先日、ソ連に送られた救援物資のように青、青、青物のいっぱい詰まった、そして厚いハムステーキ（ここはゴチック）やらグレープフルーツやら大阪のおいしい和菓子の重い箱を送っていただいて、本当に本当にありがとうございます。レタスや胡瓜やキャベツなど高くて買えないお野菜をふんだんに使って久しぶりに生野菜のサラダを思う存分食べて、生き返りました。その前には、『ザボンの花』と『懐しきオハイオ』を送っていただいて、とても嬉しかったです。二冊とも忙しい毎日の楽しみに暇を作って読みました。『ザボンの花』は、お父さんがまだ三十代の、今の私よりずっと若い時に、もうこんな考えを持っておられたことに驚いてしまいました。今と同じなので。『懐しきオハイオ』は、第一にその本の部厚いのに感動、第二に装丁の美しいのに感動、その次に目次が詩のようにきれいなので、またまた感動しました。「文學界」で一章一章読んでいたときよりも一層面白いです。という訳で、この秋はすっかり良い読書を楽しんでおります。

さて、正雄の運動会も無事に終り、楽しかったです。なんとあの子が色別対抗リレーに選ばれて出場したの。一年の男子はスタートを走るので、こちらの心臓がとび出しそうでした。だんご状でとび込んで来たので、よく見えなかったけれど、なんとか四番くらいに入ったようです。五十メートル競走は、練習のときから同じ組にアカギシンゴという名の男の子がいて、その子が足が速くてどうしても二着になってしまうと悲しんでいましたが、私は、これは名前で負けたな、芸名みたいな名前だなと思っていました。運動会当日、やはりこのおさむらい風の名前の子に小差で負けて二着。残念無念。皆でお弁当をいっぱい食べて、宏雄さんは水筒に入れて来たビールを飲み、最後に「明神ヶ岳いただきをー」と元気よく校歌を歌って終りました。あとで正雄のいったひとことが傑作でした。「お母さん、こんなのおかしいよね。明神ヶ岳なんか、もらえないよね」ですって。わっはっは。

正雄語録その二、ご紹介します。ある日の夕食後、いま正雄が算数でやっていることを聞いていたの。それは5＋3－2のように、たし算、ひき算がまざっている計算でした。そのとき、横にいる和雄と良雄（註・目下、朝の五時起きで東京の予備校に通っている）の二人は、新聞に出ている、史上最高の難関といわれる来年の大学入試の話をしていたの。そうしたら、急に正雄が、「わかった、お母さん。大学に入るということはたし算で、おちるということがひき算なんだよ」ですって。これには一同びっくり。頼んだよ、良雄。ひき算になるなよ。

さて私、先週、不順な天候のせいか、春からの寝不足のせいか、風邪をひいて不覚にも寝込んでしまいました。その前に正雄が風邪で熱を出して、初めて学校をお休みしてしまったのですが、正雄がよくなったら、今度は看病していた私が熱を出して、起き上れなくなったのです。日頃親しくしている大井さんや松崎さんらみんなに、珍しいことだとか、信じられないとかいって不思議がられ、同情され、お向いの波緒《なお》さんは、松茸御飯やプリンや葡萄を差入れして下さり、和雄が一日学校を休んで、洗濯、炊事、買物をしてくれたお蔭で、三日目にはがばと起き上り、不死鳥のようによみがえりました。皆に助けられ、迷惑をかけた反省点はその一、「私もとしだ」、その二、「底力、バカ力を出すのもほどほどに」、その三、「昼寝をしよう」でした。お父さんお母さんもお身体くれぐれも大切に、食欲の秋を楽しんで下さい。落葉のころ、一度遊びに来て下さい。民芸風、おそば屋さん風座布団カバーも作ったよ。清水さんもご一緒に、いかがでしょうか。どうかお元気で。

すぐに長女宛に、「寝不足がいちばんいけない。毎日、一時間、昼寝をするように」とはがきを書いて投函する。

午後、妻が「四十雀が来た」という。この秋、はじめての四十雀、五羽くらいで庭へ来る。妻はすぐにムラサキシキブの枝の針金の籠に牛脂のかたまりを入れてやったが、四十雀はなかなか気が附かないからじれったい。気が附かないまま飛び去る。

朝、四十雀が一羽、庭のムラサキシキブの枝へ来る。牛脂のところへ行かずに飛び去る。「にぶいね」といっていたら、次に来て、やっと針金の籠の牛脂のそばへ行き、つつく。少しつついただけで、飛び去る。暫くしてまた来る。少しつついて飛び去る。あと何度も来てつつくようになった。やれやれ。

夕方、「山の下」へ行った妻が、フーちゃんを連れて帰って来る。いつも庭へまわるのに、玄関から入るといい、玄関の戸を開けたら、いない。袖垣のうしろに隠れていた。

はじめ、図書室へ行く。窓際のベッドの上の『ザボンの花』を見て、フーちゃん、

「お父さん、持ってるよ」

という。本が出たとき、次男に一冊上げた。お父さんが読んでいるところをフーちゃんは見ていたのだろう。いつか次男がフーちゃんのことを話していたとき、よく物を見ている、それをまたよく覚えているといったが、その通りだ。もっとも、福武文庫の『ザボンの花』の表紙は、男の子が洋菓子に明けた大きな穴からこちらを覗いているところをかいた初山滋の絵で、一度見たら忘れられない、いい絵である。

次に台所へ来て、椅子に腰かけて、乳酸飲料の小さな壜からストローで飲み、コーンに詰めたアイスクリームを食べる。妻はお餅を焼き、フーちゃんの好きないそべ巻きを作る。これは「がっこう」へ持って行くお弁当で紙に包む。妻が「幼稚園のお弁当」といったら、フーちゃんは「がっこう」といった。それから、書斎の「がっこう」へ。ピアノの前に妻と二人で並んで、「メリーさんのひつじ」を弾く。幼稚園で習っているピアニカの夏休みの宿題の曲であった。妻は一本の指で鍵盤を叩いたが、フーちゃんは指をいろいろ動かして弾こうとする。幼稚園でそんなふうに教わっているのかも知れない。「長い指している」と妻がそれを見ていう。

ピアノのおけいこが終って、ソファーでお弁当の「いそべ巻き」を二人で食べる。書き落していたが、書斎の「がっこう」へ移る前、台所のテーブルでフーちゃんは、ちびまる子ちゃんのお菓子のおまけの小さなノートをひろげて、小さな鉛筆で女の子の絵をかいた。

妻の話。ミサヲちゃんのところでちびまる子ちゃんのお菓子をフーちゃんに上げたら、おまけの小さなノートと鉛筆を取ってから、お菓子の箱は春夫に渡した。そのノートと鉛筆を持って家を出た。「松沢マンション」の前の子供の遊び場まで来ると、フーちゃんはジャングル・ジムによじ登って遊んだ。その前に、ノートと鉛筆はそばの古タイヤの上にきちんと載せておいた。家へ来てお八つの乳酸飲料とアイスクリームを頂いたら、早速、台所のテーブルでおまけのノートをひろげて、鉛筆で女の子の絵をかき出したというのである。

「山の上」へ来る途中、フーちゃんは、

「フミ子、ニオイダマがほしい」

といい出す。ニオイダマとはどんなものか分らないが、きっと友達が持っていて、欲しくなったのだろう。そのときは、帰りに市場のおもちゃ屋へ連れて行って、買ってやるつもりでいたが、暗くなり、雨が降り出しそうなので、今日はおもちゃ屋へ行くのは止めにして、フーちゃんを送りがてらバス通りの、いつもフーちゃんを連れて行くローソンへまわってみることにした。

ローソンにはそのニオイダマというのは無くて、店へ来ていたよその奥さんが、そばで聞いていて、「南生田中学の前の文房具屋にあります」と教えてくれた。南生田中学までは遠くて行けない。ニオイダマの代りに紙にリングをいくつもとめたのをフーちゃんに買ってやる。つなぐと首飾りになるおもちゃ。

家まで送って行く。次男がいて、「いま、ミサヲが迎えに行った」という。はじめ妻が「山の下」へ行ったとき、次男は休みで、家にいた。長男は家の前で畑仕事をしていた。二人とも休みであった。妻はお隣の相川さんから頂いたオックステールのスープを持って行った。

午前、雨。横浜市緑区の川口さんのお宅へ妻とあつ子ちゃんと一緒に昼食に招かれている長女が、十時二十分ごろ、南足柄から着く。「こにゃにちは」といって、書斎へ入って来る。昔、テレビで見ていた子供の番組の登場人物の挨拶のことばである。長女の一家が「山の上」から歩いて二十分くらいの餅井坂の借家に住んでいた頃のことだ。私もその番組を見ていたのだが、長女は庭先から入って来るとき、いつも私に向って笑いながら、「こにゃにちは」といった。それは、「御機嫌いかがですか?」という問いかけの挨拶でもあった。長女がそういうと、私は「こにゃにち」といって答えたものであった。こちらは、語尾の「は」を省略することが多かった。それは、「有難う。元気だよ」という意味を含めた挨拶なのであった。

昨日の夕方、丁度フーちゃんが来ているときに、二日前に妻が宅急便にして南足柄へ送った誕生日のお祝いの品のお礼の電話が長女からかかって来た。妻はフラノのスラックスを買って来て、送ってやったのであった。

「有難う。着いたァ」

と長女はいい、少し妻と話してから「お父さんに代って」といって、電話口に出た私に向って、「スラックス、いいの。来月、宝塚を観に行くとき、着て行きます」とお礼をいった。

（註・十二月十七日に私たちは友人のS君の次女のなつめちゃん、宝塚歌劇団花組の大浦みずきの東京でのさよなら公演を観に行く。このとき、はじめてフーちゃんを連れて行くことにして、楽しみにしている）

長女は元気そうで、顔色もいい。この前、風邪をひいて寝込んだときの話を聞く。小学一年の正雄が風邪をひいて熱を出した。横に布団を敷いて寝てやっていたら、今度は長女が熱を出して、起きられなくなった。一日目は、おでんの材料だけ鍋に入れておいて、あとは眠り込んでいた。熱が八度くらい出た。二日目は、和雄が大学の授業を休んで、炊事、洗濯、掃除、買物をしてくれた。長女はひたすら眠っていた。波緒さんが松茸御飯を炊いて、プリンと葡萄と一緒に持って来てくれた。三日目に起きた。ひどい風邪であった。

中山さんの車が遅れて十一時ごろに来て、妻と長女と出かける。中山さんは、六年前に入院した虎の門病院梶ヶ谷分院へ月に一回、診察を受けに行くときに来てもらう近所の個人タクシー。二人はあつ子ちゃんのところへ寄って、あつ子ちゃんと恵子を乗せて、川口さん宅へ行く。ミサヲちゃんも招かれていたが、このところ会社の仕事が忙しい次男に春夫と一緒の留守番のために休みを取ってもらうのが悪いので、今回は参加を見合せた。

三時半ごろ、妻が帰る。「大御馳走でした」といい、川口さん宅で頂いた昼食の話をする。車海老、ロースハムのテリーヌ、オックステールのコンソメスープ、大きなサーロインステーキ。食べ切れないと思ったが、食べてしまったという。川口さんはお菓子を作るのが上手な人だが、料理もうまい。

夕方、妻は川口さんのお土産のテリーヌと、いま人気があるという手作りのティラミスケーキを持って、ミサヲちゃんのところへ行く。ミサヲちゃんは、テリーヌとケーキを貰って大よろこび。あつ子ちゃんから川口さん宅の御馳走の話を詳しく聞いて、一緒に行けなかっただけにちょっぴり淋しくなっていたところであったから、嬉しかったのだろう。

フーちゃんはテレビの「おかあさんといっしょ」を見ていたらしいが、出て来た。前に買って上げた、鉛筆印のトレーナーを着ていた。図書室で本を読んでいたら、妻が帰って、「フーちゃん、鉛筆印のトレーナー着ていた。よく似合っていた」といちばんにいった。

11

午前。朝から庭へ四十雀が来て、ムラサキシキブの枝の牛脂に取りついて、つつく。昨日はメジロも来ていた。四十雀と替りばんこに牛脂をつついた。

妻は植木鋏を持って、山茶花の垣根へ行く。小さな蕾の花を枝ごと切って来て、書斎の机の上に活ける。

「どの花も咲き切っていて、いいのが見つからなかった」

という。

「山茶花、いつから咲いていた?」

「もう大分前から。今年は雨が多かったせいか、早くから咲いていました」

一週間ほど前に、「あ、山茶花が咲いているな」と気が附いた。門に面した方の枝に二つ三つ、咲いていた。十月十七、八日ごろか?

一昨日、フーちゃんが来たときのこと。書斎で妻と「がっこう」をして、ピアノの前で「メリーさんのひつじ」を二人で弾いたりして遊び、お弁当のいそべ巻きを食べたあと、六畳へ来て、フーちゃんは押入れへ入るといい出す。妻に押入れに入れてもらい、「寝る」というものだから、布団の上に横になったフーちゃんに妻がタオルケットをかけてやる。眠かったらしい。ふすまを閉めると暗くなるので、電気スタンドを入れてやる。フーちゃん、スタンドの明りをつけたり消したりしていたが、「本、持って来て」という。薄い絵本を持って来てやると、「ちいさい本」という。あとになって分ったが、近所の友達の家で漫画風の絵の入った「ちいさい本」というのを見て、フーちゃんはそれが欲しくなったらしい。

押入れのふすまを閉める。暗くなって、恐くないだろうかと思うのに、平気でいる。妻がそっとふすまを開けてみると、電気スタンドの上から息を吹きかけて、スイッチのつまみをねじって、スタンドの明りを小さくしたり、大きくしたりしていた。

午後、兵庫県池田のS君のお姉さんから松茸の籠が届いた。妻はミサヲちゃんに電話をかける。「京都の松茸を頂いたから、土びんむしを作る、夕方、取りに来てくれる?」「五時ごろ行きます」とミサヲちゃんいう。友人のS君が池田にいるお姉さんに頼んで送ってくれた松茸である。

五時すぎ、暗くなってミサヲちゃん、小雨の中をひとりで来る。「フーちゃんは？」と訊くと、「フミ子は幼稚園の父親参観日で、朝、かずやさんと一緒に行きました」という。土びんむしの「山の下」二軒分の材料一式、昆布だしでとったスープの薬缶、松茸一本半ずつをさげて、ミサヲちゃん帰る。はじめ妻が「フーちゃん来るかなと思ったけど、雨だから」といったら、「暗くなりましたし」とミサヲちゃんがいった。ミサヲちゃんは、赤いジャンパーを着て、黄色の長靴を履いていた。

昼前、一回目の散歩の帰りに清水さんに会う。「お二人、ハワイから元気でお帰りになりましたか？」「はい。昨日、来ました。飛行機が揺れて揺れて、恐かったそうです」

夕方、清水さん、玄関へ来て、畑の花とカスタードプリンを下さる。更科しょうま、秋明菊、ほととぎす、かっこうあざみ、薔薇を少し。新婚旅行から帰った圭子ちゃんのハワイのお土産のグリーティング・カードとチョコレートの箱。妻の話。飛行機が揺れて恐かったというのは、往きの飛行機です。乱気流に入ったので。これまで方々へ行っている純二さん（新郎）が、これは落ちるかも知れないと思ったほど、揺れたそうです。（清水さんの話を聞いて、飛行機が揺れたのは往きだろうか帰りだろうかと妻と話していた）ハワイではヒルトンホテルに泊った。圭子ちゃんは、ハンバーグもハムもステーキも、見ただけで食べられなかったそうです。先週の土曜日に帰国。昨日の日曜日、夕方に二人で来た。夜、清水さんのくれたカスタードプリンを頂く。おいしい。

午前、昨日、妻が牛脂の代りに間に合せにムラサキシキブの枝の針金の籠に入れたばかりのマーガリンバターのかたまりが無くなっている。夜の間に猫がなめて食べてしまった。メジロが二羽来て、空っぽの籠をつつく。牛脂を貰って来るまでのつなぎのつもりで詰めてやったマーガリンバターだが、まんまと猫に食べられてしまった。

昨日、清水さんがくれた薔薇（うすい淡紅色とクリームの）が、書斎の机の上に活けてある。久しぶりの薔薇。うれしい。

午後、二回目の散歩から帰ると、庭でフーちゃんの声が聞える。次男一家が来ていた。フーちゃんはこちらを見て、「お早うございます」と二回いった。幼稚園でいつもする挨拶なのだろう。妻の話によると、私が散歩に出かけたすぐ後へ次男一家が来た。上ってもらって、お茶の用意をして、「お父さんが帰るまで待っていてね」といった。清水さんのカスタードプリンの皿を前にしてフーちゃんはじっと待っていた。これはとても待ち切れないと思ったから、みんなで庭へ出て遊んでいることにした。かくれんぼをしていたら、そこへ私が帰って来た。

妻は次男とミサヲちゃんにハロッズのコーヒーをいれる。あとの者は紅茶。フーちゃんは、清水さんのカスタードプリンを二つ食べ、南足柄の長女がこの前持って来てくれたアップルパイを一切れ食べた。それからフーちゃんは書斎へ行き、しんとしていると思ったら、妻に貰ったぬりえをして、ひとりで遊んでいた。

次男にフーちゃんのことを訊く。この頃、朝、幼稚園へ行きたくないという。ときどき、そういうことがある。男の子のいじめっ子がいるという。「先生に話しなさい」といった。どうやら幼稚園へ行くより近所の友達と遊んでいる方がいいらしい。

春夫は物をいうようになったかと訊くと、この頃、「おいしい」というようになったという。近所の同じ年くらいの子が「おはよう」というのを聞いて、「おは」が抜けた、「あよう」という。半分だけいう。福武文庫の『ザボンの花』を読んでいるかと訊くと、「読んでいます。『麦の秋』まで読みました。面白い」という。

咳をしているので、「風邪ひいたのか」と訊くと、「もう治った。この前の父親参観の日、幼稚園から帰ったら、頭が痛かった。熱を測ると、八度あった。それで、寝ていたら、よくなった。会社は休まなかった」といった。幼稚園の父親参観の日に、中学の陸上競技部で一緒で、駅伝競走の仲間であった松沢たけし（愛称はテケシ）と一緒になり、話した。たけしは女の子が三人いて、三人ともみどり幼稚園へ入れた。いま、その下の子がうめ組にいて、フーちゃんと仲がいいらしい。食堂経営のかたわら不動産の仕事をしているたけしは、野球のチームを作っていて、朝野球の試合をときどきしている。次男もやってみるという。

妻の話。次男一家が来たとき、フーちゃんは、「こんちゃん、おみやげ」といってポリ袋をひとつ渡した。さつまいもが一本、入っていた。幼稚園でおいも掘りをした。前にみんなで苗を植えたおいもの収穫をして、家へ何本か持って帰った。その中のひとつを持って来てくれた。

ミサヲちゃんがフーちゃんと春夫を連れて氏家の実家へ行く日。十一月はじめの連休にかかるので行くことにした。生憎の雨ふりで、困らないかなと妻と話す。おそらく次男が朝早く車で三人を生田の駅まで送ったのだろう。「氏家は寒いでしょうね」と妻がいう。宇都宮の少し先である。

九時前に電話がかかる。妻がごみ出しに行ったときなので、こちらが出ると、「フミ子です」と、ゆっくり静かな声でいう。

「フーちゃん？　氏家へ着いたの？」というと、しゃがれ声で「着きました」。ごみ出しから帰った妻に話すと、すぐに氏家へ電話をかける。ミサヲちゃんが出た。「朝、雨で困らなかった？」困らなかったという。「フーちゃんに代って」と頼む。「お父さんの車で駅まで行ったの？」「うん」またミサヲちゃんに代ってもらって、「風邪ひかないようにしてね」という。妻の話。「こんちゃんが出ると思ったら、お父さんだったので、フミ子がびっくりしていました」とミサヲちゃんがいった。

夕方、図書室のベッドで本を読んでいたら、玄関の呼鈴が鳴り、清水さんが来た。妻は「清水さんがお鯛と蟹を下さった」と知らせに来る。玄関へ出て行ってお礼を申し上げる。「同志社のお友達からです」と清水さん、いう。圭子ちゃんの御主人の同志社大学の友達が、結婚式に出られないので、代りに鯛と蟹を送ってくれた。鯛は清水さんがさばいて、切身にしてくれてあった。

昼前、買物に行く道で妻が清水さんと会って話す。結婚式に出られない友達が、鯛と蟹をお祝いに送るといって来た。圭子ちゃんはお魚を貰っても料理が出来ないからお母さんの方へ送ってくれるように頼んだ。で、生田の清水さんの宅へ届いて、大きな鯛を清水さんがさばいた。圭子ちゃんは貰いに来た。

午後、二回目の散歩の帰り、今度は私が清水さんと会う。薔薇の花束を下さる。「いま、お届けしようと思っていたところです。よかった」といわれる。薔薇はジュリア。有難く頂く。次にさげ袋から出した紙包みを「お八つにどうぞ」といって下さる。それは披露宴に呼べなかった二人の銀行の同僚に配ったクッキーだそうだ。

夕方、次男が来る。（昼前に、氏家のミサヲちゃんから、今日、次男が会社が休みなので、「山の上」で夕食をお願いしますという電話がかかっていた。ミサヲちゃんが氏家へ行ってからずっと外で食事をしていた。いつもミサヲちゃんが子供を連れて氏家へ帰るときは、あつ子ちゃんが次男の分の食事を作って家へ運んでくれるのだが、今度は小さい恵子ちゃんがいるので、あつ子ちゃんに頼まなかった）

次男は先に風呂に入ってから、一緒に夕食。清水さんの蟹、土びんむし。鰻蒲焼。酒は山形の、いつも私の飲んでいる「初孫」。次男の話。今年の夏、フミ子を連れて盆踊りを見に氏神様の諏訪社へ行った。浴衣を着せて出かけた。屋台が出ていて、ジュースとかき氷とやきとりを買った。参道の石段に坐って食べた。フミ子はやきとりをゆっくり食べた。楽しんで食べていた。ゆっくり、ゆっくり。

肉が好き。一回、夕御飯のとき、おかずが牛肉で、フミ子の皿にいっぱいつけてあった。大人と同じくらいあった。多過ぎるので、半分に減らしたら、大声で泣き出した。

朝、フミ子が寝起きの悪い顔をしている。

「お早う」というと、「おはよう」という。

「おはようございます、でしょう」といったら、黙っている。

記憶力がいい。体操のズボンを幼稚園で買って来た。そのズボンを穿くとき、ポケットの附いた方をうしろにして穿かせたら、「ちがう」という。ポケットのある方が前だという。幼稚園でほかの組の子が穿いているのを見たとき、そうなっていたという。ポケットはうしろに来るものだから、うしろだといっても聞かない。「前にあった」という。結局、フミ子のいう通りにしたら、それで合っていた。一回見たものは、はっきり覚えている。また、よく見ている。そんな話を次男がした。

前の日(文化の日)に長男と一緒に恵子を連れて両親のいる茨城県の古河へ行ったあつ子ちゃんが帰る。出かけるとき、電車のなかでおなかを空かせた恵子が大きな声を出して泣かないかと心配していたが、泣かなかった。あたりを見ていたという。昼すぎに帰ったあつ子ちゃんから電話がかかって来た。午前中に妻が「山の下」へ行って、昨日、休みの次男に取り込んでもらったあつ子ちゃんの家の洗濯物を畳んでおいた。朝早く起きて洗濯してから行ったんでしょう、洗濯物がいっぱいあった、山ほどあったと、帰った妻が話す。

連休が終って、氏家へ行っていたミサヲちゃんが帰った。昼前、一回目の散歩から帰ると、溝掃除をしていた妻が話す。ミサヲちゃんから電話がかかった。「いま、帰りました」というので、すぐに行った。フーちゃんに市場のおもちゃ屋で買った「ニオイダマ」を持って行く。

「フーちゃん、いい物があるよ」

といって財布から出しかけたら、「なに？　なに？」とフーちゃん。「ニオイダマ、見つかったよ」というと、フーちゃんが「もう買ったよ」といったから、拍子抜けした。氏家のおじいちゃんに買ってもらったのだろうか。フーちゃんはその「ニオイダマ」を持って来る。妻が買ったのよりも、プラスチックのまるい入れ物が少し小さい。こちらが持って行った「ニオイダマ」はピンクと黄と水色の三つ。「沢山ある方がいいでしょう」といって上げる、フーちゃん、よろこぶ。

この前、夕食を食べに来たとき、次男に「ニオイダマ」をフーちゃんが欲しいといったこと、ローソンには置いてなかったことを話したら、フミ子は幼稚園でうめ組の松沢たけしの子供のさちよちゃんから「ニオイダマ」を貰ってよろこんでいたら、どこかへ無くしてしまったといった。

朝、仕事していたら、妻が書斎へ来て、

「フーちゃんのお芋、召上る？」

と訊く。

この前、来たとき、「こんちゃん。はい、おみやげ」といって玄関で妻にお芋を一本、渡した。幼稚園でおいも掘りをして、貰って来たお芋である。その一本のお芋を焼いて、焼きたてのをピアノの上にお供えに来た。

「うん、少し」といったら、妻はそのお芋を包丁で切って、一切れ、机へ持って来る。焼きたてのお芋で、おいしい。

「金時いもです。もう一つ、召上りますか？」

うんといったら、もう一つ切って持って来た。おいしい。

「幼稚園へ入ったときに苗を植えて、秋に掘って」

と妻がいう。フーちゃんの幼稚園では、なかなかいいことをする。

一回目の散歩から帰ると、妻が「昼からミサヲちゃん、フーちゃん連れて来ます」という。妻は餡こを作って、「山の下」へ持って行った。そのとき、フーちゃん連れていらっしゃいといった。

三時ごろ、ミサヲちゃん、フーちゃんと春夫を連れて来る。フーちゃんはブラウスの上に紺のベスト、デニムのスカート。

「そのブラウス、七五三のときの？」

と妻が訊く。そうですとミサヲちゃん。七五三のときに妻が新宿の百貨店でフーちゃんのブラウスとカーディガンとスカートと靴を買って、フーちゃんに上げた。フーちゃんはエナメルの靴を貰って嬉しくて、靴の入った箱を寝床へ持って入って寝たという。ついでに七五三のお参りを生田の五反田神社でしたとき、フーちゃんが拝殿へ上るのをいやがって、みんなをはらはらさせたことを書いておく。あのときはフーちゃんが三歳で、南足柄の長女のところの末っ子の正雄が五歳になるので、一緒にお祝いをした。ところが、五反田神社の前の小公園で、南足柄から来る長女と正雄と待合せて（あつ子ちゃんも来た）、さて揃ったから行きましょうと神社へ入り、みんなで靴を脱いで（フーちゃんはお気に入りのその新しいエナメルの靴を履いて来ていた）拝殿へ上るというときになって、フーちゃんが、「いやだ」といった。しかし、一緒に来た南足柄の正雄が先に靴を脱いで、さっさと拝殿へ上ったものだから、フーちゃんも仕方なしに拝殿へ上った。待合せの小公園では、上機嫌で遊んでいたフーちゃんが、拝殿の手前で「いやだ」といい出したから困った。見慣れない、暗い拝殿に入るのが恐かったのかも知れない。正雄がいて、先に拝殿へ上ってくれたから、やっと自分も入ったのであった。

神主さんがおはらいをするときも、抱かれているミサヲちゃんの胸に顔をくっつけて、神主さんの方を向かない。仕方がないから、神主さんは正雄の方だけ念入りにおはらいをしてくれた。

やっと五反田神社のお参りを済ませて、次に駅前の写真館へみんなで行って、記念写真を撮ってもらった。このときも写真をいやがって、みんなをはらはらさせた。早く写してくれればいいとこちらは気をもむのに、写真屋の親父さんは悠々としているものだから、やきもきした。どうにか写真を撮り終ったときは、ほっとした。フーちゃんは拝殿も神主もいや、写真館も写真屋の親父もいやだから、難儀した。行事が終ってから、もう一度次男の家に集まってお昼御飯を御馳走になった。ミサヲちゃんが正雄とフーちゃんにはお子さまランチ、大人のわれわれにはカツ丼を作ってくれた。

翌日、次男から届いたお礼状に、夜、風呂から出たフミ子は、鼻歌をうたっていましたと書いてあったのを思い出す。大仕事を終って、ほっとしたのだろう。

七五三のときのブラウスは、よく似合っていた。まずお茶にする。オレンジと柿とバナナと紅茶。フーちゃんは、紅茶を茶碗に三分の一ほど注いだ上に、自分でミルクを入れる。こぼさずに、うまく入れた。妻はお餅を焼いて、フーちゃんの好きないそべ巻きを食べさせてやった。

フーちゃんは妻から『アルプスの少女ハイジ』とその前に買った『くるみの森』の二冊を見せてもらって、漫画風の絵の入った『くるみの森』の方が気に入って、持って帰るという。この前来たとき、「小さい本が欲しい」とフーちゃんがいったので、妻がそれらしい本を買って来た。『アルプスの少女ハイジ』は世界の名作のシリーズで、文字通り小さい本なのだが、友達が持っていて、フーちゃんが欲しかったのは、どうやら漫画風の絵の入った『くるみの森』のような本であったらしい。ミサヲちゃんが「駄目よ」というと泣き出す。結局、ミサヲちゃんが負けて、フーちゃんの望み通りにした。

フーちゃんは、ときどき咳をする。この前から咳が出るようになって、止まらないらしい。ミサヲちゃんに、「横を向いてしなさい」といわれる。だが、咳をしないときの方が多い。お茶のあと、書斎で粘土細工で遊ぶ。妻が市場のおもちゃ屋で買ったもの。チューブに入った白の粘土を出し、小さな棒のローラーで平たくして、そこへ型を押しつける。箱に書いてある「作りかた」の説明をミサヲちゃんが読んで、それに従って作ってみる。

そのあと、図書室へ行き、フーちゃんは籐の「お馬」に乗る。以前、よく乗って遊んだものだが、このごろは乗らない。春夫が乗りたがるので、春夫に譲ってやる。妻はフーちゃんを机の前の椅子のお馬に背もたれの方を向いて坐らせて、「お馬の親子は仲よしこよし」の歌をうたいながら、ゆすってやる。

「籐のお馬」に乗った春夫と「椅子のお馬」のフーちゃんを並んで走らせてやる。フーちゃん、よろこぶ。晩、妻がこのときのことを思い出して話す。「椅子のお馬」を駆けさせたら、フーちゃんは本当に馬を駆けさせている気になり、最後に「ゴール」といったときは、顔が輝いていた。「ニンジン食べさせよう」と妻がいって、「椅子のお馬」にそこらにあったものを与えると、「水飲ませて」とフーちゃんがいう。「椅子のお馬」に水を飲ませた。

帰りがけ、門の前でミサヲちゃんが春夫をバギーに乗せているとき、フーちゃんはミサヲちゃんに、

「お父さんにいわないで」

という。漫画風の絵の入った『くるみの森』は「山の上」に置いておいて、フーちゃんが来たときに読んで上げるといったのに家へ持って帰るといったことをお父さんに話さないでというのである。ミサヲちゃんが、「お父さんにいいますよ、かくしごとはいけません」というと、本を返そうかどうしようかと、フーちゃんは少し迷ったらしい。そばにいた妻が、「お父さん、叱らないよ。大丈夫よ」といってなだめると、ほっとしたように本を持ったまま歩き出した。近所の友達が持っている、こういう「小さい本」がよっぽど欲しかったのだろう。

ミサヲちゃんたちを見送って家へ戻ると、居間にフーちゃんの穿いていた赤いソックスが忘れてあった。フーちゃんが脱ぐといって、ミサヲちゃんが脱がせてやったのが、そのまま畳の上に置いてあった。それを持って「山の下」まで行く。フーちゃんを送って行った妻と途中で会うかと思ったが、別の道を行ったらしく、会わなかった。次男の家の勝手口の戸を開けたら、フーちゃんが出て来た。「これ、忘れていたよ」といってソックスを渡すと、フーちゃんは、

「ありがとう」といって受取った。『くるみの森』を持っていた。あとで帰った妻にその話をする。家へ帰って早速、本をひろげて見ていたのねと妻がいった。

夕方、清水さんが来る。畑の薔薇をいっぱい下さる。圭子ちゃんの披露宴の写真をアルバムにしたのを二冊、持って来てくれた。花嫁姿の圭子ちゃんが可愛く写っていた。

夕方、妻は近所の戸沢さんから頂いた蒲郡の富有柿を持って「山の下」へ行く。長男が家の前で畑仕事をしていた。畑の土の上にかぶせる寒さと霜よけの寒冷紗というのをひろげている。「どこで買ったの?」と訊くと、「生田の農協で」という。「裏の花壇に球根を植えると、猫が掘り起して糞をするので、困っているの」と妻がいったら、切って、分けてくれた。これを土の上にかぶせておけば、透けているので、日も当るし、雨も通す。猫もわるさをしなくなるかも知れない。

ミサヲちゃんのところへ行くと、次男が休みで、クリーナーで敷物の掃除をしていた。フーちゃん、出て来る。ミサヲちゃんは春夫を連れてお使いに行ったという。

台所で次男に、「『くるみの森』、どうなった?」と訊くと、とたんにフーちゃんはこんな顔をして(と妻はその表情を真似てみせた)、こちこちになってお父さんの顔を見る。次男はフーちゃんが反対を押し切って、漫画風の絵の入った『くるみの森』を持って帰ったことを聞いていなかった。ミサヲちゃんが話していなかったらしい。次男は『くるみの森』が何なのか、分らない。で、妻が「小さい本のこと」といった。次男が「持って帰ったのか」というと、フーちゃんは何かしら口のなかでぶつぶついい訳をしながら、妻から貰った千代紙の箱とコーンフレークの箱を床に置いて、冷蔵庫の横の隙間へ入って、こんな顔をして（と、妻はまたフーちゃんの、まずかった、という表情を真似てみせた）小さくなっている。

そこで妻が、

「それ、お父さん叱らないでしょう。やさしいから」

といったら、冷蔵庫の横の隙間から出て来た。その前に妻は、千代紙を貼った小さな箱をフーちゃんに上げた。「何するの？」と訊くから、「人形のものなんか、入れたらいいわ」といった。何も入れて上げるものが無いので、お雛さまを仕舞うときに人形を包むさくら紙を入れてやった。

十一月十七日、日曜日。宝塚歌劇団花組の公演を観に行く日で、それは私の友人のS君の次女のなつめちゃん、大浦みずきの初舞台以来十八年の宝塚の生活に別れを告げるさよなら公演の日であり、また、私たち一家についていえば、五歳になるフーちゃんをはじめて宝塚を観に連れて行く日である。

天気を心配していたが、新聞の予報では、曇り、のち晴。よかった。約束の九時前に妻と家の前に出ていたら、間もなくフーちゃんの声が聞えて、あつ子ちゃんとミサヲちゃんと一緒に坂道を上って来た。フーちゃんは、紺のカーディガンに赤のタータンチェックのスカート。髪に紺のリボンを附けてもらっている。駅に行く道をみんなで歩く。

チャールズ・ラムの「私のはじめての芝居見物」を思い出す。『エリア随筆』のなかに出て来る。ラムが親に連れられてはじめてロンドンのドルアリー・レーン座へ芝居を観に行ったのも、今のフーちゃんくらいの年ではなかったか。ここで念のために、古い岩波文庫、戸川秋骨訳『エリア随筆』を取り出して、頁を繰ってみる。ラムのはじめての芝居見物は「私が六歳にもなっていないころであった」と書かれている。フーちゃんよりは少し上だが、大体同じくらいの年であったことが分る。

その日の午後は雨が降っていた。ところが、一家が芝居に行く条件というのは、雨が止んだらというのであった。で、ラムは胸をどきどきさせながら、窓から外の水たまりを見ていた。その水たまりが静かになると、雨が降り止む前ぶれだと教えられていたからであった。雨が上ったとき、ラムはよろこんで親のところへ走って知らせに行った。学校のころ、はじめてエヴリマンズ・ライブラリーの『エリア随筆』を辞書をひきながら読んだとき、ここがいちばん印象に残ったのを思い出す。

さて、フーちゃんはどうだったろう？　天気のことはおそらくミサヲちゃんも、春夫と一緒に留守番をしてくれる次男も、そんなに気にはしていなかっただろう。途中で「フミ子、帰る」といい出すことをいちばん心配していただろう。それはフーちゃんを連れて行くことにしようといった私と妻が、最も怖れていたことであった。四月にみんなで宝塚を観に行ったときも、一度はフーちゃんを連れて行こうといいながら、次男が「まだ無理かも知れないから、止めておきます」というと、それならこの次、十一月の公演にしようと、一回、見送ったのも、「フミ子、帰る」といい出されることを心配したからであった。

ラムには油屋をしている小父さんがいて（これはラムの名づけ親であった）、劇作家のシェリダンと親しくしていて、そんなつてでドルアリー・レーン座の切符が手に入る。ラムのはじめての芝居見物もこの油屋の小父さんのくれた招待券を持って、一家で出かけたのであった。ついでにいうと、私たちの宝塚は、宝塚を観に行くときはいつも一緒に行くことにしているS君が取ってくれた。

代々木上原から乗りかえた地下鉄千代田線の車内はがら空きであった。私のとなりに坐ったフーちゃんは、ミサヲちゃんから貰ったチューインガムの紙を剝がして、一つ口に入れてから、キャンデーを私、妻、あつ子ちゃんに一つずつ配ってくれた。あとでミサヲちゃんから聞いたのだが、フーちゃんは、電車で座席に坐れたら食べてもいいとミサヲちゃんにいわれていたのであった。キャンデーは、前の日に妻が持って行って、フーちゃんのお八つに上げた。フーちゃんは、そのキャンデーとミサヲちゃんに貰ったチューインガムを、前に妻から貰った、肩からさげる小さなバッグに入れて持って来ていたのである。そうして、車内の空いている地下鉄千代田線に乗ってから、バッグのなかから取り出した。

ミサヲちゃんは、フーちゃんの剝がしたチューインガムの包み紙で小さな鶴を折って、フーちゃんに渡した。

日比谷の東宝劇場の前でS君と会い、座席券を受取る。南足柄から駆けつける長女のためにあつ子ちゃんとミサヲちゃんの二人を残して、私たちは先に劇場に入る。長女は間もなく着き、これで全員揃った。座席は私、S君、妻の年長組の三人が前から二列目のロの右端に近いところ、長女らは前から三列目のハの真中寄りに通路側からミサヲ、フーちゃん、長女、あつ子の順に四人並んで坐った。

フーちゃんは最初の劇の柴田侑宏脚本・演出の「ヴェネチアの紋章」が始まる前に貰ったサンドイッチを食べていた。あとで長女の話を聞くと、七月に私たちと一緒に大阪へ行って、宝塚大劇場での大浦みずきのさよなら公演を先に観ている長女が、はじめて宝塚を観る五歳のフーちゃんのために説明役になって、まわりの席の人の邪魔にならないように、ときどき、そっとフーちゃんに話しかけてやった。主役のアルヴィーゼになった大浦みずきが舞台中央に現れ

ると、

「あれがなつめちゃんよ」

と話しかけるというふうに。

はじめのヴェネチアの祭りで娘たちが出て来て賑やかな踊りになる場面では、フーちゃんは、びっくりして舞台を見つめていた。また、長女は、

「いま出た人が、幕のうしろでいっしょけんめいに服を着かえているのよ」

といったりした。

こちらもフーちゃんがどんなふうにしているか、退屈しているのではないかと気になって、ときどきそっと頭をまわして、一つうしろの席の向うの方にいるフーちゃんの様子を見た。座席に深く坐ったフーちゃんが、おとなしく舞台を見守っているのを確かめると、ほっとした。大勢のダンスの場面などでフーちゃんが身を乗り出すようにして舞台を見ていると、「いいぞ、いいぞ。その調子」と思った。だが、そんなダンスの場面はすぐに済んでしまう。どう考えてもフーちゃんには無理だと思われるような会話のやりとりが長々と続く場面もある。そんなときは、はらはらしながら、そっと向うの四人組の席の方を見た。あとで長女の話を聞くと、退屈な場面になって少しでもフーちゃんが座席の上で身体を動かし始めると、ミサヲちゃんが飴をフーちゃんに渡す。それからラヴシーンになると、「えをかいていなさい」という。フーち

ゃんはプログラムの表紙の余白のところに鉛筆で絵をかき出す。（帰宅してから、私たちのところに戻ったこのプログラムを見ると、猫の顔がかいてあった。ちゃんとひげを入れて、猫らしくなっている。三つほどかいてあった）ラヴシーンといっても宝塚の舞台だから恋人が寄り添う程度の穏やかなもので、それも度々は無かったように思うのだが、少しでもそれらしい場面になると、ミサヲちゃんは横の席のフーちゃんに、「えをかいていなさい」といったそうだ。「ヴェネチアの紋章」は、無事に終った。あとはショウの「ジャンクション24」で、これは歌と踊りだけで、それに勝負が早いから、「ヴェネチアの紋章」さえ何とか切抜ければ、それほど気をもまなくてもいいかも知れない。

幕間にミサヲちゃん、あつ子ちゃん、長女らがこちらの席へやって来て、サンドイッチとコーヒーを配ってくれる。一家で宝塚を観るときは、いつも妻から財布を預かったあつ子ちゃんが、売店でサンドイッチとコーヒーを買って来て、配ってくれることになっている。そのサンドイッチがまたおいしい。

終って、帝国ホテルの側へ出ると、一回目の公演を観終ったS君の奥さん、S君の長女の啓子ちゃんとその御主人、二人の男の子がかたまっていて、挨拶をする。それから別れてわれわれは銀座へ。宝塚のあとはお茶に立ち寄ることにしている蜜豆の立田野へ行く。混んでいて、劇場内と同じように、年長組と若手女性組四人と別れた席に坐る。こちらは餡みつ。向うの席は（あとで聞いたところによると）フーちゃんだけクリームソーダで、あとの三人は「ところてんアラカルト」なるものを註文したらしい。

店を出て、先に帰るあつ子ちゃん、ミサヲちゃん、フーちゃんたちを地下鉄千代田線の入口まで送って、別れる。家で留守番の長男と次男がそれぞれ恵子、春夫の子守りをしているので帰りを急いだのである。あとで妻がいうには、フーちゃんと別れるとき、「あれ？　どうしてみんな一緒に来ないの？」という顔をしたという。もし一緒に夕食が出来たら、フーちゃんの好きなうな重を食べさせてやれたのに残念であった。私たち、S君、長女の四人は、そのあと日比谷公園をひとまわり歩いて、ニユートーキヨー八階の高尾で食事をして、別れた。

帰宅してから、宝塚をはじめて観たフーちゃんが「フミ子、帰る」といい出してミサヲちゃんを困らせたりせず、三時間近い間をおとなしく観ていたことを妻と話し、「上出来。満点だ」という。ラムがはじめての芝居見物（それはペルシャ王の話であった）を大人になっても覚えていたように、フーちゃんも「私のはじめての宝塚見物」を大きくなってもきっと覚えているだろうと話す。ラムは開幕を知らせる一回目の鐘が劇場内に響きわたったとき、待ち切れなくなって、目を閉じ、お母さんの膝の上に顔を伏せてしまったといっている。フーちゃんは最初の「ヴェネチアの紋章」の幕が上る前にひとりだけ先に食べさせてもらったサンドイッチと、幕間に食べたアイスクリームを覚えているかも知れない。

翌日。午前中に妻は、昨日、ファンクラブの方から貰ったなつめちゃんのサイン入りの宝塚のプログラムを一つ持って、明日、圭子ちゃんと二人で花組の公演を観に行く清水さんに届ける。（清水さんの切符は、妻がなつめちゃんのファンクラブを通して取って上げた）清水さん、よろこぶ。表紙のなつめちゃんのサインを見て驚き、「これはお返しします」という。「こちらの分はありますから、返して頂かなくていいんです」というと、やっと受取る。今朝、宮崎台の圭子ちゃんから電話がかかった。「明日ね」といって、待合せの時間と場所の打合せをした。結婚した圭子ちゃんと二人で観に行く宝塚だから、清水さんはどんなに嬉しいだろう。

午後、妻はクリーニング屋へ行く道で畑へ行く清水さんに会った。畑の手前まで一緒に行く。畑へ上る細い道を上りかけたら、「先に行って来て下さい」と清水さんいう。クリーニング屋から帰って来たら、清水さんはその間に畑の薔薇を切って待っていてくれた。薔薇を沢山頂いて、帰る。

夕方、妻はミサヲちゃんに電話をかける。「明日はお兄さんのお命日でかきまぜを作る。春夫ちゃんは、この前のお弁当箱でいい？」と訊いてから、フーちゃん、どういっていた？と尋ねてみた。お兄さんというのは、戦後に三十七歳という若さで亡くなった私の長兄のことである。学生時代には水泳の選手で、関西学院の水球チームのゴールキーパーとして、早大との対抗戦に出場していたスポーツマンであったのに、早死にしてしまった。私と妻が大阪へ行くとき、いつも墓参りをする阿倍野のお墓に父と母とともに眠っている。

「フーちゃん、どういっていた？」と訊くと、ミサヲちゃんは、「自分からはいいませんけど、かずやさんがどうだったと訊くと、きれいだったといいました」といった。これを聞いて、「きれいだった」なら、もうほかにいうことはないなと私たちはいった。

長兄の命日で、妻は午前中に「かきまぜ」を作る。書斎の机の上に、昨日、清水さんから頂いた薔薇が二つ、活けてある。一つは「リメンバー・ミイ」。

午後の散歩に行く前、妻はすし桶の前に弁当箱を並べて、「かきまぜ」を詰めていた。「山の下」が六つ、清水さんが三つ、私たちのは皿に盛ったのが二つ。全部で十一人分のおすしである。妻は八合炊いて、少しお焦げが出来たといっている。

宝塚を観に行って留守の清水さん宅へ「かきまぜ」を届け、包みごとドアに吊しておく。帰宅した清水さんから電話がかかる。「いいお席でした。へ、でした」という。前から六列目。「圭子もよろこんでいました」。

帰りに銀座並木通にある御主人の店（御主人は貴金属店に勤めている）に電話をかけて一緒に帰って来た。帰ったら、おすしが待っていて、大よろこびしました。（昨日、道で会ったと

き、明日、お留守に「かきまぜ」を届けますと予告しておいた）

午後二時ごろ、玄関へ清水さん来る。「哲ちゃんのお柿が届きましたので」といって伊予の富士柿を下さる。哲ちゃんは、清水さんの御主人の小学校の同級生で、蜜柑畑を持っている。福島の妹さんから届いた柚子とカスタードプリン十二個を頂く。手紙が入っていた。「宝塚を観て帰ったら、おすし。こんな仕合せはありません」と書いてあった。

夕方、妻は「山の下」へ、あつ子ちゃんの誕生日のお祝いの、恵子のおむつやら何やら入れるバッグを届ける。これはあつ子ちゃんの希望を聞いて、成城の店で買ったもの。あつ子ちゃん、よろこぶ。それから、清水さんのカスタードプリン四つ。「恵子に食べさせてやれます」といって、あつ子ちゃんよろこぶ。ミサヲちゃん宅へ。フーちゃんは遊びに行って、いなかった。プリン四つ上げる。「これなら子供に食べさせられます」とミサヲちゃん、よろこぶ。

夕方、市場の八百清まで行きますといって家を出た妻が、「フーちゃん来た」といって連れて帰る。崖の坂道でバギーに春夫を乗せたミサヲちゃんのあとを歩くフーちゃんに会った。フーちゃんは「あそびたい」といったが、ミサヲちゃん、「もう遅いでしょう」。フーちゃんを連れて家へ来たが、フーちゃんはお母さんに「もう遅いでしょう」といわれたので、家へ上らない。ミサヲちゃん、来る。「お上り」というと「春夫が眠りましたので、今日はここで」とミサヲちゃん。妻は、この間から何度も持って行って、フーちゃんがいないので渡せなかった「ぬりえ」をフーちゃんに渡す。大阪の兄から今日届いた九度山の柿の袋をさげて、家まで送って行く。ミサヲちゃんは久しぶりに三田の公園のそばのマンションの友達のアユちゃんの家へ遊びに来た帰りであった。

夕方、妻が藤屋へパンを買いに行った留守に、フーちゃんを連れて次男が来る。書斎へ通ってもらう。フーちゃん、「紙とエンピツ」といい、メモ帖と鉛筆を渡す。先ず猫をかく。次に次男が「おじいちゃん、かいてごらん」というと、こちらの顔をじっと見て、卵型の輪廓の顔をかく。僅かながら髪の毛もかき込む。目と口をかく。次男に「眉毛も入れないと」といわれて、丁寧に眉毛をかき入れる。次に「こんちゃん」。うまくかいた。

そのうち妻が帰り、フーちゃんと図書室へ行く。妻の話。幼稚園ごっこをする。窓際のベッドに寝るところから始める。フーちゃんは隣の部屋から「お目々つぶる人形」のリリーちゃんを連れて来て、一緒にベッドに入る。妻が「コケコッコー。朝ですよ」というと、フーちゃんは布団から顔を半分出して、

「明日はぜったい行くから、今日は幼稚園、おやすみさせて」

といい、布団をかぶってしまう。ときどき朝、起されて、ミサヲちゃんにこんなことをいっているのかも知れない。あとから書斎の幼稚園へ来て、ピアノのおけいこ。「メリーさんのひつじ」を弾く。指をいろいろ変えて弾く。次男が来たとき、「これ」といってミサヲちゃんの手紙を渡した。次男が帰ってから読む。この手紙は次の章で紹介することにしたい。

12

ミサヲちゃんの手紙

フーちゃんを連れて「山の上」へ来た次男が「これ」といって渡したミサヲちゃんの手紙を、次男が帰ってから読んだ。外国の四人の女の子が食卓の前の椅子に腰かけているところを描いた絵のきれいなグリーティング・カードにかかれている。説明を読むとアメリカの女流画家の油絵で、「アップルパイを焼く」という題。飼犬が敷物の上に行儀よく坐って、食卓についている女の子たちを見ているのが可愛い。おそらくミサヲちゃんが大事にしていたグリーティング・カードの一枚なのだろう。

ぼんやりした朱色のきれいな夕陽でした。坂の途中で子供たちと夕陽を見送らなかったら、お母さんにも九度山の柿とも会えないところでした。上等の柿をありがとうございました。

今日、公園に行くとき、大きい飛行機の音がしたあと、文子が「戦争みたいだネ」というので、「お母さんは戦争知らない」と答えると、「文子知ってる。劇場で観たから」といいました。先週の日曜日に宝塚に連れて行って頂いて以来、自分から宝塚の話をするのは初めてです。和也さんが「どうだった？」と訊いても、「きれいだった」としか返事しないので、ちょっとがっかりしていたのですが、言葉にはしなくても、いろいろのことを記憶して、何かを感じていたのですね。文子が大きくなったら、はじめて観た宝塚のことをもう一度聞いてみたくなりました。子供のときに宝塚を観た和也さんは、主役の人が着けている背中の大きい羽根が一本欲しいと思ったことを覚えているといっていました。

春に向ヶ丘遊園の薔薇園で買ったレッドライオンが名前に恥じない立派な蕾をつけました。隣の園芸屋さん（註・長男のこと）曰く。「手入れの要らない丈夫な品種で、わが家向きなのだそうです。

操

フーちゃんが、「文子知ってる。劇場で観たから」といったことについては註を加えておく必要がある。「ヴェネチアの紋章」の終りの方で、暴動を起したハンガリーの農民の襲撃を受けて、主人公のアルヴィーゼとこれに従うヴェネチアの貴族たちが戦死する場面があった。鉄砲の弾の音が響く度に、次々と倒れて行く。フーちゃんがいった戦争とは、この場面を指すのである。まだほかにもフーちゃんの印象に残っている場面があるかも知れない。ミサヲちゃんは、きれいなグリーティング・カードにいい手紙を書いてくれた。

庭の山もみじの葉が、上の方からきれいに紅葉して来た。二、三日前にはじめて気が附いた。朝、ごみ出しから帰った妻が、庭を通り抜けながら、

「もみじ、きれいですね」

と、書斎の机の前にいる私にいった。昨日の朝の冷え込みで、紅葉の色が一段とよくなった。

この前、フーちゃんが来たとき、図書室で妻と「幼稚園ごっこ」をしていて、妻が「コケコッコー。さあ、朝よ」というと、布団から半分顔を出したフーちゃんが、「明日はぜったい行くから、今日はお休みさせて」といったことをしきりに思い出す。「フミ子、おかぜひいてるの」ともいった。ミサヲちゃんに起されて、ときどき、こんなことをいっているのだろうか。

その話をしたとき、妻は、

「あそびなのか本当なのか、分らないくらいだった」

といった。冬になって、寒くなると、朝、起きるのがいやになるのだろう。はじめはあんなに楽しみにしていた幼稚園も、いじめっ子の男の子がいたりして、楽しいところではないと分ったのだろうと、妻と話す。

午後、妻は買物に行く道で清水さんに会う。畑の帰りで薔薇を頂いた。

夕方、妻は「山の下」へ清水さんの薔薇二輪ずつとおせんべい、林檎二つずつ持って行く。あつ子ちゃんのところでは、恵子がベビイベッドのまわりに貼ったピノキオの絵の紙をゆっくりと破っていた。太って、目が見えないくらいになっている。じゃがいものつぶしたのが好きで、よく食べますとあつ子ちゃん、いう。

ミサヲちゃんのところでは、台所の調理台に昆布を小さく切ったのを並べて、お鍋でだしをとるいい匂いがしていた。人参も切ってあった。林檎はこの前、沢山持って行った。今日は二つだけ。フーちゃん、出て来る。鉛筆印のトレーナーを着ている。よく似合っていた。「こんぶ食べたい」という。「おだしよ」とミサヲちゃんはいったが、一つ上げる。フーちゃんは昆布が好きだ。台所は冷蔵庫を移して、模様がえをしてあった。ミサヲちゃんはおだしをとって、これから人参を煮るところであった。

はじめに妻は、「お手紙有難う。いいお手紙貰って」とお礼をいった。グリーティング・カードの手紙を次男から届けてもらった日の晩、お礼の電話をかけたが、ミサヲちゃんは家にいなかった。今時分から出かける筈はないのにと思ったが、どうしていないのか分らない。それで、手紙を貰ってから三日目になってやっとお礼をいった。遅くなった。

十一月二十九日はなつめちゃんのさよなら公演の千秋楽の日で、雨が降らなければいいがと気を揉んでいた。昨日の予報では、朝のうち雨が残るが、あとは曇り、となっていた。幸い朝から日が差して、いい天気になる。S君夫妻もきっとよろこんでいることだろうと妻と話す。

庭の山もみじの上の方の枝の紅葉の色がよかったが、昨日の雨で大方散った。野鳥の水飲み場の水盤のまわりに紅葉が散り敷いている。下の灌木の黄葉もいい。これと山もみじの紅葉のいろどりの調和がいい。

朝、妻は紅葉の落葉のたまった水盤の水を新しい井戸水に替えながら、「これでは水も飲めない」という。昨日は、目白が二羽来て、ムラサキシキブの枝の牛脂のかたまりをつついていた。

十時二十分ごろに南足柄の長女が来る。私たちのために贈与税の配偶者控除の手続きをしてくれている宏雄さんに渡す土地権利証などの書類を受取るために。昼、一緒に藤屋のサンドイッチと紅茶の昼食。デザートは柿。二回目の散歩から帰ると、ミサヲちゃん、フーちゃんと春夫を連れて来ている。フーちゃんは居間の掘炬燵で画用紙に絵をかいていた。お茶にする。グレープフルーツと柿、紅茶。フーちゃんは果物のほかに妻が焼いたいそべ巻きを二つ食べる。

お茶のあと、フーちゃんはクレヨンで絵をかき続ける。髪を長く垂らした女の子をかき、妻に「さちよちゃん」と書いてもらう。次の日、妻の話を聞くと、フーちゃんが女の子をかいたので、「だれ?」と訊いたら、「さちよちゃん」という。次男の中学のときの駅伝競走の仲間であった松沢たけしの子供で、同じうめ組にいて、仲がいい。フーちゃんにニオイダマをくれたことがある。妻が「書いてあげる」といって、「さちよちゃん」と書いたというのである。

フーちゃんは、「さちよちゃん」のあと、家をかく。屋根瓦のある大きな家で、中に人がいる。「なに?」と訊くと、「幼稚園」という。明日の日曜日(十二月一日)に、「さくひんてん」がある。その「さくひんてん」に人が来ているところだという。それから、「しょうのふみこ」と書く。ミサヲちゃんがそれを見て驚く。まだ自分の名前は書けないと思っていたので。ただし、はじめ書いたとき、「う」が抜けていた。ここへ「う」を入れないといけないのと妻がいって、書き足した。「ふ」も「み」も、書きかたの順序が面白い。が、とにかく、いつの間に覚えたのか、自分で名前を書いた。

そろそろ、長女が帰らなくてはいけない時間が近づいたころになって、図書室でフーちゃんは妻と「幼稚園ごっこ」を始める。ベッドの布団にもぐり込んだフーちゃんが今日は妻の「お早う」の声ですっと起きる。この前のように、「明日はぜったい行くから、今日はお休みさせて」といわなかった。ところが帰らなくてはいけないことになり、片附けが始まる。最後に妻は「椅子のお馬」にフーちゃんを乗せて走らせてやって、「ゴール」。ミサヲちゃんが、「フミ子、帰りますよ」というと、フーちゃん、悲鳴を上げる。

妻はバスで生田まで行く長女をフーちゃんと送って行く。ミサヲちゃんは、春夫を乗せたバギーを押して行く。

妻の帰りが遅いので心配していたら、妻が帰る。外は真暗になっていた。「バスが来なかったので」という。妻の話。バスの停留所まで長女を送って行ったら、フーちゃん、泣き出す。「一緒にバスに乗って送って行こう」と妻がいい、ミサヲちゃんに話して、フーちゃんを連れて長女と一緒にバスに乗って行く。フーちゃんは大よろこび。生田で長女と別れて、駅前のゆりストアで買物をして、バスの乗り場へ。ところがいくら待ってもバスが来ない。フーちゃんがお便所へ行きたくなったら困ると思ったが、フーちゃんに訊いても「いい」という。バスが来なくて、なかなかおうちへ帰られないのに、泣き出しもしない。それどころか上機嫌で、「ささのは　さーらさら」と七夕さまの歌を小声で歌い出す。小田急からおりて来る客でバスを待つ列が長くなった。やっと一台来た。

バスを下りて家までフーちゃんを送って行く道で、葡萄畑のそばの家の、窓のところに赤や青の電球がついているのが見える。フーちゃんが見つけた。「クリスマスの飾りかも知れないね」と妻がいうと、「サンタクロースがいるの?」とフーちゃん。

家に着く。「遅くなって御免ね。帰りのバスが来ないの」といったが、ミサヲちゃんは心配していた様子でもなかった。

夜、ミサヲちゃんから貰った「さくひんてん」のちらしを見ていたら、全体のテーマは「春夏秋冬」、フーちゃんのうめ組は「七夕」となっていた。バスを待っている間、フーちゃんが「ささのは　さーらさら」と小声で歌い出した訳が分った。幼稚園でこの歌を練習していたのだろう。

朝、妻が、「昨日、バスを待っているとき、フーちゃんに、明日、おじいちゃんとこんちゃん、さくひんてん見に行くよといったら、ありがとうといった。だから行かないといけない」という。

午後、二人で出かける。バスで東長沢まで、そこから歩いて行く。みどり幼稚園のグレイの制服を着た女の子と親が連れ立って帰って来るのに何人か会った。うめ組の教室へ入り、立っている若い女の先生に妻が、「しょうのふみこの祖父母です」といって挨拶する。先生は「フーちゃん、まだ来ていません」といった。

絵を見る。みんなでキリンをかいている。フーちゃんのキリンは、首のところにいろんな色を塗ってあった。もう一枚は、象さん。真正面から見たところをかいている。横に富士山がそびえ立っていて、空でお日さまが照りつけている。これは遠足で富士サファリパークへ行ったときの印象であるらしいことが、あとで分った。

芝生の庭へ出て、椅子に腰を下して次男たちが来るのを待つ。暖かな日差し。二時半ごろに次男とミサヲちゃんがフーちゃん、春夫を連れて来た。一緒に教室へ入って、もう一度、「さくひんてん」を見る。

制服を着たフーちゃんは嬉しそうに教室のなかをとびまわる。サファリパークへ行ったときの写真が展示してある。富士山の見える原っぱでみんながお弁当を食べている写真。フーちゃんの作った「わたしのうち」があった。クッキーの箱を家にして、ドアがくっつけてある前に紙にかいた人が立っている。花が植えてある。フーちゃんは、倒れかかっている「人」と「花」を指でそっと立てていた。昨日、フーちゃんがクレヨンでかいた「さちよちゃん」の絵もあった。松沢さちよちゃん。うめ組の共同制作の「ロケット」が飾ってある。春夫が動きまわって、「さくひん」にさわろうとするので、次男が抱き上げる。フーちゃんは燥いでいる。お父さん、お母さん、私たちが見に来てくれたのが、嬉しかったのだろう。

帰りは、次男の車で家まで送ってくれる。ミサヲちゃんに家へ来てもらって、南足柄の長女が持って来てくれたちゃぼの卵とアップルパイを渡す。

フーちゃんのうめ組の担任は横田先生、副担任は小野先生。どちらも若い先生。車のなかで妻が先生のことを話していたら、そばで聞いていたフーちゃんが「小野先生も横田先生も優しいよ」といった。フーちゃんは教室へ入ったとき、どちらかの先生から紙の袋に入ったもの

（ノートか？）を貰った。「あれだけ子供の作品をまとめるのだから、先生も大へんね」と帰りの車のなかで妻がいった。

午後、清水さんが玄関へ来る。伊予から届いた「哲ちゃんの富士柿」と親戚のおばあさんからの富有柿、「もうそろそろ無くなるころでしょう」とコーヒーゼリーの材料の板ゼラチンを下さる。妻は、倉敷の岡本さんから頂いた葡萄の「コールマン」を一箱差上げる。清水さん、遠慮してなかなか受取ろうとしなかった。

清水さんは、「六時からのなつめさんのテレビ、ヴィデオにとります」といわれる。さよなら公演の千秋楽の日になつめちゃんを取材したテレビが、今日の六時からの8チャンネルのニュースショウの時間に放送されるとS君からはがきで知らせがあり、南足柄の長女、「山の下」二軒、清水さんに妻が連絡しておいたのである。

夕方、妻は「山の下」へ清水さんの柿、S夫人から届いた、さよなら公演の千秋楽の日の帝国ホテルでのなつめちゃんの招待によるパーティーの引出物（時計やらボールペンやらいろいろ入っていた）のボンボンを持って行く。私と妻も招待状を頂いていたが、寒いときであり、夜遅くなりそうなので失礼させて頂いた。「山の下」へ倉敷の岡本さんの「コールマン」を持って行く。あつ子ちゃん、ミサヲちゃん、「コールマン」をよろこぶ。フーちゃんは、友達の家へ遊びに行って、いなかった。

夕方六時からS君の知らせてくれたフジテレビ「スーパータイム」を妻と二人で見る。千秋楽の日のなつめちゃんの楽屋入り、ファンクラブの「みずき会」の当番からお弁当の包みを受取るところ、東宝劇場へ入るS君夫妻、最後の舞台を勤めたなつめちゃんが劇場を出て行くところなど、写していた。終って、長女から電話がかかる。「終ったァ」という。なつめちゃんが宝塚音楽学校へ入学して以来、一家で応援して来た。東京の公演は必ず観る。宝塚まで観に行ったこともあるのだから、長女が「終ったァ」というのも無理はない。

夕方、妻は「山の下」へ大阪の村木から今日届いた白菜二つ、大根二本、鴨川の近藤から今日届いたさんまの干物六枚を持って行く。ミサヲちゃんは白菜をよろこび、「かずやさん、白菜漬が食べたいというので、漬けます」という。フーちゃんは、いなかった。

昨日、S君から届いた、なつめちゃん宝塚「卒業」の内祝いの、花みずきを染めた水色の袱紗の包みのなかに、挨拶の手紙が入っていた。阪田寛夫夫妻の二人の名前の印刷の手紙。初舞台のときも袱紗を頂いたのを思い出す。

「とうとう宝塚とのお別れの時が参りました」

という書出し。

「十五歳で手許から飛び立って行きましたもので、親としては、ただただ案ずることの多い年月でございました。その長い間、皆さまのあたたかい大きなお力におすがりしてまいりましたことを思い、娘ともども心から御礼申し上げます」

「この先なつめがどのような道に進みますかは私どもにもまだ分りませんが、どうか今後ともお見守りの程をお願い申し上げます」

と書かれている。親心の溢れたいい手紙で、胸を打たれる。


朝、妻は世田谷の友人の送ってくれた丹波の山の芋を持って「山の下」へ行く。帰った妻の話。長男が休みで、家の前の菜園にいて、大きなずだ袋に落葉を詰めていた。「うちに庭の落葉、いっぱい集めてあるよ」といったら、「山の櫟の葉がいい」といった。畑の肥料にするつもりらしい。ミサヲちゃんのところへ行くと、フーちゃんが春夫と飛び出して来た。幼稚園へ行っている筈なのに、どうしたのだろう？「どうしたの」と訊くと、「いえ、ちょっと」とミサヲちゃん。ときどき、こんなふうに適当に休ませているのかも知れない。「あと一年あるんだから、いいよ」と妻がいう。二年保育で、もう一年行かなくてはいけないのだから、のんびりやればいい。

「フーちゃん、デニムのスカートにトレーナーで、寛ぎ切ったという様子でとび出して来たの」と妻がいう。何も上げるお菓子を持っていない。これから南足柄の長女へ送る宅急便を作らなくてはいけないから、フーちゃんを連れて来るわけにもゆかない。帰って来た。

午後、阪田夫人から電話かかる。「明日、一時になつめと一緒に伺います。四時の飛行機に乗るので、三十分だけ」という。妻はサンドイッチ食べて下さいという。さよなら公演は終ったが、なつめちゃんはこれから宝塚へ帰って、まだ何やかやと用事が待っているのだろう。そのあと妻と二人で駅まで行き、高橋花屋で花を買って帰る。スイートピーほか。妻は、「嬉しい、嬉しい」という。

夕方、勝手口へ清水さん来る。畑の薔薇とカスタードプリンを頂く。玄関と居間と書斎に薔薇を活ける。「いいときに頂いた」と妻はよろこぶ。

朝、妻は五時半に起きて、なつめちゃんに持って帰ってもらう大阪ずしを作る。十二時四十分、阪田夫人、なつめちゃんと来る。なつめちゃんはさよなら公演中にひいたひどい風邪がまだ治らなくて、咳が出る。サンドイッチとスープとお赤飯と紅茶の昼食。デザートは苺とコーヒーゼリー。なつめちゃんは千秋楽の前の晩、劇場の向いの帝国ホテルに泊っていたが、ベッドに横になると咳き込むので、起きて、椅子に三時間坐っていたという。そんなコンディションで宝塚での最後のステージを無事に笑顔で勤めたのだから、えらい。まだ確定はしていないが、来年、ニューヨークで宝塚歌劇団との共演のかたちのショウの企画があるという。二時に帰る。宝塚音楽学校の本科（二年）の夏休みに東京の自宅へ帰っていたとき、お父さんに伴われて新宿の鰻屋で会ったのが初対面であった。それで大浦みずきという芸名をつけさせてもらったのだが、よくやってくれた。十八年も年月がたち、なつめちゃんは宝塚を背負って立つ生徒となったのに、初対面のときのあのあどけなさ、初々しさを今も残している。

夜、清水さんのカスタードプリンを頂く。おいしい。

氏家から（前の日に）林檎の箱が届いたので、朝、妻がミサヲちゃんにお礼の電話をかける。氏家から林檎を貰ったから持って行くというと、ミサヲちゃん、「うちにも来ましたから、夏子さん（南足柄）とあつ子ちゃんに上げて下さい」という。

あとで妻は「山の下」へ林檎と清水さんのカスタードプリンを持って行く。先にあつ子ちゃんへ。林檎七つとプリンを上げる。次にミサヲちゃんへ。庭から入って、ミサヲちゃんと呼ぶと、フーちゃん、パジャマをトレーナーに着替えながらとび出して来る。起きたところであった。次男は休みでまだ寝ているらしい。幼稚園はどうしたのだろう？　休ませたのかも知れない。ミサヲちゃんに苺八つ、プリン二つ、お餅、海苔一袋を渡す。フーちゃん、苺をよろこび、幼稚園のお弁当に入れてとミサヲちゃんにいう。うめ組でお弁当のデザートに苺を持って来る子がいて、前にフーちゃんは羨ましがっていたことがあるらしい。お餅を貰ってミサヲちゃんは大よろこび。朝御飯に早速、焼いて食べられるので。

朝、妻が電話をかけたとき、フーちゃんが出て、「お早うございます」といった。次男が休みなので、みんなまだ寝ていて、フーちゃんが起きて受話器を取ったらしい。ミサヲちゃんに代ってもらった。「お母さんいるって。こんちゃんから」とフーちゃんはいった。

夕方、妻は世田谷の安岡が送ってくれた高知の蜜柑、頂きものの干物を持って「山の下」へ行く。あつ子ちゃんのところでは恵子が大きな声を出して泣いていた。ミルクの時間が来たので。ミサヲちゃんのところへ行くと、フーちゃんと春夫がとび出して来る。フーちゃんに「リカちゃんのオーバー買ってあるよ。いらっしゃい」というと、「わかった」という。蜜柑を出したら大よろこび。フーちゃんと春夫は、ミサヲちゃんから一つずつ貰って食べる。ミサヲちゃんに「明日、お八つ食べにいらっしゃい」といって帰る。

三時すぎにミサヲちゃん、フーちゃん、春夫を連れて来る。フーちゃんはジャンパーを着ている。六畳でお茶にする、苺と柿。フーちゃんにはお餅を焼いて、いそべ巻きを二つ。フーちゃんは一つ食べて、残った切はしを指でこねて、二つ目のいそべ巻きの上にくっつけて、「ペンギン」という。台になったお餅がすなわち氷の山というわけ。妻に貰った「なつめ」の名前が表紙に入った手帖に鉛筆で「しょうのふみこ」と書く。自分の名前が書けるようになった。この手帖は、なつめちゃんのファンクラブの「花みずきの会」から秋に送られたもの。お茶のあと、フーちゃんは妻と書斎で「幼稚園ごっこ」をする。

妻の話。フーちゃんは書斎のおうちで目が覚めると、部屋の隅へ行ってしゃがむふりをする。そこが、お便所である。次にピアノとソファーの間の隙間に入って、歯を磨き、顔を洗い、カーテンで顔を拭くふりをする。次に玄関へ出て、「バスで行く」といい、蘭の鉢を三つ並べた床几（この前、南足柄から来た長女が、軒下にあったのをひとりで担いで玄関へ運び込んだ）に腰かける。澄ました顔で前を向いて、玄関に坐った運転手の妻に、

「ずっと行って下さい。まだおりないから」

という。

幼稚園は、もと長女がいた部屋。妻が書き損じの便箋を渡したら、ねこの絵をかく。次に妻はうめ組の小野先生になり、画用紙を出して「ぞうの絵をかきなさい」という。フーちゃんは、「見ないとかけない」という。妻がお手本のぞうさんをかいたら、「ぞうじゃない」という。フーちゃんの方が先生になってしまった。

書斎へ戻る。ここはディズニーランド、幼稚園はお休み。「空とぶダンボ」に乗る。フーち

ゃんはソファーででんぐり返りをして、「すぐに済むの」。次はジェットコースターに乗る。

途中でフーちゃんは蜜柑を貰いに六畳の私のところへ来る。幼稚園のお弁当（ビスケット）のデザートにする蜜柑。「三つ下さい」。三つ、渡す。春夫の分も入れて三つ。

お茶のとき、妻が市場のおもちゃ屋で買ってあったリカちゃんのオーバーの入った箱をフーちゃんに上げた。フーちゃんは図書室のお道具箱から取って来たフーちゃん用の鋏で留めてある糸を切って、オーバーを取り出す。赤いオーバー。帰りは、早く家へ帰って、リカちゃんにオーバーを着せたくて、フーちゃんは帰りを急いだ。妻は、そんな話を夕食のときにした。

午前、妻は池田の阪田のお姉さんから頂いた鰆の味噌漬（大へんおいしい）を持って「山の下」へ行く。ミサヲちゃんは、庭で近所の若いお母さんと立ち話をしていた。そのお母さんの連れて来た女の子と春夫が遊んでいる。味噌漬をミサヲちゃん、よろこぶ。あつ子ちゃんの分もことづける。

夕方、妻が買物に出ているとき、玄関へ近所の古田さんが来て、

「頂きものですけど、キャビアです。お酒のおつまみにして下さい」

といい、箱に入ったキャビアを下さる。夜、藤屋のフランスパンを薄く、小さく切った上に

のせて、山形の酒の「初孫」と一緒に頂く。おいしい。

夕方、妻は清水さんへお隣の相川さんから頂いた林檎を五つ持って行く。清水さんのところではお国の伊予から柿と蜜柑はよく届くが、林檎の頂きものは無いらしく、よろこんでくれた。「お柿、要りませんでしょう?」と清水さんがいうから、思わず、「要ります、要ります」と叫んだら、伊予のお柿をいっぱい下さった。有難く頂いて帰った。


大沢が来て、庭木の手入れの二日目。年配の植木屋さんばかり四人、来て、きれいにしてくれた。午後、三時のお茶を出しておいてから、妻は神戸の私の学校友達の松井から昨日届いた神戸牛ロース肉、蜜柑、お餅を持って「山の下」へ行く。ミサヲちゃんが牛肉を秤にかけると七百グラムあり、三百五十グラムずつ分けますという。あつ子ちゃんのところで。恵子、よく太っている。「この足、見て下さい」とあつ子ちゃん、いう。おじややうどんよりもオートミールやビーフシチュウのスープなどを好むという。「美食家なんです」

フーちゃんは、玄関の自分の遊び場で何かしていたが、出て来る。赤いブラウスに紺のベスト、デニムのスカートで出て来た。

家の前であつ子ちゃんに「宝塚グラフ」を渡すと、フーちゃんは表紙の写真を見て、「なつめちゃんでしょう」という。「なつめちゃん、うちへ来たよ」というと、「聞いた」といった。

「宝塚グラフ」の表紙は、星組の毬藻えりであったが、ちらと見ただけで、「なつめちゃんでしょう」といったのには驚いた。男役のなつめちゃんとは髪のかたちも衣裳もまるで違う娘役の毬藻えりの写真から宝塚を感じ取ったのだから。やはり、この前、私たちと一緒に観た「はじめての宝塚」からフーちゃんが受けたものがそれだけ大きく、深かったということだろう。

十日くらい前から庭の侘助の南側の枝に蕾が四つ五つ咲いている。今朝、また一つ、新しいのが咲いた。

午後、妻がお使いに出たすぐあとへ庭で声がして、恵子を抱いたあつ子ちゃんと春夫を連れたミサヲちゃん来る。「頂き物のハムがあるから取りに来て」と妻が電話したので。ただし、そのときミサヲちゃんは、「明日、行きます」といった。それがあつ子ちゃんの都合で、急に今日になったというわけ。上ってもらう。恵子はおとなしい。泣きもせず、こちらを見ている。春夫は走りまわり、座布団に寝かせた恵子を踏みつけはしないかとはらはらする。

妻が帰り、ほっとしたが、ミサヲちゃんはフミ子が三時にお八つを食べに帰りますのでといって帰る。妻は明日、フーちゃんが来たときに上げるつもりで買った苺を持って送って行く。

妻の話。「山の下」へ行くと、フーちゃんが大きいともみちゃんと小さいともみちゃんと、家へ入れなくて、ワイワイいっていた。ミサヲちゃん、急いで勝手口を開けて入る。お八つを食べさせるために。フーちゃんは鉛筆印のトレーナーの下にデニムのスカートという薄着で遊んでいた。「こんちゃんのところへお出で」とフーちゃんにいっておいた。

夕方、妻は広島の増田さんから頂いた活き車海老を「山の下」へ持って行く。ミサヲちゃんが大家さんから貰った沢庵漬の一本をぶら下げてあつ子ちゃんのところへ行くところに会った。車海老が来たのでよろこぶ。「今日、姉が氏家から来ます。連休がとれたので」という。間がよかった。妻が家へ帰って車海老をもう少し持って来ようかといったら、あつ子ちゃん、「うちの分を一ぴき分けます」という。フーちゃんのところへともみちゃんたち二人来ていて、みんな箱に詰めて来た車海老を驚いて見つめる。フーちゃん、「動いている」という。春夫は指でさわる。フーちゃんに「リカちゃんのベッド、買ってあるよ」という。フーちゃん、ついて来たそうな様子であったが、遅いので、連れて来られない。

朝、妻はミサヲちゃんのところへ昨日から来ている育子ちゃんのために、頂きものの小川軒のレーズン・ウィッチ六つ持って行く。次男が休みで、みんな起きたところで、フーちゃんも春夫もパジャマのまま出て来る。朝御飯がお餅で、お餅が並んでいた。今日は車で多摩動物園へ行くという。次男が「『紺野機業場』（講談社文芸文庫新刊）を買いました。サインしてもらいに持って行きます」という。

午後、あつ子ちゃん、恵子を抱いて庭から入って来る。恒例の「山の上」の大掃除の日どりのことを訊きに来た。あつ子ちゃんとミサヲちゃんが毎年、南足柄の長女と三人で来て、暮の大掃除をしてくれるのだが、今年はあつ子ちゃんもミサヲちゃんも小さい子供がいるから、掃除は長女がひとりでして、終るころにお茶に来て頂戴と妻がいう。明日（二十三日）、私と妻は箱根芦の湯のきのくにやさんへ行くので、長男に会社の帰りに寄って、宅急便などがあれば入れておいてもらうように、あつ子ちゃんに頼む。

夕方、妻は豆が煮えたので「山の下」へ持って行く。ミサヲちゃんのところで勝手口から声をかけると、フーちゃんと春夫が茶の間からとび出して来た。何も上げるお菓子が無い。台所の調理台ににんにくの焦がしたのを並べていたから、今夜は育子ちゃんを迎えてビーフステーキにするのかも知れない。妻は帰って来て、「ミサヲちゃんのところ、ステーキ」という。フーちゃんがよろこぶだろう。今年七月のフーちゃんの五歳の誕生日に、「何を食べたい？」と訊いたら、フーちゃんがステーキといったのを思い出す。

箱根芦の湯きのくにやさんへ行く。小田原駅前で南足柄の長女夫婦が正雄を連れて待っていて、車で芦の湯まで送ってくれる。きのくにやで長女は妻と一緒に湯につかり、よろこんで帰る。

きのくにやの帰り、南足柄の長女宅へ寄りホットケーキとオニオンスープ、紅茶、果物の昼食を御馳走になり、夕方帰宅。五時半ごろ、銀座の胡椒亭さんが柿生の河上夫人からの贈り物のクリスマスのケーキの箱を届けてくれる。昔、河上（徹太郎）さん夫妻をクリスマスのころに夕食にお招きしていたとき、いつも手土産に下さって、みんなで頂いたものだ。河上さんは苺のショートケーキを一口食べて、子供のように「おいちい！」といわれた。河上さんが亡くなってから、胡椒亭さんのケーキが毎年、届けられることになった。

私たちの分を四分の一取って、箱のまま妻が「山の下」へ持って行く。先にあつ子ちゃんに見せておいて、ミサヲちゃんへ。苺がいっぱい載ったケーキを前にして、フーちゃん、驚いて見つめる。ミサヲちゃんにあつ子ちゃんのところと半分分けにしてもらう。

夜、きのくにやで正雄がくれたクリスマスの贈り物の「えものがたり」を見る。一つは「おどるにんぎょうピートのだいぼうけん」、もう一つは「にんにくのだいぼうけん」。正雄作のえものがたりである。「おどるにんぎょうピートのだいぼうけん」の方は、ピートがジャングルへ行ったり、海へ行ったり、山へ行ったりする。危ない目に会っても、うまく切り抜けて、いつも「めでたしめでたし」になる。海の中を行くピートが「わかめにあしをとられました」というところもある。

殊に「にんにくのだいぼうけん」が面白い。にんにくを主人公にしたところが、ユニークである。顔のかたちがいかにもにんにくらしくかけている。にんにくは鳥の背中に乗って空へ上る。はえが一ぴきついて来るのがおかしい。最後は、「あさになりました」。おかあさんがきました。「あさよー」という。にんにくがベッドの上でおかあさんの声を聞いているところで終りになる。だいぼうけんは、にんにくがみた夢であったのだろうか。おかあさんが起しに来たので、嬉しそうにしているところが可愛い。読み終ってすぐに妻は南足柄の長女に電話をかけて、「面白かった」と賞めてやる。正雄を呼んでもらったのだが、正雄が電話に出る前に、長女は妻のいったことを全部正雄にしゃべってしまった。前から紙箱なんかに細工して遊び道具を作るのが好きな子であったが、絵をかくのもうまい。

朝、ミサヲちゃんから電話がかかる。「臼と杵、貸して頂けますか。お餅つきをしますので」という。次男がねこ車を押して取りに来る。今日は休み。この臼と杵は、芸術院の会員になったときに、長男が世田谷のぼろ市で買って来て、お祝いにくれたもの。それからずっと玄関に置いてある。去年も次男のところで餅つきをするので、借りに来た。

南足柄の長女が大掃除に来てくれる。お使いから帰った妻がミサヲちゃんに電話をかけると、ベルが鳴ったとたんに、「しょうの、です。どなたですか？」とフーちゃんの声。ミサヲちゃんが餅つきの支度で忙しくしているので、フーちゃんが電話番をしている。ミサヲちゃんに、長女が大掃除に来てくれたから、三時ごろにお茶にいらっしゃいといってからフーちゃんに代ってもらい、「リカちゃんのお友達、あるの。取りにお出で」というと、フーちゃん、「わかった」という。あつ子ちゃんにも電話をかける。

長女は風呂場の掃除から始める。こちらは仕事のあと、歩く。帰ったら、餅つきを終った次男がねこ車に載せて臼と杵を返しに来たところであった。次男に、昨日、見本が届いたばかりの作品集『葦切り』(新潮社)を上げる。よろこぶ。(長女にも上げた)妻は、山形の酒の「初孫」を一本、次男に上げてもいいかと訊く。「いい」という。次男は「初孫」と本をねこ車に積んで帰る。

妻の話。お餅はうまくつけたと次男がいう。「二つくらい、持って来るのよ、お供えに」と妻がいったら、「そうだね」と次男。雨が降り出していたのが雪に変る。さかんに降る。この雪では恵子を連れて来るのは無理なので、三時のお茶は中止にして、妻が「山の下」二軒に電話で知らせた。

はじめ書斎で長女と話していたとき、正雄のくれた「えものがたり」が面白かったことをいうと、正雄は風呂に入ったときも、湯気で曇った窓硝子に指で絵をかく、絵をかくのが好きでと長女が話した。妻は『初山滋作品集』を出して、昔、子供のころに愛読していた「ペコポンポン」を見せてやる。正雄の「おどるにんぎょうピートのだいぼうけん」がちょっと似ているというと、長女よろこぶ。

三時ごろ、雪の中をミサヲちゃん、フーちゃんを連れて来る。今朝ついたお餅を二つ、くれる。すぐにピアノの上の父母の写真の前にお供えする。自分は上らずにフーちゃんを残して帰る。妻は買物に出かけて留守であった。フーちゃんは、図書室からクマさん、うさぎさん、子ねこたちを連れて来て、ストーブをつけて暖かくした六畳でひとりで遊ぶ。いつもフーちゃんが来るときは妻がいい遊び相手になるのだが、妻がいない。フーちゃんはクマさんたちにお茶を出してやりたいのに、コップが三つしか無い。子ねこだけで六匹もいるから、足りない。長女にコップの代りになるもの（ハロッズのコーヒーに附いていたコーヒーこしが溜っていた）を出してもらって、机の上に並べて、「ひとつ、ふたつ、みっつ」といって、何度も数える。次に居間から蜜柑を運んで、机の上に並べる。こちらは坐って見ているだけ。

その間に太田物産の若い店員が燈油の配達に来る。長女は妻から預かっていたお金を払った。ところが、燈油を物置へ入れている間に、太田さんの車が道に積った雪で動けなくなる。そこへ妻が帰る。長女と二人で庭のホースを引張り出して、タイヤの下の雪に水をかける。箱根の外輪山のひとつの山の中腹の家に住んでいて、雪のときに車を動かす苦労を知っている長女のアイデアであった。長女は下の空地の工事場から見つけて来た板切れで雪かきをして、やっと車を動けるところまで出した。長女の大活躍で、太田さんの車は帰ることが出来た。

そのうちミサヲちゃんがフーちゃんを迎えに来た。妻はこの騒ぎのあと、やっとフーちゃんにリカちゃんのお友達（いずみちゃんという名前の）とベッドを渡した。それから、あつ子ちゃん、ミサヲちゃんに上げる揃いのエプロンと手袋、恵子ちゃんのがらがらをミサヲちゃんにことづけた。それだけするのがやっとであった。長女は、雪でバスが通らなくなったので、雪の中を生田まで歩いて帰った。

夜、妻が話す。フーちゃんにリカちゃんのお友達とベッドを渡して、「開けてごらん」というと、フーちゃんは大よろこび。前から「リカちゃんのお友達が要る」といっていたのであった。図書室のお道具箱から鋏を取って来て、箱の糸を切って、リカちゃんのお友達を取り出した。家へ帰ったら、例の自分の遊び場で、リカちゃんをベッドに寝かせているだろう。それにしても、車騒動でフーちゃんが来ているのにお八つを何も出してやれなかったのが残念と、妻が悔む。

夕方、妻は鴨川の近藤が送ってくれた目刺を持って「山の下」へ。ミサヲちゃんは、昨日、借りて帰って、あつ子ちゃんのところにまわした正雄のえものがたりを妻に返す。フミ子に見せたら、とても面白がっていましたという。フーちゃんは、鉛筆印のトレーナーを着ていた。よく似合っていた。ミサヲちゃんが妻に返したえものがたりをもう一回、見せてほしいという。返さないといけないのよといわれて大声で泣き出す。フーちゃんは泣いたが、お母さんが駄目よといっているのに置いて帰るわけにもゆかないから、

「うちへ来たときに、こんちゃんが読んで上げるからね」

といってなだめて、正雄のえものがたりの入った封筒を貰って帰った。

夕方、玄関へ清水さんがお歳暮を持って来て下さる。伊予のネーブルと蜜柑の箱を車で送って来た栄一さんに持たせて来た。ほかに伊予のかまぼこ、清水さんがお菓子作りを教わった大里先生のクッキーの箱を頂く。清水さんは蘭の鉢を載せた床几の端に腰かけ、妻は石油ストーブを玄関へ運び込んで、暫く話をする。昨日、圭子ちゃんと下北沢の大里先生のお店へ焼きたてのクッキーを買いに行った。毎年、清水さんは大里先生の手作りのおいしいクッキーの箱をお歳暮に下さるのである。

その箱入りとは別に、「これは奥さまのお八つ用」といって、小さい、きれいな缶に入ったクッキーを下さった。あとで妻と二人で見ると、風船につかまって空へ上って行くクマのプー

さん（イギリスのＡ・Ａ・ミルン作の童話の主人公で、縫いぐるみの人形の）と野原でプーさんの仲間たちが遊んでいるところをかいた、いい絵の入った缶であった。英国製で、最初は紅茶が入っていたのだろうか。清水さんがきっと大事にしていた缶でしょうねと、妻がいった。

〔「海燕」１９９１年５月号〜１９９２年４月号　初出〕

あとがき

『鉛筆印のトレーナー』は、「海燕」一九九一年五月号から一九九二年四月号まで一年間連載された。

子供がみんな大きくなって結婚して家を出たあと、夫婦二人きりで暮すようになってから年月がたった。そこへ近所に住む次男のところの長女――私たちにとってはただひとりの女の子の孫が母親に連れられてやって来る。ときには父親と一緒に来る。この小さな孫娘が私たちの晩年に大きなよろこびを与えてくれるようになった。この孫娘をフーちゃんと呼ぶ。『鉛筆印のトレーナー』は、フーちゃんとわれわれ夫婦がどんなふうにつき合って来たかを書きとめてみようとした作品である。

フーちゃんのことが本になるのは、『エイヴォン記』（一九八九年八月・講談社）が最初であった。「群像」に連載されたこの長篇随筆の第二章「ベージンの野」にはじめて登場したとき、フーちゃんは「満二歳の誕生日を迎えたばかり」の無口ながら活潑な女の子であった。次にフーちゃんのことが本になるのは随筆集『誕生日のラムケーキ』（一九九一年四月・講談社）で、「おるす番」「たき火」「浦島太郎」「花鳥図」「スープ」「大きな犬」の六篇の短文にフーちゃんが登場する。ここでは、「フーちゃんは、近所に住んでいる次男の三歳になる孫娘」として最初に紹介されている。「おるす番」ほか六篇は、最初、毎日新聞夕刊のコラム「視点」に掲載された。『誕生日のラムケーキ』の目次のはじめの方に並べたのは、ひそかにこれを随筆集の柱にしたいという気持が私にあったからである。

『鉛筆印のトレーナー』に描かれているのは、四歳から五歳になってもう幼稚園へ通うようになったフーちゃんだ。その間に作者である私は古稀を迎え、子供や孫たちから祝福を受ける身となったが、新しく三冊目のフーちゃんの本を書き上げられたのは、嬉しい。

一九九二年三月　　庄野潤三

P+D BOOKS ラインアップ

P+D BOOKS ラインアップ

P+D BOOKS ラインアップ

残りの雪（上） 立原正秋 ●古都鎌倉に美しく燃え上がる宿命的な愛

残りの雪（下） 立原正秋 ●里子と坂西の愛欲の日々が終焉に近づく

剣ケ崎・白い罌粟 立原正秋 ●直木賞受賞作含む、立原正秋の代表的短編集

私生活 神吉拓郎 ●都会生活者の哀愁を切り取った傑作短篇集

サド復活 澁澤龍彥 ●サド的明晰性につらぬかれたエッセイ集

都心ノ病院ニテ幻覚ヲ見タルコト 澁澤龍彥 ●澁澤龍彥が最後に描いた〝偏愛の世界〟随筆集

P+D BOOKS ラインアップ

私版 京都図絵　水上 勉
● 作家人生の礎《いしずえ》となった地を、随筆と絵で辿る

秋夜　水上 勉
● 闇に押し込めた過去が露わに…凛烈な私小説

五番町夕霧楼　水上 勉
● 映画化もされた不朽の名作がここに甦る！

ややのはなし　吉行淳之介
● 軽妙洒脱に綴った、晩年の短文随筆集

焰の中　吉行淳之介
● 青春＝戦時下だった吉行の半自伝的小説

男と女の子　吉行淳之介
● 吉行文学の真骨頂、繊細な男の心模様を描く

P+D BOOKS ラインアップ

居酒屋兆治　山口　瞳　●高倉健主演映画原作。居酒屋に集う人間愛憎劇

血族　山口　瞳　●亡き母が隠し続けた私の「出生の秘密」

家族　山口　瞳　●父の実像を凝視する『血族』の続編的長編

父・山口瞳自身　山口正介　●作家・山口瞳の息子が語る「父の実像」

単純な生活　阿部　昭　●静かに淡々と綴られる〝自然と人生〟の日々

青い山脈　石坂洋次郎　●戦後ベストセラーの先駆け傑作〝青春文学〟

P+D BOOKS ラインアップ

夢の浮橋　倉橋由美子　●両親たちの夫婦交換遊戯を知った二人は…

城の中の城　倉橋由美子　●シリーズ第2弾は家庭内〝宗教戦争〟がテーマ

交歓　倉橋由美子　●秘密クラブで展開される華麗な「交歓」を描く

記念碑　堀田善衞　●戦中インテリの日和見を暴く問題作の第一部

花筐　檀一雄　●大林監督が映画化、青春の記念碑作「花筐」

小説 太宰治　檀一雄　●〝天才〟作家と過ごした「文学的青春」回想録

P+D BOOKS ラインアップ

海市　福永武彦　●親友の妻に溺れる画家の退廃と絶望を描く

風土　福永武彦　●芸術家の苦悩を描いた著者の処女長編作

夜の三部作　福永武彦　●人間の〝暗黒意識〟を主題に描く三部作

夢見る少年の昼と夜　福永武彦　●〝ロマネスクな短篇〟14作を収録

加田伶太郎 作品集　福永武彦　●福永武彦〝加田伶太郎名〟珠玉の探偵小説集

廃市　福永武彦　●退廃的な田舎町で過ごす青年のひと夏を描く

（お断り）

本書は1992年に福武書店より発刊された単行本を底本としております。あきらかに間違いと思われるものについては訂正いたしましたが、基本的には底本にしたがっております。また、一部の固有名詞や難読漢字には編集部で振り仮名を振っています。本文中には色弱などの言葉や人種・身分・職業・身体等に関する表現で、現在からみれば、不当、不適切と思われる箇所がありますが、著者に差別的意図のないこと、時代背景と作品価値とを鑑み、著者が故人でもあるため、原文のままにしております。差別や侮蔑の助長、温存を意図するものでないことをご理解ください。

庄野潤三（しょうの じゅんぞう）

1921年（大正10年）2月9日―2009年（平成21年）9月21日、享年88。大阪府出身。1955年『プールサイド小景』で第32回芥川賞を受賞。「第三の新人」作家の一人。代表作に『静物』『夕べの雲』など。

鉛筆印のトレーナー

2020年3月17日　初版第1刷発行
2024年7月10日　第4刷発行

著者　庄野潤三
発行人　五十嵐佳世
発行所　株式会社　小学館
〒101-8001
東京都千代田区一ツ橋2-3-1
電話　編集　03-3230-9355
販売　03-5281-3555
印刷所　大日本印刷株式会社
製本所　大日本印刷株式会社
装丁　おおうちおさむ（ナノナノグラフィックス）

ISBN978-4-09-352386-8

P+D
BOOKS